THE KING OF IMMORTALLY

불사왕

론도 판타지 장편 소설

FANTASY FRONTIER SPIRIT

불사왕 5

론도 판타지 장편 소설

초판 1쇄 찍은 날 § 2010년 5월 6일
초판 1쇄 펴낸 날 § 2010년 5월 12일

지은이 § 론도
펴낸이 § 서경석

편집장 § 문혜영
편집 § 서지현 · 주소영

펴낸곳 § 도서출판 청어람
등록번호 § 제1081-1-89호
등록일자 § 1999. 5. 31
어람번호 § 제1-1143호

주소 § 경기도 부천시 원미구 심곡2동 163-2 서경B/D 3F (우) 420-822
전화 § 032-656-4452 팩스 § 032-656-4453
http://www.chungeoram.com
E-mail § chungeoram@chungeoram.com

ⓒ 론도, 2008

ISBN 978-89-251-2170-3 04810
ISBN 978-89-251-1564-1 (세트)

론도 판타지 장편 소설

FANTASY FRONTIER SPIRIT

[몰락]

V

불사 왕

THE KING OF IMMORTALITY

Contents

Chapter 01
마의 태동

THE KING OF
IMMORTALLY

　둠 왕국은 본래 대륙 중부에 손바닥만 한 영토를 가진 소국
이었다.

　그때 젊은 나이에 왕위에 오른 사자왕이 정복전쟁을 일으
켜 10년 만에 대륙 중부를 거의 통일시켰다.

　둠 왕국의 공격적인 팽창 정책에 주변국은 촉각을 곤두세우
고 있었다.

　북부의 패자로 군림해 왔던 대국(大國) 스톰폴트가 그랬고,
대륙 남부에 위치한 여러 왕국도 마찬가지였다.

　대륙 중남부에 위치한 베르닌 왕국.

　국왕에게 올릴 서류를 준비하던 커드는 불쑥 불만을 토했
다.

"나는 국왕 폐하의 결단을 이해할 수가 없네. 수십 년 동안 은거하고 있던 사해의 마법사가 갑자기 스톰폴트에 몸을 의탁한 것은 정말 수상한 일이야. 그래도 스톰폴트를 지나치게 압박하는 것은 바람직하지 못하다고 생각하네. 스톰폴트가 무너지면 누가 둠 왕국을 견제한단 말인가?"

커드의 불만에 헤론드는 고개를 끄덕였다.

10년간 함께 일해온 두 사람은 속내까지 터놓을 정도로 친한 친구였다.

"그렇지. 사해의 마법사도 위협적이지만, 우리 입장에서는 둠 왕국도 위협적이니 말이야."

대륙 중부의 수많은 소국이 둠 왕국에게 멸망했던 것처럼 베르닌 왕국도 같은 처지가 될 수 있다.

둠 왕국의 야욕을 막기 위해서는 반드시 스톰폴트의 존재가 필요했다.

하지만 신하들이 아무리 설득을 해도 베르닌의 왕은 스톰폴트를 적대하겠다는 생각을 굽히지 않았다.

"국왕께서는 마족, 그리고 성검의 출현도 무조건 거짓으로 일축해 버리고 계시네. 하지만 조사해 보니 스톰폴트가 아주 없는 말을 하는 것도 아니었네. 정체불명의 존재에게 왕성과 수도가 대파당하기도 했으니까. 그러나 폐하께서는 이야기를 들으려고 하시지도 않네."

"폐하께서 이상하게 독선적으로 변하셨지. 전에는 신하들의 말에 좀 더 귀를 기울이셨던 것 같은데."

국왕을 알현할 시간이 가까워졌다.

커드는 서류를 정리하여 들고 일어나더니 다소 흥분된 어조로 말했다.

"이상한 건 국왕 폐하만이 아니네. 우리와 비슷한 처지인 소국들이 얼마나 많은가? 그런데 그들이 모두 스톰폴트를 적대하고 있네. 마치 누가 조종이라도 하고 있는 것처럼!"

"하하, 자네 음모론에 너무 심취한 것 같군."

"…흐음. 뭐 그럴지도."

두 사람은 대화를 나누면서 내실을 빠져나왔다.

그런데 방을 나서자마자 어디선가 비린내 같은 것이 났다.

"이게 무슨 냄새야?"

커드가 왈칵 인상을 썼다.

다른 곳도 아니고 왕궁 내에서 이런 악취가 나다니 문책성 일이다.

그들은 나태한 시종들을 욕했다.

그러나 얼마 안 가 그것이 시종들의 게으름 때문이 아님을 깨달았다.

믿기지 않는 광경이 눈앞에 펼쳐져 있었다.

저 먼 복도 끝까지 끝도 없이 많은 시체가 보였다.

왕궁의 관리들과 병사들이 모조리 시체가 되어 복도를 뒹굴었다.

"도, 도대체 이게 뭐야!!"

커드는 새파랗게 질린 얼굴로 비명을 질렀다.

그는 자신이 기분 나쁜 악몽을 꾸고 있는 것이라 확신했다.

바로 두 시간 전까지만 해도 왕궁은 멀쩡하게 잘 돌아가고 있었다.

혹시 반란이 일어났다 해도 이렇게 순식간에 사람들이 몰살 당할 수는 없는 일이다.

무엇보다도 집무실에 있으면서 그는 어떤 이변도 감지하지 못했다.

"우웨엑!!"

헤론드는 서류를 땅에 떨어뜨리고 먹은 것을 게워내기 시작했다.

한참 동안 혼란에 빠져 있던 두 사람은 가까스로 몸을 일으켰다.

꿈이라고 생각했지만 결국엔 이것이 현실임을 받아들여야 했다.

언제까지나 이 피바다 속에 있을 수는 없는 일이다.

"폐하는 어찌 되신 거지?"

불현듯 국왕에 생각이 미친 커드는 황급히 알현실로 달려갔다.

"커, 커드!"

헤론드가 당황하며 그를 뒤쫓았다.

알현실에 도착한 커드가 문을 열어젖혔다.

국왕은 가슴에 깊은 상처를 입은 채 옥좌 위에 앉아 있었다.

그의 앞에 머리칼을 허리까지 기른, 조각상처럼 잘생긴 남자가 서 있었다.

"누구냐!! 당장 폐하의 곁에서 떨어져라!!"

커드가 크게 소리를 쳤다.

사내가 고개를 돌려 그에게 시선을 주었다.

눈이 마주치는 순간 무언가가 커드의 귓가를 스치고 지나갔다.

"컥!"

커드를 뒤따라왔던 헤론드가 피를 뿜으며 바닥에 쓰러졌다.

눈에 보이지 않는 힘이 헤론드의 머리를 박살 내버렸다.

커드는 뒤늦게야 뒤를 돌아보고 헤론드가 죽어버린 것을 깨달았다.

지금 무슨 일이 일어난 걸까.

그는 현실감을 느낄 수가 없었다.

그럼에도 전신이 후들후들 떨렸다.

낯선 사내가 인간의 힘으론 결코 감당할 수 없는 아득히 초월적인 존재라는 것을 머리보다 몸이 먼저 깨달아 버렸다.

서열 100위권의 중급 마족 이보크는 다시 국왕을 내려다보았다.

국왕이 피를 토하며 말했다.

"사, 살려주시오! 쿨럭, 무엇이든 시키는 대로 하지 않았소! 그대가 시키는 대로 스톰폴트를 공적으로 몰았소. 그런데 어째서……!"

이보크는 국왕의 질문에 답해주었다.

"시키는 대로 잘해주었기 때문에 상을 내리는 것이다."

"이, 이것이… 이것이 어찌 상이란 말이오……!"

왕궁 내의 모든 이들이 순식간에 핏덩어리로 변했다.

국왕이 피가 묻은 손으로 마족의 바짓자락을 붙잡았다.

이보크는 우습다는 듯 국왕을 보고 되물었다.

"그럼 마족의 수족이 된 대가로 축복이라도 받을 줄 알았단 말이냐?"

그는 다리에 매달린 국왕을 걷어찼다.

국왕은 볼품없이 옥좌 아래로 굴러떨어졌다.

그는 백성의 안전을 위해서 마족에게 굴종하고 시키는 대로 따랐다.

그것은 일생일대의 오판이었다.

마가 아무리 강대하다 한들 마지막 남은 한 사람까지도 항거하는 것이 옳았던 것이다.

"그간 수고가 많았다. 이것은 그 보상이니라."

이보크가 손을 내밀자 국왕의 사지가 각기 기이한 방향으로 비틀어졌다.

이내 피가 튀며 국왕은 갈가리 찢겨졌다.

참혹한 광경을 만족스럽게 감상하던 마족이 고개를 돌렸다.

입구 근처에 커드가 서 있었다.

그는 부들부들 떨면서, 감히 도망칠 생각조차 하지 못했다.

이보크는 빙그레 미소를 지었다.

"한 놈 정도는 살려두는 것도 좋겠지. 그래, 결정했다. 너는 살아남아 인간들에게 네가 보고 들은 공포를 알리도록 하여라."

그는 그림자 속으로 사라졌다.

철푸덕!

마족이 사라지고 한참은 더 지난 뒤에야 커드는 피 웅덩이 속에 주저앉았다.

해가 저물어가고 있었다.

귀가하는 사람들로 한창 번잡해야 할 시간이건만 거리에는 개미새끼 한 마리 찾아볼 수 없었다.

텅 빈 거리 위로 붉은빛 그림자가 드리운다.

사람들은 집 안에 틀어박혀 숨을 죽이고 있었다.

어머니가 갓난아이를 품에 안고 불안한 얼굴로 커튼이 드리워진 창을 쳐다보았다.

아버지도 창백한 낯빛으로 곡괭이 자루를 꽉 움켜쥐었다.

우우우우!

밖에서 마물의 울음소리가 들려왔다.

어둠이 세상을 완전히 잠식하자 온갖 마물이 인간들이 사는 거리로 뛰어나왔다.

놈들은 기세 좋게 뛰어다니며 거치적거리는 것은 닥치는 대로 부숴 버렸다.

검은 피부 위에 돋은 흉측한 뿔은 돌로 지은 집도 단숨에 박살 냈다.

콰앙! 쿠쿠쿵!

"아아악!!"

건물이 무너지는 소음, 사람들의 비명 소리가 간간이 터져 나왔다.

수상한 무리들이 도시 중앙에 서 있는 거대한 고목 주위로 모여들었다.

천 년의 세월 동안 변치 않고 푸름을 유지해 온 이 나무는 사람들의 희망이고 삶의 지주이기도 했다.

"낄낄낄."

"호호호."

각기 요사스러운 웃음을 흘리며 수상한 이들이 손가락을 치켜들었다.

그의 팔을 타고 흘러나온 시커먼 그림자가 뱀처럼 천천히 나무를 휘감았다.

굵고 건강하던 가지들이 조금씩 수분을 빼앗겼다.

사시사철 새파랗던 잎사귀들이 검은색으로 물들었다.

얼마 가지 않아 신성한 천년고목은 시커멓게 말라붙어 버렸다.

사해에는 여덟 개의 나라가 있고 여덟 명의 제후가 있다.

여덟 중 넷이 불사왕의 금령을 어기고 대륙으로 나왔다.

첫 번째 배반자는 마도남왕 라우지 토가였다.

여러 제후 중에서 가장 잔혹하고 과격한 성정을 가진 그는 경솔하게 움직이다가 힘을 되찾은 불사왕에게 죽임을 당했다.

두 번째 배반자는 사령왕 야요였다.

천장도 없고 바닥도 없으며 끝도 없이 암흑만이 펼쳐진 기이한 공간.

사령왕 야요는 세 번째 배반자이며 며칠 전까지만 해도 동료였던 사악한 난쟁이 왕 피피오를 죽여 그 시체를 뜯어 먹고 있었다.

피피오의 피와 살점에는 마력이 담뿍 담겨 있다.

한 입 씹어 먹을 때마다 그 강력한 힘이 고스란히 야요의 것이 되었다.

우득우득.

살벌한 소리가 울려 퍼지는 가운데 몸에 착 달라붙는 옷을 입은 여성이 나타났다.

그녀는 야요를 내려다보며 물었다.

"사령왕, 괜찮으신지요? 마족을 죽여 마력을 빼앗는 것은 최고의 금기입니다. 어떤 의미에서 인간을 대량 학살하는 것보다 질이 나쁘지요. 당신은 지금 불사왕의 여동생을 죽였습니다. 그의 분노가 얼마나 클지 상상하기 힘들군요."

불사왕은 몇 번이고 육신을 바꾸어왔고, 한때는 난쟁이가 되어 살아간 적도 있다.

당시 그에겐 여동생이 있었다.

난쟁이답게 장난을 좋아하고 아주 사랑스러운 아이였다.

여동생이 나이가 들어 죽자 불사왕은 그녀를 되살려냈다.

그녀가 바로 사악한 난쟁이 왕 피피오다.

여인의 충고를 듣고 사령왕 야요는 킥킥 웃었다.

"불사왕이 힘을 되찾은 것을 알고 있는가?"

"그걸 모를 마족이 있을까요? 왕이 힘을 되찾는 순간 그 압도적인 존재감에 저는 숨도 쉬지 못했습니다. 제가 이럴진대 다른 미천한 하급 마족들이야 말할 것도 없겠지요."

"그래, 드디어 불사왕이 위대한 권능을 되찾았다! 그런데 이게 어찌 된 일인가. 수백에 이르는 마족들이 대륙 전역에 출몰하여 학살을 자행하고 있는데."

여인이 자신의 붉은 머리채를 손으로 쓸어내렸다.

"그렇군요. 재미있는 현상입니다. 우리들은 왕이 힘을 잃었다는 말을 듣고도 혹시나 모를 그의 분노를 두려워하여 여태껏 몸을 사리고 있었습니다. 그런데 왕이 힘을 되찾은 지금, 오히려 마족들이 당당히 모습을 드러내고 대륙을 휘젓고 있군요."

"어째서라고 생각하는가?"

야요는 자신의 질문에 스스로 대답했다.

"마족들이 새로운 왕을 얻었기 때문이다. 불사왕, 우리들의 옛 왕은 자비로운 분이었다. 그는 살아 있는 것을 죽이지 말라 하고 예의를 지키라 했고 질서를 지키라고 하였다. 하지만 새 왕은 잔혹하다. 내키는 만큼 살육을 즐기라 하고 세상의 모든

·질서를 짓밟으라고 말한다. 나는 옛 왕을 배반하고 새 왕에게 충성을 바치기로 했다. 그러니 한물간 옛 왕이 만든 금령 따윈 내 알 바가 아니지."

야요는 문득 여인을 올려다보았다.

"걱정하지 마라. 너는 여덟 제후 중에 유일하게 마음에 드는 존재였다. 그러니 잡아먹지 않고 살려두지. 네가 가진 마력이 다소 아쉽긴 하지만, 피피오에게서 빼앗은 마력만으로도 이미 만년장로 따윈 손끝으로 눌러 버릴 경지에 올랐으니까."

본래 만년장로는 일반 마족들로선 감히 범접할 수 없는 강대한 존재로, 서열 4위인 야요와 서열 6위인 피피오가 힘을 합한다 해도 그 발끝에도 미치지 못했다.

그러나 피피오의 마력을 취했다면 이야기는 달라진다.

하나에 하나를 더한 결과가 둘이 아니기 때문이다.

하나에 하나를 더하면 수백, 수천 배의 위력을 발휘할 수 있다.

그래서 마족은 고위급으로 갈수록 기하급수적으로 강해지는 것이다.

사령왕의 말을 듣고 여인은 빙그레 웃었다.

"살려주셔서 감사합니다. 이건 진심입니다."

"하하! 피피오처럼 내 먹이가 될 수도 있는 상황인데 겁이 없군! 그래서 네가 마음에 든단 말이다."

큰 소리로 웃는 야요를 뒤로하고 여인은 검은 공간을 벗어났다.

암흑에서 발을 빼자마자 푸른 숲이 거짓말처럼 펼쳐졌다.

그녀는 고개를 들고 세상을 보았다.

사악한 기운이 남으로, 둠 왕국으로 흘러들어 가는 것이 느껴졌다.

둠 왕국과 마찰을 빚고 있던 스톰폴트 왕국은 우세를 점하기 위해 마링겐 왕비에 대한 악의적인 소문을 퍼뜨려 왔다. 둠 왕국이 마의 소굴이라고 소문을 퍼뜨리기도 했다.

"이제 진정한 마의 소굴이 되어가는군."

여인은 어깨를 들썩였다.

그녀는 북으로 고개를 돌렸다.

온 세상이 암흑으로 둘러싸이는 가운데 오직 한 곳만이 청정했다.

"끄으응!"

한동안 세력을 파악하던 그녀는 길게 기지개를 켠 뒤 인간들이 머물고 있는 도시로 걸음을 옮겼다.

*   *   *

전 세계에 끔찍한 재앙이 닥쳤다.

언제부터인가 마족이 재림할 것이란 이야기가 떠돌더니 이윽고 경고가 현실로 바뀌었다.

사악한 마족들은 온갖 마물을 부려 대지를 유린했고, 살아 있는 모든 이들을 무자비하게 학살했다.

인심은 흉흉해졌고 사람들은 집 안에 틀어박혀 바깥출입을 삼갔다.

그러나 어찌 된 일인지 스톰폴트 왕국은 모든 재앙에서 제외되어 있었다.

"성스러운 세 무기의 가호를 받고 있는 거죠! 성검과 위대한 영웅이 스톰폴트를 보호하고 있는 거예요!"

로지나가 호들갑을 떨면서 말했다.

에스트리트는 그녀의 말에 수긍했다.

얼음성검 브룬힐트, 빛의 신궁 가르시아, 바람의 성검 카칸을 소유한 위대한 영웅들이 모두 스톰폴트에 머물고 있었다.

사악한 마족이 그 사실을 껄끄럽게 여기고 있는 것이 분명했다.

그 외에는 스톰폴트만 무사한 이유를 설명할 수가 없다.

"제가 스톰폴트에서 태어나서 얼마나 다행인지 몰라요. 일전에 대학살극이 벌어진 베르닌 왕국에서 태어났다면, 어휴 상상도 하기 싫네요."

"우린 정말 운이 좋네요."

로지나가 조잘조잘 말을 할 때마다 에스트리트는 맞장구를 쳐주었다.

테오발트는 수도를 떠날 때 에스트리트와 로지나가 위험에 처할지도 모른다는 이유로 두 사람을 데리고 갔다.

길다면 길고 짧다면 짧은 여행 끝에 그들은 다시 수도로 돌아왔다.

수도에 당도했을 때, 에스트리트와 로지나는 상당히 친해져 있었다.

테오발트가 마족의 뒤를 쫓느라 항상 바깥에 나가 있었고 대부분의 시간을 둘이서만 보냈기 때문이다.

그러나 두 사람이 마냥 사이가 좋은 것은 아니다.

"바로 테오발트님을 만나러 가실 거죠?"

로지나가 반색을 하며 물었다.

따로 애인도 있으면서 왜 테오발트를 만나러 가는 일에 저렇게 눈을 반짝이는가?

에스트리트는 속이 부글부글 끓는 것을 느꼈으나 겉으로는 아닌 척 마음을 다스렸다.

지나치게 체면을 차리는 게 그녀의 단점이라면 단점이라 할 수 있을 것이다.

마차를 한 대 대동하여 두 사람은 마탑으로 향했다.

여행을 다녀온 뒤 테오발트는 내내 뷜로 대공과 함께 마탑에서 생활하고 있었다.

안내를 받아 츠엔 마탑의 중앙탑으로 들어왔는데 로지나가 갑자기 얼굴을 상기시켰다.

"보, 보세요. 저들이 모두 사해의 마법사예요."

테오발트가 데려온 사해의 마법사들도 모두 마탑에 머무는 중이었다.

일반 마법사들에게 있어 사해의 마법사는 신에 가까운 존재이다.

"로지나 양은 천상 마법사로군요."

"네? 하하, 전 마법사가 아니에요. 제가 마법을 배운 기간은 기껏해야 삼사 개월밖에 안 되는 걸요."

"하지만 마음가짐만은 마법사와 다를 바가 없군요. 사해의 마법사에게 그처럼 많은 관심을 가지고 계시는 걸 보면요."

"그, 그럴까요?"

로지나는 멋쩍은 얼굴로 배시시 웃었다.

에스트리트도 복도를 걸으면서 사해의 마법사들을 슬쩍 훔쳐보았다.

그녀도 뷜로 대공의 마법을 직접 본 적이 있기 때문에 사해의 마법사가 얼마나 위대한 마법사인지 알 수 있었다.

그들이 수명씩 모여 있으니 큰 이적을 발휘할 수 있을까.

그런데 사해의 마법사들이 갑자기 흠칫하며 크게 놀란 표정을 지었다.

그들은 몸을 움츠리고 자세를 낮추었다.

마치 뭔가를 두려워하고 있는 것 같았다.

"뭐죠?"

에스트리트가 의문을 표하며 로지나를 쳐다보았다.

그런데 이상한 일이었다.

로지나 역시 얼굴이 새파랗게 질려 있었다.

"로지나? 무슨 일이에요?"

에스트리트의 질문에 로지나는 대답을 할 수가 없었다.

그녀는 무언가가 전신을 압박하는 것을 느끼고 숨을 헐떡거렸다.

복도 맞은편에서 낯익은 이가 다가오고 있었다.

테오발트는 담뱃대를 입에 물고 복도를 걸었다.

그가 지나칠 때마다 강력한 마법사들이 감히 고개를 들지 못하고 움츠러들었다.

처음 보는 흑발의 사내가 테오발트의 어깨에 망토를 둘러준다.

테오발트는 권태로운 표정으로 망토를 걸치고 다시 걷기 시작했다.

걸을 때마다 길고 두터운 망토가 느슨하게 바닥에 끌렸다.

그저 평범한 광경일 뿐인데 어째서 이리도 숨 막히는지 모를 일이다.

불현듯 로지나는 테오발트와 눈이 마주쳤다.

그 순간 그녀는 말로 다할 수 없는 거대한 힘을 느꼈다.

끝이 없는 힘은 마탑 전체, 아니, 어쩌면 왕국 전체에까지 미쳐 있는 것 같았다.

그녀는 힘에 휩쓸려 자신의 존재가 완전히 사라지는 듯한 착각까지 느꼈다.

어느새 로지나는 사해의 마법사가 그랬던 것처럼 벌벌 떨며 저절로 몸을 움츠렸다.

테오발트는 로지나에게 다가가 그녀의 머리 위에 손을 올렸다.

"두려워할 필요 없다."

거대한 힘은 오히려 그녀와 모든 이들을 지켜주고 있다.

그러나 로지나는 쉽사리 몸을 일으키지 못했다.

자신에게 해를 끼치지 않을 것을 알면서도 그 위압감에 기가 질려 버리는 것이다.

테오발트의 뒤에 서 있던 흑발의 사내가 흥미를 드러냈다.

"호오, 마물의 피를 이식한 것도 아닌데 순수한 인간이 마력에 이토록 민감할 수도 있군요."

"특이한 체질을 가지고 있을 뿐, 그녀는 평범한 인간이다."

"그거 아쉽군요. 사해로 끌고 가서 마법사로 만들어볼까 생각해 봤는데."

"재미있구나. 계속 지껄여 보거라."

사내는 입을 꾹 다물었다.

"테오발트, 이게 무슨 일이죠? 지금 무슨 이야기를 하는 거예요?"

에스트리트는 영문을 몰라서 주위를 두리번거리며 테오발트에게 물었다.

"모르는 게 약이라는 말도 있다."

"뭐라구요?"

에스트리트는 눈썹을 치켜올렸다.

그러나 인기척이 느껴져 화를 내는 것은 뒤로 미루었다.

마침 레논이 국왕의 명령을 전하기 위해 테오발트를 만나러 왔다.

"레논 오라버니!"

레논을 본 에스트리트는 얼굴을 살짝 붉혔다.

스스럼없던 예전과는 어딘가 조금 다른 모습이다.

레논이 바람의 성검을 손에 넣었기 때문이다.

왕국의 모든 백성이 그가 지닌 신성에 지켜지고 있다고 생각하니 저절로 경외심이 생겼다.

어쩐지 함부로 대할 수 없다는 생각이 드는 것이다.

"담대하기로 유명한 공주님이 이렇게 나오다니 좀 놀라운걸."

"전 경우를 모르는 사람이 아니랍니다. 진심으로 오라버니께 감사하고 있어요."

에스트리트는 공손히 허리를 숙였다.

"이제 와서 무슨 인사치레냐. 그만둬."

농을 걸었을 뿐인데 그녀가 진지하게 나오자 레논은 고개를 저었다.

여기 오는 동안에도 수많은 이들이 마치 신이라도 보듯 그를 우러러보았다.

에스트리트까지 그러길 원치 않았다.

"발칙한 녀석들이로군. 언제까지 날 이리 세워둘 작정이지?"

그때 테오발트가 둘을 번갈아 보며 한마디 했다.

레논이 허리에 손을 얹었다.

"공주님조차 내 위명에 기가 죽으시는데 너는 어째 그 모양이냐?"

"알았다. 위대한 용사님이라고 불러 드리면 되느냐?"

테오발트가 못 말리는 어린애 대하듯 말했다.

레논은 피식 웃으며 손을 내저었다.

"그것만은 봐줘. 그렇지 않아도 사람들의 시선이 껄끄럽던 차였으니까."

모든 이들이 스톰폴트가 무사한 것이 자신을 포함한 세 영웅의 힘인 줄 알고 있다.

하지만 레논의 생각은 달랐다.

자신의 약함이 분하여 성검의 힘을 빌렸건만 마족은 여전히 버거운 상대였다.

그 강력한 마족들이 이제 와서 성검을 두려워할 이유가 없다.

"어쨌든 여기 온 것은 네게 용건이 있어서다. 국왕 폐하께서……."

생각을 털어내며 레논은 테오발트에게 다가갔다.

그런데 몇 걸음 가다 말고 그는 주위를 두리번거렸다.

착각인가 싶어 한 걸음 딛고는 다시 고개를 갸웃했다.

"레논 오라버니?"

레논의 상태가 이상한 것을 느끼고 에스트리트가 그의 팔을 잡았다.

하지만 레논은 그녀를 뒤로하고 신경을 집중했다.

로지나처럼 레논도 어떠한 힘을 감지했다.

보이지 않는 무형의 힘이 끝도 없이 넓게 펼쳐져 있었다.

도대체 이 위압감은 무엇이란 말인가!

레논은 믿기지 않는 얼굴로 테오발트를 바라보았다.

"모든 것이 네 덕이었군……."

스톰폴트만 공격을 받지 않는 이유를 이제야 알았다.

느슨하게 기세를 푼 것만으로도 테오발트를 중심으로 한 광대한 지역이 일종의 요새화되었다.

허락되지 않는 것은 먼지 한 톨조차 그의 영역 안으로 범접할 수 없을 것이다.

그의 존재가 스톰폴트 왕국 전체를 수호하고 있는 것이다.

이토록 거대하다니, 이것이 불사왕의 힘이던가.

"호오? 감이 완전히 죽진 않았군."

테오발트의 뒤에 있던 흑발의 사내가 불쑥 말했다.

레논은 문득 그와 눈이 마주쳤다.

사내가 은근히 친한 척 웃었다.

전혀 안면이 없는 자인지라 레논은 의문을 표했다.

"그는 누구지?"

질문을 받은 테오발트는 흑발 사내를 소개했다.

"이 녀석은 '엘더 크라우'라고 한다."

"지금 이름을 묻는 게 아니잖아. 나는 신원을 알고 싶은 거다."

"흠?"

테오발트는 이름을 듣고도 사내의 정체를 모르는 레논을 오히려 이상하게 쳐다봤다.

뒤늦게 그는 고개를 끄덕였다.

"그렇군. 세상에 출몰한 지 천 년도 넘었으니 잊혀질 만도 해. 엘더, 너도 이제 완전히 한물갔구나."

"이거 자존심이 상하는데요."

말은 그리하지만 정말 자존심이 상한 것 같지는 않다.

그런 허명에 초탈해진 지는 오래됐으니까.

실소를 흘리는 사내의 정체는 세 번째 만년장로 흑룡왕 엘더 크라우였다.

위대한 용족의 왕이었음에도 스스로 마족이 되는 것을 선택한 자로, 고대로부터 타락한 마룡이라 불리며 사람들에게 두려움의 대상이 되어왔다.

현재에 와서는 완전히 잊혀져 버린 것 같지만.

"아무래도 좋겠지. 그냥 뒤치다꺼리나 하는 하인이라고 여기면 된다."

테오발트의 해명에도 레논은 의심스레 사내를 쳐다봤다.

다른 이도 아니고 테오발트가 데리고 다니는 자이니 필시 평범한 이는 아닐 것이다.

눈이 마주치자 사내가 다시 한 번 싱긋 웃는다.

어쩐지 신경이 쓰이는 자였으나 일단은 접어두기로 했다.

"국왕 폐하께서 찾으신다. 무슨 일인지는 나도 잘 모르겠군."

"그렇군. 지금 가지."

테오발트는 다시 담뱃대를 입에 물고 움직였다.

"잠깐만 기다려요!!"

그때 에스트리트가 큰 소리로 둘을 붙잡았다.

"먼저 해명부터 하고 가세요! 로지나 양도 그렇고, 레논 오라버니도 마찬가지고, 도대체 무슨 이야기를 하는 거예요?"

레논은 난감한 얼굴을 했다.

에스트리트는 아직 테오발트의 정체를 모르고 있었다.

하지만 그건 함부로 발설할 만한 일이 아니었다.

테오발트는 아무 말 없이 에스트리트의 머리카락을 쓰다듬어 주고, 여전히 굳어 있는 로지나를 다시 달랬다.

"이 기운이 너를 지켜줄 것이다."

로지나는 테오발트가 떠날 때까지 고개를 들지 못했다.

예전이라면 테오발트가 자신에게 관심이 있는 게 분명하다고 기뻐했겠지만 이제는 두렵기만 했다.

잘생긴 남자도 좋지만 그런 것보다는 목숨이 훨씬 중했다.

그녀는 특별한 재능을 가지긴 했지만, 확실히 평범한 여자아이에 불과했다.

테오발트는 난처해하는 레논과 함께 마탑을 나섰다.

"대체 뭐야!"

오직 에스트리트만이 영문을 몰라 인상을 썼다.

                    *   *   *

  스톰폴트 왕궁.

  화려함과 거대한 규모를 자랑하는 크리스탈 홀에 수백이 넘
는 귀족과 대신들이 모였다.

  "마족이 재림하여 전 세계가 고통받고 있습니다. 정의를 위
해 스톰폴트가 나서야 합니다!"

  "옳소이다!"

  "요정과 난쟁이 측에서 힘을 보태주지 않겠소?"

  그들은 저마다 마족의 퇴치를 주장했다.

  스톰폴트가 안전하다고 마족의 출몰을 지켜보기만 할 수는
없었다.

  지금은 스톰폴트의 안전이 지켜지고 있지만 언제 마족이 이
곳으로 손을 뻗어올지 모르는 일이었다.

  게다가 그들에게는 믿는 바가 있었다.

  스톰폴트를 지키는 위대한 세 영웅.

  마침 시종이 그들의 입장을 알렸다.

  신궁 가르시아의 주인 엔하가 허리를 꼿꼿하게 펴고 서서
요정 일족의 여왕에 어울리는 위압감을 보여주었다.

  다음은 스톰폴트 왕국이 배출한 최고의 기재 레논 이글아이
였다.

그는 최연소 마스터라는 유명세가 가시기도 전에 성검 카칸까지 손에 넣어 전 세계에 국위를 떨쳤다.

　마지막으로 성검 브룬힐트를 허리에 매단 지그문트가 적무연과 함께 등장했다.

　사람들은 지그문트의 연인으로 알려진 적무연에게도 지대한 관심을 표했다.

　"지그문트님을 통해 마족의 출현을 알려주셨다지요? 어떻게 그 사실을 알게 되셨습니까."

　"신성한 용처럼 미래를 내다보는 신비한 힘을 가지고 계시다고 들었어요. 굉장해요."

　사람들이 말을 걸어오자 적무연은 살포시 웃었다.

　그녀가 얼굴을 기대오자 무뚝뚝하던 지그문트가 잠시나마 온화한 표정을 지었다.

　두 사람이 어찌나 다정해 보이는지 사람들은 진심으로 부러움의 시선을 보냈다.

　"참 보기 좋습니다. 저도 이런 연인을 얻고 싶군요."

　"영원히 행복하시길 기원해요."

　묵묵히 이야기를 듣던 엔하가 갑자기 사람들을 밀쳐 내고 걸어갔다.

　그녀의 돌발 행동에 사람들은 조금 당황했다.

　"엔하님."

　레논은 사람들에게 양해를 구한 뒤 그녀를 따라 발코니 밖으로 나왔다. 그가 도착하자 엔하가 입을 열었다.

"적무연은 지그문트의 연인이 아니라, 그를 지옥으로 밀어넣은 악마 중의 악마다. 하나 아무도 그 사실을 모른다."

단순히 모르는 정도가 아니라 두 사람을 너무 잘 어울리는 한 쌍이라고 경탄하기까지 했다.

그런 말을 들을 때마다 속이 뒤집히는 것 같았다.

하지만 지금 엔하에겐 적무연을 어찌할 힘이 없었다.

게다가 애매하게도 적무연이 마족으로부터 그들을 보호해 주기도 하였다.

그 모든 사실에 엔하는 참을 수 없는 분노를 느꼈다.

"나는 불사왕도 인정할 수 없다!"

레논을 똑바로 마주 보며 엔하가 언성을 높였다.

"엔하님, 당신은 그가 왜 마족을 만들었고, 어떤 심정으로 마족을 처분하는지 직접 보지 않았습니까."

"사정이 있으니 그가 사악한 마족을 세상에 풀어놓는 것을 용납해 주란 말이냐?"

레논은 주춤할 수밖에 없었다.

그녀 말대로 세상에 사정이 없는 이가 몇이나 되는가.

"그가 바로 세상의 모든 악의 근원인 불사왕이다. 너는 어째서 그리도 쉽게 그를 믿느냐? 나는 도저히 너를 이해할 수가 없다!"

결국 엔하는 발코니를 떠나 버렸다.

레논은 머리를 긁적이며 발코니에 몸을 기댔다.

사실 그 자신도 이해할 수가 없다.

사해의 마법사를 모은다거나 불사왕이라는 사실을 알았을 때도 이상하게 그를 신뢰해도 좋다고 생각했다.

근원 모를 직감 때문이었다.

그 직감으로 성검을 손에 넣기도 했다.

"확실히, 난 옛날부터 직감이 잘 맞았지."

그는 이제까지 한 번도 해본 적이 없는 의문을 떠올렸다.

대체 이 '직감' 이라는 것이 뭘까.

바람이 얼굴을 훑어 내리는 것을 느끼며 레논은 잠시 생각에 빠져들었다.

"…논. 레논!"

그렇게 얼마나 시간이 지났을까.

자신을 부르는 소리에 레논은 정신을 차렸다.

낯익은 얼굴이 보인다.

레논의 친부이기도 한 이글아이 백작이 놀란 얼굴로 그를 바라보고 있었다.

"레논, 이 바람은 성검으로 인한 것이냐?"

"예?"

이제 보니 그를 중심으로 부드럽게 바람이 불고 있었다.

손을 내밀자 바람이 응답하듯이 가볍게 몸을 떨었다.

이것이 성검으로 인한 바람인가?

잠시 고민에 빠진 사이 바람들은 소리없이 사라져 버렸다.

이글아이 백작은 깊이 감탄하는 눈빛으로 자신의 아들을 바라보았다.

"레논, 네가 이렇게 훌륭하게 성장해 줘서 얼마나 자랑스러운지 모르겠다. 이른 시기에 마스터의 경지에 올라준 것만으로도 나의 큰 자랑거리였거늘 성검까지 손에 넣을 줄이야."

"아닙니다. 아직 가야 할 길이 멉니다."

"하하! 그래, 그렇구나!"

백작은 쉽게 웃음을 지우지 못했다.

"백작의 웃음소리가 밖에까지 들리는군요."

그때 백작과 함께 발코니에 온 안스바하 왕자가 말했다.

이글아이 백작이 그제야 간신히 표정 관리를 했다.

안스바하 왕자는 자질이 평범하여 여동생인 에스트리트 공주와 사촌인 레논에게 큰 열등감을 느끼고 있었다.

레논이 한층 더 발전한 것을 보고 왕자가 몹시 불편하게 여길 수도 있었다.

그러나 안스바하 왕자는 웃으며 농을 걸었다.

"하나뿐인 아들의 성취가 이렇게 크니 백작은 식사를 하지 않아도 배가 부르시겠습니다."

"하하… 그렇지요."

이글아이 백작은 감사를 표하며 놀란 눈으로 그를 바라보았다.

언제부터인가 안스바하 왕자가 변했다는 소문이 들려오고 있었고 이글아이 백작도 그 사실을 조금씩 느끼고 있었다.

그런데 오늘 태도를 보니 확실히 사람이 변하긴 변한 것 같았다.

안스바하 왕자는 레논에게 손을 내밀었다.

"레논! 앞으로 정진해서 더욱 큰 성취를 이루어 내 힘이 되어주게!"

레논은 안스바하 왕자가 내민 손을 내려다보았다.

안스바하 왕자의 얼굴에는 여유로운 미소가 담겨 있었다.

여유로움을 넘어 오히려 거만해 보이기까지 했다.

그러나 차라리 거만한 편이 낫다.

그는 일국의 왕이 될 신분이 아닌가.

"큰 성취를 이룬 것은 제가 아니라 왕자전하이신 것 같군요. 신하 된 도리로 당연히 전하의 힘이 되어드릴 것입니다."

레논은 흔쾌히 안스바하 왕자의 손을 잡았다.

안스바하 왕자는 무척 흡족한 표정을 지었다.

"후후, 큰 성취랄 것은 없지만 사실 나도 깨달은 바가 있다네. 모든 것이 테오발트 군의 도움 때문이지."

"테오발트 말입니까?"

"마탑에서 생활할 때 그가 한 가지 충고를 해주었지. 곰곰이 생각해 보니 그게 모두 맞는 말이지 뭔가. 생각을 바꾸고 나니 기적처럼 세상이 달라 보이더군!"

"아……."

테오발트가 한때 안스바하 왕자의 자질에 대해 걱정한 적이 있다.

사람은 쉽게 변하지 않는 법이거늘 말 한마디로 사람을 이렇게 바꾸어놓은 것인가.

하지만 사람은 의외로 쉽게 변하기도 하니.

"말이 나온 김에 테오발트 군은 어디에 있는가? 오랜만에 한번 만나보고 싶네만. 자네와 절친한 사이라지?"

"흐음, 저도 어디에 있는지 모릅니다. 아직 도착하지 않은 듯했습니다."

"그래?"

대화를 나누는 사이 밖에서 국왕의 입장을 알리는 시종의 목소리가 들려왔다.

세 사람은 모두 중요한 책무를 가진 이들이다.

이글아이 백작이 먼저 안스바하 왕자를 모시고 떠났고 레논도 자신의 위치를 찾아 나섰다.

홀 안으로 돌아오던 레논은 우연히 에스트리트와 마주쳤다.

"에스트리트."

"아, 레논 오라버니."

에스트리트는 약식으로 인사를 한 뒤에 말했다.

"아버지께서 오늘 중대한 발표를 하실 모양이에요. 무슨 내용일지 조금이지만 짐작이 가네요."

"그렇군."

수많은 귀족대신이 모인 이 자리는 괜히 만들어진 것이 아니다.

국왕이 위풍당당하게 좌중 앞으로 걸어나왔다.

"사악한 마족의 재림으로 전 세계가 슬픔과 도탄에 빠져 있소. 본 왕은 더 이상 악의 침범을 용인할 수 없다는 결단을 내렸소. 여러분도 마족을 멸살해야 한다는 데는 이견이 없을 줄로 아오. 그러나 대륙 전역에 마족이 출몰하고 있어 어디서부터 손을 써야 할지 알 수 없는 상태요."

사람들이 고개를 끄덕였다.

무작정 가까운 곳에 있는 마족을 공격해야 하는가?

그때 국왕의 곁으로 젊은 청년이 다가왔다.

"테오발트?"

레논과 에스트리트가 거의 동시에 그의 이름을 말했다.

사람들은 의문을 느끼며 테오발트에게 이목을 집중했다.

"그는 베르그이젤 백작 가문의 마지막 생존자인 테오발트 경이오. 가장 먼저 마족의 출몰을 예고했던 것이 바로 그였소."

국왕이 그를 소개하고 고개를 끄덕였다.

신호가 떨어지자 테오발트는 좌중을 둘러보며 이야기를 시작했다.

"베르그이젤 백작 가문이 마링겐 왕비에 의해 누명을 쓰고 멸문을 당했습니다. 풍문으로는 그녀가 저를 유혹하다가 실패하여 그런 짓을 저질렀다고 알려져 있을 것입니다. 하지만 그건 사실이 아닙니다."

좌중이 술렁였다.

그게 아니면 어째서 마링겐 왕비가 베르그이젤을 멸문시켰는가?

테오발트는 시간을 두고 충분히 기다려 주었다.

그리고 사람들의 의문이 극에 달했을 때 답을 내놓았다.

"베르그이젤이 멸문당한 것은 제가 마링겐 왕비의 정체를 알아버렸기 때문입니다. 그녀의 정체는 바로 마족입니다. 둠 왕국은 마의 소굴로 전락해 버린 지 오래입니다."

"마링겐 왕비가?"

"그런 소문이 있긴 했지만……."

사람들이 크게 술렁거렸다.

서로 이야기를 나누다 보니 그럴듯한 점이 많았다.

베르그이젤이 갑자기 거대한 숲으로 변해 버렸을 때 의견이 분분했는데 마족과 연관되어 있다고 한다면 쉽게 해명이 된다.

게다가 둠 왕국은 원래 눈엣가시가 아니었던가.

국왕이 테오발트의 의견에 혹했던 것처럼 귀족대신들도 눈을 반짝였다.

여기서 둠 왕국이 악의 소굴이고, 마를 멸하기 위한 명분으로 그들을 무너뜨릴 수 있다면 그보다 더 좋을 수가 없다.

테오발트는 거기서 한 걸음 더 걸어나왔다.

"저는 마를 멸하고 세상의 정의를 바로 세우기 위해 이 자리에 섰습니다. 배덕한 마족을 한 마리도 남김없이 박멸하기 위하여, 가장 먼저 마족의 소굴로 전락한 둠 왕국을 이 지상에서 완전히 지워 버려야만 합니다!!"

그의 연설에 대한 호응은 대단했다.

스톰폴트의 귀족대신들은 주먹을 높이 들고 커다랗게 함성을 질렀다.

잔뜩 흥분한 이들을 굽어보며 테오발트는 조소를 지었다.

그는 조용히 뒤로 물러났다.

"짐은 세계의 정의와 평화를 지키기 위해서 둠 왕국을 치겠다! 스톰폴트의 용맹한 전사들은 창칼을 높이 올려라!! 전쟁이다!!"

국왕이 개전을 알렸다.

이로써 일촉즉발 상태이던 둠 왕국과 스톰폴트 왕국이 본격적으로 전쟁에 돌입하게 되었다.

"짐은 이번 전쟁에 난쟁이족과 요정족의 도움을 요청하오!"

스톰폴트는 그간 요정족과 난쟁이족과 인연을 맺어왔다.

요정 여왕 엔하가 직접 신궁을 들고 스톰폴트를 공격한 마족과 싸워주었고, 레논이 난쟁이 일족을 방문하여 그들이 귀중히 보관하고 있던 성검 카칸을 얻었다.

난쟁이왕을 대신하여 스톰폴트를 찾아온 난쟁이 기사가 레논을 보며 물었다.

"레논 이글아이, 성검의 유지를 이은 기사여, 그대의 뜻도 이와 같소? 그대도 둠 왕국이라 불리는 인간들의 나라를 공격해야 한다고 생각하오?"

마링겐 왕비가 마족이라는 말은 거짓이 없는 진실이었다.

여행을 다니며 그도 마족에 대해 많은 것을 알게 되었다.

레논은 굳건히 고개를 끄덕였다.

"저의 뜻도 같습니다."

"그렇다면 우리 난쟁이들도 기꺼이 한팔 거들겠소이다!! 왕께서 레논 경의 조력이 되라 하셨소!"

난쟁이 기사가 말했다.

이제 사람들의 시선은 요정일족과 그들의 여왕에게 옮겨졌다.

엔하는 고개를 돌려 지그문트를 응시했다.

그다음엔 테오발트에게 시선을 주었다.

"…요정족도 힘이 되어드리겠소."

스톰폴트 국왕은 매우 만족하여 자신의 가슴을 주먹으로 쳤다.

"두 분의 용감한 결단에 경의를 표하오! 짐은 오늘 연합군의 탄생을 알리는 바이오!"

시종들이 술잔을 돌렸고 사람들은 일제히 축배를 들었다.

위대한 성전을 위한 연회는 날이 샐 때까지 계속되었다.

스톰폴트, 그리고 요정과 난쟁이 일족으로 구성된 연합군이 발족되었다.

요정의 비행능력, 난쟁이의 괴력을 십분 활용하여 군편제가 짜여졌다.

총사령관은 충분한 연륜을 가진 백전무장 이글아이 백작으로 결정되었고, 다리가 불편한 왕을 대신하여 안스바하 왕자가 친정을 결정했다.

바쁜 와중에 레논과 엔하, 그리고 지그문트가 한자리에 모였다.

츠엔 마탑 한쪽에 자리한 이 내실은 어느 이국(異國)에라도 온 것처럼 이질적인 분위기를 풍기고 있었다.

일단 침대와 탁자 등의 가구들은 모조리 없애 버렸다.

대신 금실로 수놓은 두툼하고 고급스러운 양탄자 위에 푹신한 쿠션을 수십 개 이상 깔고 사방에 붉은 휘장을 무수히 둘렀다.

붉은빛의 호화로운 방, 희미하게 퍼져 나가는 담배 연기가 퇴폐적인 모습을 자아냈다.

세 사람은 일단 준비된 쿠션 위에 앉았다.

"왕이시여, 전부 모인 것 같습니다."

빌로 대공이 테오발트를 위해 재떨이를 준비하며 말했다.

악터스가 뻣뻣한 자세로 서 있는 것을 보고 옆구리를 찌르는 것도 잊지 않았다.

"무슨 중요한 용건이 있는 것 같은데, 무슨 일이야?"

레논이 용건을 물었다.

한창 바쁠 때라는 것을 모르지 않을 텐데 테오발트가 만나자고 연락을 해왔다.

그만한 이유가 있을 것이다.

쿠션에 기대어 있던 테오발트는 담뱃대를 재떨이 위에 내려놓았다.

"단도직입적으로 말해서, 성검의 힘은 보잘것없다. 중급 마족이 둘만 나타나도 너희들은 그 자리에서 다 죽는다."

불편한 진실 앞에 레논의 얼굴이 살짝 굳어졌다.

테오발트가 지그문트에게 요구했다.

"잠시 성검을 빌려다오."

지그문트는 순순히 검을 풀어 내밀었다.

브룬힐트가 허공을 날아 테오발트의 손아귀로 들어갔다.

"아직 너희들이 죽는 것을 원치 않으니 스스로를 지킬 수 있는 힘을 부여하겠다. 각기 성검과 신궁을 강화시켜 주마."

"뭐?"

"인간이나 대륙에 사는 하루살이 같은 자들은 마족의 강력한 마법에 대항할 방도가 없다. 성검은 그러한 약한 자들을 위해서 만들어졌다."

"잠깐 대체……."

성검을 강화시키다니 도대체 무슨 수로?

당황하는 이들에게 테오발트는 담담히 성검의 유래에 대해 설명했다.

"오랜 세월에 걸쳐 수많은 무구를 만들었으나 그중 대다수는 마검이 되었다. 성검은 까다로운 조건이 많았기 때문에 완성하는 것이 쉽지 않았다. 끝내 탄생한 세 자루가 대륙에 남겨졌고, 남은 마신기(魔神器)들은 사해의 가장 깊숙한 곳에 보관되었다."

때때로 발칙한 마족이 마신기를 훔쳐 대륙으로 도망치는 경우도 있었다.

불사왕은 그 강력하고 위험한 무기를 회수하기 위해 대륙을 수색했다.

그러다 갑자기 변덕이 생겨 무한의 반지 람페티를 두고 왔는데, 그것이 악터스의 손에 들어가게 되었다.

테오발트는 성검을 찬찬히 살펴보았다.

하얀 검신에 고도의 마도기술이 집약되어 있었다.

그는 검을 거꾸로 쥐어 자신의 팔에 찔러 넣었다.

성검 브룬힐트가 테오발트의 피를 머금으며 점점 더 강력하게 변해갔다.

그리 긴 시간은 걸리지 않았다.

테오발트는 성검을 팔에서 뽑아냈다.

세례를 받은 브룬힐트는 과거와 달라져 있었다.

검신에 품은 기운이 대단히 예리하고 섬세했으며, 한편으로는 살짝 광포한 기운도 스며 있었다.

"성검은 종전의 상태가 최적이었다. 거기서 힘을 더 부여하면 신성을 유지하지 못하고 변질되고 만다. 이른바 마검이 되는 것이다. 그러나 한정된 시간 동안이라면 큰 문제가 없을 것이다."

그는 성검을 지그문트에게 도로 넘겨주었다.

이어서 테오발트는 엔하를 향해 손을 내밀었다.

그녀는 흔들리는 눈빛으로 테오발트를 마주 보며 신궁을 꽉 움켜쥐었다.

그러나 신궁이 스스로 모습을 바꾸어 엔하의 손가락 사이를 빠져나와 테오발트에게 도달했다.

과거에도 신궁은 엔하를 버리고 테오발트를 택한 적이 있다.

테오발트는 신궁을 자유로이 검의 형태로 바꾸어 다시 자신의 몸에 상처를 냈다.

신궁은 주인의 요구에 따라 흔쾌히 그의 피와 강대한 힘을 빨아들였다.

잠깐 만에 신궁은 과거와 비교할 수 없을 만큼 강력해졌다.

테오발트는 손목에 달라붙어 떨어지지 않으려 하는 신궁을 강제로 떼어내서 엔하에게 돌려주었다.

"……."

기껏 신궁을 돌려받고도 그녀의 표정은 밝지 않았다.

마지막으로 레논이 가진 성검 카칸을 강화시키고 돌려주었다.

신궁 가르시아처럼 성검 카칸 역시 테오발트의 곁에서 떨어지지 않으려고 발버둥쳤다.

사람들을 보호하라는 사명을 부여받았으나 자신을 창조해준 진정한 주인의 곁으로 돌아가고 싶은 것이 두 성신기(聖神器)의 바람이었다.

오직 브룬힐트만이 고요한 모습으로 한결같이 지그문트의 곁을 지킬 뿐이다.

"지금껏 성검이 어디에서 어떻게 왔는지 한 번도 생각해 본 적이 없다. 창조모신께서 자신의 피조물들을 위해 내려주셨을 거라는 신전의 추측을 그대로 믿었지."

멍하니 검을 쳐다보고 있던 레논이 고개를 들었다.

그의 얼굴에는 혼란이 가득하다.

"바로 네가 성검을 만들었단 말인가?"

어찌 쉽게 믿겠는가.

불사왕이 성검을 만들어냈다는 사실을.

"성검이 지나치게 강력하다고 생각해 본 적 없느냐?"

테오발트가 물었다.

성검을 손에 넣으면 일개 인간의 몸으로 마족과 대적하는 것도 가능하게 된다.

그 힘은 정녕 강력하다.

마음만 먹으면 아마 수백 명의 사람을 단칼에 죽이는 것도 가능할 것이다.

물론 심성이 바른 자들만 성검의 주인으로 선택되기에 그런 일은 발생하지 않지만.

"신은 결코 정도를 넘는 힘을 주지 않는다."

인간이 가진 힘에는 분명히 한계가 있었다.

그러나 마족의 마법은 이 세상의 것이라고 생각되지 않을 만큼 기괴하고 강력하다.

마족을 저지하기 위하여 만들어진 성검들도 신이 만든 선을 넘은 지 오래다.

"믿기 힘든 이야기로군."

레논은 미간에 주름을 잡았다.

"검의 유래 따위는 중요치 않다. 성검에 힘을 더하였으니 전처럼 쉽게 당하지는 않을 것이다. 그러나 방심해서는 안 된다. 너희들은 무기의 힘을 빌려서 간신히 이적을 행하고 있으나, 마족은 태어나는 순간 스스로 마법을 깨우치고 이해한다. 그 차이는 무시할 수 없는 것이다."

테오발트는 주의해야 할 점을 설명했다.

"모든 무기는 정해진 형태가 없으니 때에 따라서 형태를 바꾸어 쓰는 것도 유용한 방법이다. 악터스, 네가 가진 람페티도 반드시 반지로 사용할 필요가 없다. 네가 검술에 능하니 검의 형태로 쓰는 것이 가장 유용하겠지."

테오발트의 충고에 악터스는 얼굴을 살짝 일그러뜨렸다.

"인간의 검 따위 잊은 지 오래입니다. 저는 반지의 형태로도 충분합니다."

"하지만 너도 인간이 아닌가?"

테오발트가 턱을 어루만지며 물었다.

악터스는 딱딱하게 굳은 얼굴로 말했다.

"저는 마법사입니다."

"오직 인간만이, 대륙에 사는 나약한 필멸자들만이 구차하게 남의 마력을 빌려 사용하는 마법사가 된다. 마족이 마법사 되는 거 봤느냐?"

테오발트는 실소했다.

"마족은 태어나 숨을 쉬는 것과 마찬가지로 마법을 쓰는 것이 당연하니 마법으로 부수든 칼로 쑤시든 전혀 개의치 않는다. 그러나 너는 반드시 마법을 쓰지 않으면 성이 차지 않는구나. 바로 그 점이 네가 인간이라는 증거다."

"……."

악터스는 어금니를 부드득 갈았다.

보다 못한 뷜로가 옆구리를 꾹꾹 찌르며 눈치를 주었다.

"인간의 검에 눈을 돌려보라. 오랜 세월을 살았으나 너보다 더 뛰어난 자를 본 적이 없다. 짐이 단언컨대 너는 세상에서 가장 강한 인간이다."

테오발트의 단언에도 악터스의 얼굴은 더욱 일그러졌다.

그의 입장에서 최강의 인간이란 최고의 버러지라는 말과 상통한다.

똥통 속의 구더기들 틈에서 최고로 꼽혀봤자 병신 같을 뿐이다.

"잠깐, 누가 최강의 인간이라는 거냐."

그때 레논이 인상을 쓰며 항의를 했다.

비록 마족의 상대는 안 될지라도 그는 자신의 능력에 자부심이 강했다.

그런데 테오발트가 갑자기 자신을 빼놓고 악터스를 최강으로 치켜올리는 게 아닌가.

쿵!

그때 엔하가 신궁으로 바닥을 강하게 내리찍으며 고개를 들었다.

"나는 불사왕을 인정하지 않는다. 네가 인간을 위해 어떤 일을 했든, 사람들의 고통의 근원을 만들어낸 것은 바로 너다!"

"용건은 끝이다. 모두 돌아가라."

테오발트는 다시 담뱃대를 집어 들면서 축객령을 내렸다.

엔하는 이를 으득 물고 있다가 휙 등을 돌렸다.

레논은 쓴웃음을 지어 보이고 그녀를 따라나섰고, 지그문트도 기계적으로 명에 따랐다.

*   *   *

"와아아아아아!!"

사람들의 환호성이 하늘을 뚫을 듯하다.

엄청난 수의 인파가 거리로 몰려나와 꽃을 뿌렸다.

스톰폴트 대군을 비롯하여 난쟁이와 요정일족의 병사들이 당당히 성문을 빠져나갔다.

두렵고 사악한 마족과 싸우기 위해 나선 그들의 얼굴에 두려움 따윈 없었다.

성스러운 무기와 위대한 세 영웅이 그들과 함께하기 때문이다.

사람들이 승리를 기원하며 뿌린 꽃이 하늘을 수놓는다.

수도의 전경이 내려다보이는 왕성의 높다란 탑.

테오발트는 담뱃대를 느슨히 물고 대군의 출정을 내려다보고 있었다.

또각또각.

여자 구두 굽 소리가 복도를 울렸다.

에스트리트는 테오발트의 곁에 멈춰 섰다.

"나의 적은 둠 왕국이 아니라 마링겐 왕비와 사자왕이다. 그렇게 말씀하시지 않으셨나요?"

테오발트는 가볍게 웃었다.

그조차 잊고 있었던 옛날이야기를 에스트리트가 정확히 짚어냈다.

"마음이 바뀌었다."

"둠 왕국의 백성들이 전부 마족은 아니겠지요. 그때 당신은 무고한 사람들을 지키고 사악한 마족만을 솎아낼 생각이었을 거예요. 제 말이 틀렸나요? 그런데 지금 그 마음이 바뀌었다는 건가요?"

"내 마음이 가는데 행하지 못할 것이 무엇이냐."

그는 진리를 이야기하고 있었다.

아마 로지나라면 그 말뜻을 이해할 수 있었겠지만, 에스트리트로선 생뚱맞은 소리일 뿐이다.

그녀는 잔뜩 안달이 나서 외쳤다.

"당신은 어딘가가 변한 것 같아요! 어째서인가요? 로지나 양도 이상하고 레논 오라버니도 이상한 말을 했지요. 어째서 나 혼자만 아무것도 모르고 있다는 생각이 들죠?"

"……."

아무런 대답이 없다.

에스트리트는 못마땅한 얼굴을 했다.

대화가 멈춘 채로 얼마간 시간이 흘렀다.

"당신은 따라나서지 않으시나요? 오직 당신만이 사해의 마법사를 제어할 수 있을 텐데요. 뷜로 대공은 영 믿음직하지 못해요."

침묵이 지루했던지 에스트리트가 다시 말문을 열었다.

"이번에도 같이 가겠느냐?"

갑자기 테오발트가 손을 내밀었다.

지난번 여정에 테오발트는 에스트리트를 데리고 나갔다.

별일은 없었지만 항상 같이 움직여 왔다는 것만으로도 특별한 느낌이 들었다.

에스트리트는 얼굴을 살짝 붉혔다.

"아버님께서 허락을 하실는지요."

"허락해야지. 짐을 거역할 수 있는 자는 존재하지 않으니."

Chapter 02
둠 왕국

THE KING OF
IMMORTALITY

대륙 전역에 재앙이 덮쳤고 둠 왕국도 예외는 아니었다.

오히려 둠 왕국은 가장 극심한 피해를 입고 있었다.

마물의 위협에 안전한 지역이 드물었고, 수도까지 습격당해 성벽의 일부가 피해를 입기도 했다.

둠 왕국의 수도.

마차 한 대가 길거리 한쪽에 세워져 있었다.

차가운 인상의 사내가 손끝으로 커튼을 걷어 밖을 내다보았다.

남루한 옷을 입은 시민 수백여 명이 왕성 앞으로 모여들었다.

"마녀를 죽여라!!"

"마링겐 왕비를 화형시켜라!!"

둠 왕국의 국민들은 마링겐 왕비 탓에 세상이 이렇게 흉험하게 되었다고 믿고 그녀를 몰아내라 주장하고 있었다.

그때 중무장을 한 병사들이 몰려나와 시민들을 마구잡이로 베었다.

지옥도와 같은 광경이 펼쳐졌고 금방 성문 앞은 피바다가 되었다.

시위에 참여하지 않은 자들도 마링겐 왕비에 대해 한마디만 하면 그 즉시 지하 감옥으로 잡혀갔다.

마링겐 왕비는 누가 자신을 욕하든 언제나 우아하게 웃기만 한다.

그러나 사자왕은 그렇지 않았다.

사내는 인상을 찌푸리며 커튼을 내렸다.

마차가 빠르게 거리를 달리기 시작했다.

밖에서 끊임없이 피가 흐르는 동안 왕궁에서는 사냥대회가 열리고 있었다.

초대장을 받은 많은 수의 귀족들이 대회에 참가했다.

"스톰폴트의 침략에 나라가 휘청거리고 있는데 도대체 무슨 사냥대회란 말이오."

"마링겐 왕비가 사냥을 가고 싶다고 말하여 이리된 거라 하더이다."

"또 왕비로군!"

"그런데… 자네는 어찌 생각하는가? 스톰폴트에서 마링겐 왕비를 마족이라 주장하고 처형을 요구하고 있는데."

"국모를 처형하라니 가당치도 않은 요구요!"

"…하지만 벌써 오래전부터 마녀라는 소문이 돌긴 했지."

"그녀가 나타난 뒤로 나라가 흉흉해진 것은 사실이고……."

귀족들이 목소리를 낮춰 수군거렸다.

대다수의 시민들이 마링겐 왕비를 악마라고 생각하고 있었다.

점점 소문이 퍼져 이젠 귀족대신 중에서도 왕비를 마녀로 여기는 자들이 제법 있었다.

"언제까지 덜떨어진 헛소리나 지껄이고 있을 셈인가?"

차가운 인상의 사내가 싸늘한 음성으로 말했다.

귀족들이 뒤늦게 그를 알아보고 흠칫 놀랐다.

사내는 북부 귀족의 수장 격이며 둠 왕국에서 가장 강력한 권력을 쥐고 있는 메사드 백작이었다.

"놈을 끌고 와라!"

메사드 백작이 큰소리로 외쳤다.

사냥을 즐기던 귀족들까지 손을 멈추고 그를 주목했다.

병사들이 고문을 당해 피투성이가 된 남자를 끌고 왔다.

남자는 스톰폴트에서 보낸 첩자였다.

"이런 놈들이 왕국 곳곳에 퍼져서 온갖 유언비어를 날조하고 있소. 그대들은 멍청한 피에로처럼 스톰폴트의 손아귀에서 놀아나고 있는 것이오!"

귀족들은 얼굴을 붉히며 고개를 숙였다.

수선한 분위기가 단숨에 정리되었다.

하이젠버그 후작이 은근히 말을 걸었다.

"첩자를 직접 보여준 덕분에 왕비를 의심하는 자들이 한결 줄어들었군. 혹 자네도 마링겐 왕비에게 마음이 있었던 겐가."

"후작, 입이 뚫려 있다고 제멋대로 지껄여서야 쓰겠소?"

메사드 백작이 살기를 내비쳤다.

서슬 퍼런 경고에 하이젠버그 후작은 뜨끔하여 입을 다물었다.

하이젠버그 후작은 유명무실한 작위만 제하면 재력에서도 권력에서도 개인적인 기량에서도 메사드 백작에게 한참 못 미쳤다.

"그년을 끌어내리는 것도 중요하지만 스톰폴트에 휘둘리지 않는 것도 중요하오. 유언비어는 마링겐 왕비가 마족이라는 것으로 끝나지 않소. 후작께서는 아국이 악마의 소굴이라는 소문은 못 들어보셨소?"

"흐, 흠. 그것도 그렇지."

하이젠버그 후작은 멋쩍은 얼굴로 괜히 헛기침을 했다.

메사드 백작은 말을 앞으로 몰아갔다.

몰이꾼의 함성에 토끼가 몇 마리 뛰어나왔고 그는 활시위를 당겼다.

"언젠가는 마링겐 왕비를 반드시 땅바닥에 끌어내릴 생각이오. 그러나 생각 이상으로 만만치 않은 계집이오. 기껏해야 얼굴 좀 반반한 창녀라고 여겼는데 제가 제대로 오판을 했소이다."

현군이던 사자왕은 마링겐 왕비에게 빠져 헤어나올 줄을 모르는 상태이다.

세상에 마족이 출몰하고 있는데다가 스톰폴트가 전면전까지 일으킨 상황에도 사자왕이 계속 넋을 놓고 있다면 문제가 아주 심각해질 수 있었다.

사자왕을 일깨우기 위해서는 반드시 마링겐 왕비를 몰아내야 했다.

그러나 마링겐 왕비를 추종하는 무리가 상상 이상으로 거대하여 메사드 백작조차 쉽게 손을 쓸 수 없는 지경에 이르러 있었다.

출신도 미천한 주제에 번지르르한 얼굴만으로 이만한 세력을 만들어내다니, 실로 악명이 자자한 요녀다웠다.

"이럴 줄 알았다면 베르그이젤을 제거하는 것이 아니었는데. 영웅 일가가 버티고 있었다면 악마가 나타났네 하는 헛소문이 덜 퍼졌을지도 모르지. 최소한 스톰폴트의 뒷공작에는 신경을 덜 써도 됐을 터."

자신이 행하는 일에 결코 후회를 하는 법이 없던 메사드 백작이 이번만큼은 과거를 언급하며 입을 비틀었다.

3년 전, 몰락해 가던 베르그이젤 백작가가 막대한 금력을 보유한 와이드 자작가와 혼약을 하면서 다시 힘을 얻기 시작했다.

　베르그이젤은 강력한 통솔력을 발휘해 뿔뿔이 흩어져 있던 남부 귀족들을 하나로 묶고 세력을 결성했고, 카프리비 백작가 등 남부의 명문 귀족들이 중앙으로 대거 진출할 거라는 소문이 파다해졌다.

　권력을 잡고 있던 메사드 백작과 북부 귀족들에겐 그것이 눈엣가시였다.

　그래서 마링겐 왕비가 베르그이젤의 젊은 후계에게 누명을 뒤집어씌웠을 때 메사드 백작은 기꺼이 한손 거들기도 했다.

　"베르그이젤 백작가는 전설의 영웅을 배출한 명문 중의 명문이네. 그걸 불명예스러운 누명을 씌워 멸문시켰으니 뿌린 대로 거둔 게지."

　하이젠버그 후작이 핀잔을 주었다.

　비록 유명무실한 작위긴 해도 그는 왕국의 단 하나뿐인 후작, 이 정도 말은 할 수 있다.

　메사드 백작은 비릿하게 조소를 지었다.

　그가 날린 화살이 정확히 토끼의 머리에 틀어박혔다.

　몰이꾼이 멀리서 좀 더 큰 사냥감을 몰아왔다.

　사냥대회가 점점 무르익어 갈 즈음 사자왕과 마링겐 왕비가 다정하게 등장했다.

　마링겐 왕비의 미모에 홀린 귀족들, 콩고물이 떨어지길 원하는 아부꾼들이 구름처럼 몰려들었다.

그들의 아첨을 들으며 왕과 왕비는 즐거이 웃었다.

벳세라 여남작이 우아하게 웃으며 마링겐 왕비에게 실크로 된 손수건을 건넸다.

그녀는 근래 들어 자주 보이는 얼굴로 어디에 처박혀 있다가 나타났는지 모든 행적이 불분명했다.

그녀뿐만 아니라 왕비의 주변에는 정체를 알 수 없는 자들이 자주 보였다.

그들은 하나같이 외모가 아름다웠는데 그래서 더욱 불길한 느낌을 주었다.

그때 갑자기 소란이 일었다.

시종장이 새파랗게 질린 얼굴로 뛰어와 사자왕의 발아래 부복했다.

사냥을 즐기던 사자왕이 활을 내려놓고 물었다.

"무슨 일인가?"

"폐하! 스톰폴트 대군이 토롬파 요새까지 밀고 내려왔다고 합니다!!"

사람들은 크게 놀랐다.

둠 왕국은 대륙 중부를 통일시킨 강력한 군사대국이다.

지난 10년간 쌓아온 군사력이 있는데 이렇게 쉽게 전선이 무너질 수는 없는 일이다.

"요정과 난쟁이들이 스톰폴트를 돕고 있사온데, 요정들에게 날개가 있어 수백 미터 높이의 성벽으로도 그들을 막을 수가 없고, 병사 열 명이 덤벼도 난쟁이 하나의 힘을 이길 수가 없다 합니다. 그 때문에 전선이 모래성처럼 무너지고 있습니다!"

시종장이 전쟁터의 상황을 알렸다.

사방이 소란스러워졌다.

"어째서 요정과 난쟁이들이 스톰폴트의 편을 들고 있는 거지?"

"그들은 한 번도 인간들의 일에 간섭하는 법이 없었거늘!"

예부터 요정과 난쟁이는 인간과 교류하는 것을 꺼렸다.

사람들은 모르지만 그 이유는 두 종족의 본체가 아주 작기 때문이다.

인간이 잘못 건드리기만 해도 그들의 자그마한 터전이 쑥대밭이 될 수가 있다.

하지만 그들에게는 인간에게 없는 특수한 능력이 있으니 결코 우습게 보아서는 안 된다.

외부와 교류를 차단하고 살던 요정과 난쟁이가 모습을 드러내는 경우는 언제나 정해져 있다.

이종족에 무지한 인간들도 적어도 그 시기만은 알고 있다.

신마전쟁 때와 마법사전쟁이 터졌을 때, 다시 말해 마족의 출현으로 전 대륙이 위기에 빠져 종족을 불문한 연합군이 결성되었을 때뿐이었다.

"서, 설마 정말 마족이 나타나기라도 했다는 말인가?"

"마족이 나타난 게 사실이다 칩시다. 어째서 요정들이 스톰

폴트를 도와 본국을 공격하단 말이오?'

"그거야……."

사람들은 목소리를 낮추고 수군거리면서 힐끔 마링겐 왕비를 쳐다보았다.

메사드 백작이 겨우 가라앉힌 소문이 다시 확산되고 있었다.

만에 하나라도 마링겐 왕비가 마족이라는 스톰폴트의 주장이 사실이라면, 그렇다면 요정들의 행동도 납득이 간다.

웅성웅성.

술렁임이 점점 커져 갔다.

그때 사자왕이 명령을 내렸다.

"귀족원은 5천의 병사를 더 차출하여 전선을 지키게 하시오. 더 이상 오만한 스톰폴트 놈들이 아국을 침범하는 일이 없어야 할 것이오!"

메사드 백작이 한 걸음 나왔다.

"폐하, 요정과 난쟁이의 난입으로 현재 상황이 매우 급박합니다. 폐하께서 전장에 잠시라도 모습을 드러내주시면 병사들의 사기가 하늘을 찌를 것으로 사료됩니다."

사자왕의 전쟁 수행능력만큼은 만인이 인정할 정도로 대단하다.

그가 나선다면 요정과 난쟁이를 앞세운 스톰폴트군을 저지할 수 있을지도 몰랐다.

게다가 사자왕은 젊은 시절부터 전쟁을 즐겼던 인물, 평소라면 스스로 친정을 결정했을 일이다.

그러나 사자왕은 고개를 저었다.

"곧 왕후의 생일이오. 그녀를 위해 세상에서 가장 성대한 연회를 열 생각이므로 앞으로 두 달간은 몸을 뺄 수가 없을 것 같소."

사람들은 경악에 빠졌다.

나라가 망할지도 모르는데 지금 왕비 생일잔치 때문에 출정을 미룬단 말인가!

왕비의 미모에 혼이 빠진 줄 알고는 있었지만 이 정도일 줄이야!!

"왕후, 그 어느 때보다 성대한 연회를 열어주리다. 전 지역에 포고문을 내리고 왕후를 위하여 수중에 가진 귀중품 중 가장 값진 것들을 선물 보내라고 하라. 허투로 물건을 보내는 자에겐 큰 벌을 내릴 것이다."

이건 갈수록 태산이다.

전쟁을 수행하는데 엄청난 자금이 필요할 텐데 생일선물 따위에 낭비를 하라니.

사자왕의 명령에 사람들은 벌린 입을 다물 수가 없었다.

그러나 이와 관계없이 키득거리며 웃는 자들이 있었다.

항상 사자왕의 곁을 맴도는 수상한 무리들.

그들이 마링겐 왕비와 같이 사자왕의 실정을 더욱 부추기고 있는 것이 분명했다.

사태를 지켜보고 있던 메사드 백작이 사자왕을 뒷전으로 밀어놓고 마렁겐 왕비에게 직접 청을 올렸다.

"왕후 전하, 나라가 위기에 처해 있습니다. 둠 왕국의 영원한 번영을 위하여 폐하를 설득하여 주십시오. 세상에서 가장 성대한 연회는 전쟁이 끝난 후에 열어도 늦지 않을 것입니다."

메사드 백작은 교활하고 때로는 잔악한 짓도 서슴지 않는 자다.

또한 그는 자존심이 대단히 강한 자이기도 했다.

얼간이처럼 눈치만 보며 나라가 망하는 것을 방조하는 것은 자존심이 인정할 수 없었다.

귀족들은 숨을 죽이고 메사드 백작과 마렁겐 왕비의 대치를 지켜보았다.

마렁겐 왕비라도 왕국을 한 손에 틀어쥐고 있는 메사드 백작에게 쉽게 손을 쓸 수는 없을 것이다.

그러나 다른 이도 아닌 마렁겐 왕비의 일이다.

그녀를 상식으로 판단하는 것은 바람직하지 않다.

요녀라는 소문과는 달리 마렁겐 왕비는 단 한 번도 표독스러운 표정을 지은 적이 없었다.

거친 욕지거리를 내뱉지도 않는다.

오히려 나른하게 미소를 지으며 항상 사람들이 듣기 좋은 이야기만 했다.

도무지 속내를 읽을 수가 없는 계집!

메사드 백작은 서늘한 눈으로 마렁겐 왕비를 노려보았다.

"정말 곤란한 일이로군요. 어찌하면 좋을까요."

마링겐 왕비가 고개를 기울이며 고민했다.

그 모습을 보고 둠 왕국의 궁정 마법사이며, 유일한 사해의 마법사 킨 볼프가 나섰다.

"스톰폴트가 요정과 난쟁이의 협력을 얻음으로써 아국은 전력상뿐 아니라 명분상에서도 큰 곤란을 겪고 있습니다. 그렇다면 우리들은 수인족의 도움을 받도록 하지요."

"킨 볼프 대공, 수인족은 소수부락을 이루고 각기 떨어져 살기 때문에 왕국을 세운 요정이나 난쟁이보다 더욱 보기 힘든 종족입니다. 어떻게 그들과 접촉하고, 무슨 수로 힘을 빌린단 말입니까."

메사드 백작이 눈살을 찌푸렸다.

킨 볼프는 두 눈을 뱀처럼 가늘게 말고 킬킬 웃었다.

"소수부락을 이루고 사는 덕분에 내가 수인족과 연이 닿아서 말이네. 내가 요청한다면 그들은 기꺼이 힘을 빌려줄 것이네."

"수인족이라면 저도 상당히 연이 있지요."

마링겐 왕비의 곁에 항시 붙어 있던 벳세라 여남작이 끼어들었다.

그녀는 급기야 터무니없는 요구까지 했다.

"왕후 전하, 그 일, 제게 맡겨주시겠습니까?"

"계집 주제에 어딜 감히 끼어든단 말이냐!"

메사드 백작이 언성을 높였다.

그의 호통을 들은 벳세라 여남작은 큭큭 웃음을 터뜨렸다.

모욕을 당했는데 웃다니?

아름다운 외모와 기묘한 분위기를 가진 여인 때문에 메사드 백작은 인상을 잔뜩 찡그렸다.

그때 마링겐 왕비가 화사하게 웃으며 말했다.

"좋아요. 벳세라 여남작, 당신에게 모든 일을 맡기도록 하겠어요."

왕비가 허락을 했으니 사자왕의 의견은 물을 것도 없었다.

여기저기서 당혹스러운 음성이 튀어나왔다.

수인족과 동맹을 맺는 중요한 일을 출신도 분명치 않고 일개 남작에 불과한 여인이 맡게 되었기 때문이다.

"그녀라면 충분히 이번 일을 해결할 수 있을 것이네."

킨 볼프가 나서서 벳세라 여남작을 옹호하자 더 이상 사람들은 이견을 내지 못했다.

불길함만 남기고 사냥대회가 마무리되었다.

촛불로 간신히 어둠만 밝힌 밀실에 정계를 주름잡는 고위 귀족이 모여들었다.

마링겐 왕비를 추종하는 무리들이 점점 늘어났지만, 그녀를 싫어하는 자들 또한 얼마든지 있었다.

그들은 하나둘씩 메사드 백작을 중심으로 모여들어 세력을 이루었다.

물밑에서 마링겐 왕비 일파와 메사드 백작 일파의 대립이 이루어지고 있다는 것은 현재 공공연한 비밀이었다.

"마링겐 왕비의 전횡이 점점 정도를 넘고 있소."

"겁없이 중대사를 맡은 그 계집의 정체는 대관절 무엇이라 하오?"

"왕비 주위를 맴도는 수상한 무리에 대한 조사는 아직 진척이 없소?"

밀실에 모인 이들이 토론을 시작했다.

그때 하이젠버그 후작이 불쑥 말했다.

"혹이라도 스톰폴트의 주장대로 마링겐 왕비가 마족이라면 그대들은 어찌하겠는가?"

귀족들이 힐끔 메사드 백작을 쳐다보았다.

바로 오늘 그가 스톰폴트의 첩자까지 색출하여 그게 유언비어라는 것을 증명하지 않았던가.

눈치를 보던 이들이 하나둘씩 입을 열었다.

이내 실내가 소란스러워졌다.

"기가 찹니다. 아무리 왕후의 동태가 수상하다지만 마족이라니 말이 되는 소립니까."

"후작까지 유언비어를 퍼뜨리는 데 동참할 셈입니까?"

"그게 스톰폴트가 원하는 바라는 걸 후작께서는 왜 모르십니까!"

그때 대화를 듣고 있던 메사드 백작이 조소를 던졌다.

"왕을 휘어잡고 사치를 일삼던 창녀들은 과거에도 수없이 많았소. 마링겐 왕비는 그와 하등 다를 바 없는 계집일 뿐이오. 그년이 악의 근원이고, 잔악한 마족이라고? 기가 찰 뿐이오."

"소문이 허무맹랑하여 도저히 믿을 수 없다는 말인가?"

다소 집요할 정도로 하이젠버그 후작이 질문해 왔다.

메사드 백작의 미소가 더욱 짙어졌다.

"마링겐 왕비가 정말 마족이라면."

소란이 잠시 가라앉았다.

귀족들은 메사드 백작의 말에 주목했다.

"그 계집은 물론이고, 마족을 왕실로 끌어들인 사자왕까지 땅바닥에 끌어내어 쳐죽여야지. 어찌 당연한 일을 물으시오?"

일순 공기가 싸늘하게 식었다.

마링겐 왕비라면 몰라도, 사자왕은 그들이 충성을 맹세한 주군이 아니던가.

방금 메사드 백작은 반역에 대해 언급했다.

게다가 그 표현조차 대단히 과격했다.

하이젠버그 후작이 다시 말했다.

"나는 요정과 난쟁이가 아무런 이유도 없이 움직이진 않았으리라 생각하네. 만약의 사태를 위해 최소한의 준비를 해두는 것은 나쁘지 않네. 마링겐 왕비가 왕자를 생산하지 못했으니 국왕 폐하의 뒤를 이을 자라곤 이왕비 소생의 무라드 왕자 하나뿐이지. 일단 무라드 왕자의 신병을 확보해 놓는 것은 어떤가?"

"후작 각하! 어찌 계속 흰소리만 하십니까!!"

"그렇습니다, 후작께서는 좀 더 굳건해지시지 않으면……!"

사람들이 다시 하이젠버그 후작을 비난하고 나섰다.

그때 메사드 백작이 손을 들었다.

"좋소, 정 마음이 쓰이신다면 후작의 제안대로 합시다. 그정도 조치라면 문제 될 것도 없겠지."

메사드 백작이 그리 말하니 또 다들 고개를 숙였다.

그에게 대항할 정도로 기량이 넘치는 자가 이 자리엔 없었다.

또한 메사드 백작의 카리스마가 대단히 강하기도 하다.

"그런데 무라드 왕자가 올해로 몇 살이었지?"

"올해로 다섯 살이 된다고 들었습니다만."

"혹여라도 일이 잘못되어 마링겐 왕비와 사자왕을 강제로퇴위시켜야만 한다면 무라드 왕자가 그 뒤를 잇게 되겠군. 그런데 왕자의 나이가 너무 어려."

메사드 백작의 얼굴에 짙게 웃음기가 번져 나왔다.

"나는 어린아이가 좋다네. 어른이 하는 말은 무엇이든지 들을 테니까."

"……."

담이 크고 교활한 메사드 백작 외에는 아무도 쉽사리 웃지못했다.

그는 왕자를 앞에 세우고 나라를 좌우지할 천인공노한 상상을 한 것이다.

"유쾌한 상상이긴 했으나 마링겐 왕비가 마족이라는 증거는 없소. 또한 외적의 침입이 있는 상황에서 반역은 훌륭한 선택이 못되오. 귀하들은 모쪼록 눈에 띄는 행동을 삼가시길 바라오."

메사드 백작의 경고에 귀족들은 고개를 끄덕였다.

밤이 깊어가고 있었다.

Chapter 03
토룸파 전투

THE KING OF
IMMORTALLY

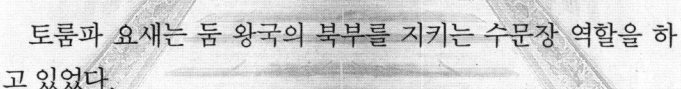

　토룸파 요새는 둠 왕국의 북부를 지키는 수문장 역할을 하고 있었다.

　요새를 앞두고 둠 왕국군과 스톰폴트를 중심으로 한 연합군이 대치하고 있었다.

　이윽고 개전을 알리는 뿔피리 소리가 들려왔다.

　둠 왕국의 병사들은 성벽에 달라붙어서 적군에게 화살을 쏟아부었다.

　그때 하늘 위에서 반짝이는 뭔가가 날아오더니 15세가량의 소녀로 둔갑하여 성벽 위에 내려섰다.

　눈을 둥그렇게 뜨고 놀라는 병사들을 향해 소녀가 세검을 휘둘렀다.

귀여운 외모와 달리 소녀의 검은 대단히 매서웠다.

병사 둘이 피를 뿌리며 성 아래로 추락했다.

놀란 병사들이 사방에서 포위하자 그녀는 다시 작은 요정으로 변해 유유히 하늘 위로 날아가 버렸다.

한편 또 다른 빛무리가 하늘을 가로질러 성벽을 넘었다.

일백에 이르는 요정들이 안에서부터 성문을 공격했다.

"저, 적이다!!"

"성문을 열려고 한다! 막아라!!"

병사들이 요정들을 막기 위해 달려나왔으나 전혀 예상치 못한 습격이었기에 행동은 일사불란하지 못했다.

성문 밖.

"가자!!"

열 살도 채 안 되어 보이는 어린아이들이 팔을 걷어붙이고 거대한 공성추를 번쩍 들어 올렸다.

난쟁이들은 요정들처럼 하늘을 날 순 없지만 힘이 천하장사다.

그들은 공성추를 들고 그대로 성문으로 돌진했다.

콰앙!!! 쿠우우웅!

어마어마한 굉음이었다.

한차례 부딪친 것뿐인데 성문이 벌써 부서질 것처럼 삐걱거렸다.

"마, 맙소사……."

성곽 위의 병사들은 그 광경을 보고 새파랗게 질렸다.

"난쟁이 놈들이!!"

어느 병사가 난쟁이 중 하나를 겨냥해 화살을 쏘았다.

화살이 정확히 난쟁이의 어깨에 틀어박혔다.

"악!"

꼬마 난쟁이는 어깨를 움켜쥐고 뒤로 나자빠졌다.

얼마나 고통스러운지 눈물이 찔끔 나왔다.

빨강머리 병사는 다시 시위를 메겼다.

그러나 그는 쉽사리 화살을 쏠 수가 없었다.

많이 쳐줘야 아홉 살 정도로 보이는 어린애가 눈물이 그렁한 눈으로 그를 노려보고 있었다.

어린애를 쏴 죽이는 것 같아 쉽게 활을 쏠 수가 없었다.

그때 난쟁이들이 다시 공성추를 들고 돌격했다.

쾅!!

빠지직!

흔들리던 성문이 기어이 부서지고야 말았다.

그 사이로 스톰폴트 대군이 물밀듯이 쏟아져 들어왔다.

둠 왕국 병사들은 완전히 전의를 잃어버렸다.

그들은 요정이나 난쟁이와 전쟁을 해본 적이 없었고, 제대로 된 대처를 할 수가 없었다.

개전한 지 불과 세 시간 만에 토룸파 요새는 연합군 손에 넘어가고 말았다.

"하하하! 연합군 만세!!"

"이건 천하무적이군!"

토룸과 요새를 함락시킨 뒤 병사들은 요정과 난쟁이들과 어울려 승리를 만끽했다.

레논이 주위로 몰려드는 사람들을 물리고 엔하에게 다가갔다.

그녀는 약간 떨어진 곳에 홀로 앉아 팔찌를 쓰다듬고 있었다.

팔찌는 형태를 바꾼 신궁 가르시아였다.

"엔하님, 이리 계시지 말고 같이 어울리시죠. 사람들이 저희를 의지로 삼고 있으니 나가서서 그들을 다독여 주는 것도 좋을 것입니다."

"연합군에 속한 이들 대부분은 마족을 제대로 접한 적이 없다. 수명이 긴 요정들에게도 마족은 지나간 과거가 되었다. 젊은이들은 마족을 너무 쉽게 생각하고 있다. 나는 그 점이 걱정되는군."

"그건 그렇습니다만."

레논도 마족을 상대로 몇 번이나 무력함을 절감한 적이 있다.

사람들이 지나치게 들떠 있는 것이 사실이었다.

대부분이 벌써 마족을 잡은 영웅이라도 되는 듯 떠들고 있었다.

"음?"

레논은 한숨을 짓다가 문득 병사 하나가 허겁지겁 뛰어들어

오는 것을 보았다.

그가 새파랗게 질린 얼굴로 소리쳤다.

"마, 마물의 습격이다!!"

땡땡땡땡!

그의 말을 증명이라도 하듯 멀리서 적습을 알리는 종소리가 요란하게 울렸다.

크르르.

으르렁대는 소리와 함께 부서진 건물 사이로 마물이 하나둘씩 튀어나왔다.

두 발로 뛰는 놈들도 있고 네 발로 기는 놈들도 있었다.

하나같이 흉측한 외양을 가진 놈들이 괴성을 지르고 기다란 손톱을 휘둘렀다.

"이, 이놈들이!!"

갑작스러운 마물의 난입에 병사들이 황급히 병장기를 쥐고 그들과 맞섰다.

그러나 마물은 성인 남성의 몇 배에 달하는 힘을 가지고 있으며 특히 몸놀림이 대단히 재빨랐다.

병사들은 제대로 대항도 못하고 마물의 날카로운 이빨에 목을 물어 뜯겼다.

요정들은 일단 본래의 모습으로 변해 하늘 위로 날아올랐다.

그때 눈을 번뜩이고 있던 마물이 땅을 박차고 엄청난 도약력으로 뛰어올랐다.

놈은 공중에서 단숨에 요정을 낚아채어 바닥에 내려왔다.

마치 들짐승이 먹이를 사냥하는 듯한 몸놀림이었다.

마물은 잡아온 요정을 한입에 물어뜯어서 삼켜 버리곤 다른 희생자를 찾아 움직였다.

난쟁이들이 자기 키만 한 검을 들고 뛰어나왔다.

거력을 가진 난쟁이가 휘두르는 검은 돌을 깨부수기도 한다.

그러나 마물들은 재빠른 몸놀림으로 그마저 봉쇄해 버리고 손톱으로 꼬마 난쟁이를 참혹하게 난도질했다.

요정의 비행능력도 난쟁이의 괴력도 제대로 통하지 않는다.

혼란에 빠진 병사들 사이로 레논이 뛰어들었다.

"멈춰!"

그의 노성에 답하듯 성검이 바람을 일으켰다.

크아앙!!

바람에 휩쓸린 마물들이 주춤대는 사이에 레논은 놈의 가슴에 성검을 깊이 찔러 넣었다.

마물이 고통에 몸부림치며 비명을 질렀다.

그런데 이상한 일이 벌어졌다.

시뻘겋게 충혈되어 있던 눈에서 광기가 조금씩 사라져 갔다.

마물이 팔을 뻗어 레논의 옷자락을 붙잡았다.

"끄윽, 제, 제발 내 아이… 도와……."

마물은 피를 토하며 이내 숨이 끊어졌다.

"대, 대체 이들은 뭐야."

레논은 땅에 쓰러진 마물을 내려다보며 혼란을 느꼈다.

마지막 순간 이 마물은 분명히 그에게 도움을 요청했다.

"이들은 모두 수인족(獸人族)이다. 신체 변형이 심하고 광기에 물든 점으로 보아 마법사에게 실험을 당한 것으로 추측된다."

레논의 당황한 음성을 질문으로 들은 지그문트가 무뚝뚝한 목소리로 대답했다.

"지금에 와서 또다시 이런 이들을 보게 되다니!"

이를 갈던 엔하가 휙 고개를 돌렸다.

정확히 눈이 마주친 뷜로 대공이 정색을 했다.

"왜 날 보는 거냐? 우린 그런데서 손 뗀 지 오래야!"

"둠 왕국의 궁정 마법사 킨 볼프가 인간을 잡아들여 실험을 진행하고 있다는 소문이 돌았다. 하지만 국가와 조직에 속해 있는 인간을 계속 잡아들이는 데는 한계가 있었을 것이다. 아마도 그 때문에 수인족으로 눈을 돌린 모양이로군. 산속 깊은 곳에서 소규모로 생활하는 수인족이라면 소리 소문 없이 실험체로 잡아들일 수 있을 테니까."

악터스가 조소를 머금었다.

스르릉.

지그문트가 성검을 높이 뽑아 들었다.

십수 명의 수인족이 동시에 그에게 달려들었다.

그는 검을 크게 휘둘렀다.

검에 잠들어 있던 성력이 냉기의 형태로 뿜어져 나와 수인족을 덮쳤다.

순식간에 사지가 얼어붙었고 얼음석상도 이내 강한 압력에 부서졌다.

"실험에 희생된 자들을 본래의 모습으로 되돌리는 것은 사실상 불가능하다. 희생자들의 고통, 원독은 모두 내가 지고 가겠다. 먼저 현 상황을 타개한다."

지그문트가 제안을 했다.

인형이 되어버린 지그문트가 희생당한 수인족의 아픔을 이해할 리가 없다.

그는 신마전쟁 당시의 기억을 바탕으로 하여 기계적으로 말하고 있을 뿐이다.

"수인족 하나에 열 사람씩 붙는다. 또 다른 적이 등 뒤에서 공격한다 해도 결코 두려워하지 마라. 남은 숫자는 모두 우리가 맡겠다."

지그문트는 성검을 바로 쥐고 성큼 앞으로 걸어나갔다.

엔하가 잠시 그를 응시했다.

마치 과거로 돌아온 듯한 굳건한 모습에 잠시 가슴이 설레지만 밀랍인형처럼 표정이 없는 얼굴을 보는 순간 환상은 깨져 버린다.

그녀는 이를 악물고 이글아이 백작을 보았다.

"백작, 부탁하겠네!"

"알았소!"

이글아이 백작은 지그문트가 말한 대로 십인대를 중심으로 공세를 갖추었다.

그는 이 혼란 중에서도 평정을 잃지 않고 있었는데 그 점이 크게 빛을 발했다.

지휘관이 침착하게 명령을 내리자 병사들도 금방 일사불란하게 움직일 수 있게 되었다.

그사이에 지그문트와 엔하, 레논은 수인족 무리 속으로 뛰어들어 그들을 베어갔다.

"빌어먹을!"

서른 명째 적을 벤 레논이 욕지거리를 터뜨렸다.

방금 목이 잘린 수인족이 눈물을 흘리며 숨을 거두었다.

방법이 없다는 것을 알지만 어째서 무고한 이들을 죽이지 않으면 안 되는 것인지, 화가 치밀고 속이 메슥거렸다.

이젠 일반 병사들도 적이 그냥 마물이 아니라는 것을 알고 있었다.

단지 자기 목을 내줄 수는 없기에 싸우고 있을 뿐이다.

게다가 수가 너무 많았다.

이미 엄청난 수를 베었는데 부서진 건물을 박차고 다시 천이 넘는 수인족이 뛰어나왔다.

"일개 마법사가 이 정도의 수인족을 부릴 수는 없다. 분명 이 근처에 마족이 있을 것이다! 하지만 이 상황에서 놈을 찾는 것은 거의 불가능해."

엔하가 깊이 탄식했다.

그녀는 마족을 상대로 수없이 많은 전투를 치러온 만큼 알고 있는 것도 많았다.

이 참상의 원흉, 마족을 찾아야 한다는 말을 들은 레논은 주위를 둘러보았다.

그의 발밑에서 저절로 바람이 일어나 거칠게 옷깃을 흩뜨렸다.

순간 그의 눈에 아주 은밀하게 숨겨진 마족의 흔적이 잡혔다.

"거기냐!!"

레논은 단숨에 거리를 좁혀 성검을 휘둘렀다.

잔뜩 성이 난 바람이 땅을 5미터나 파며 뻗어나갔다.

한 그림자가 간발의 차로 돌풍을 피하며 황급히 위로 뛰어올랐다.

"윽! 너무 방심했군. 그걸 알아차릴 줄이야."

정신없이 싸우던 병사들까지 일제히 하늘을 바라보았다.

금갈색 머리카락을 가진 소년이 허공을 딛고 서서 투덜거리고 있었다.

그의 몸에서 불길하고 검은 기운이 안개처럼 퍼져 나오고 있었는데 그것이 달까지 가려 버릴 정도였다.

소년이 마족이라는 데는 의심할 여지가 없다.

"각오해라!"

레논이 성검을 쥐고 노성을 내질렀다.

"어이쿠."

그러나 중급 마족 시안은 싸울 생각이 없었기에 멀찍이 뒤로 물러났다.

"이제 재미가 없군."

시안이 손으로 전방을 슥 훑었다.

멀리까지 퍼져 있던 사악한 기운이 순식간에 그의 손바닥 안으로 빨려 들어왔다.

손안에 잔뜩 응축한 마력을 다시 해방하는 순간 어마어마한 폭발이 일어났다.

폭발이 병사들을 향해 돌격해 가는 수인족의 머리 위를 덮쳤다.

아무리 힘이 세고 날래도 결국엔 수인족도 연약한 뼈와 살을 가진 자들이다.

그들은 폭발에 휩쓸려 사지가 갈기갈기 찢겨져 나갔다.

쿠구구구.

폭발이 끝난 뒤에도 귀 울림이 한참이나 계속되었다.

성검의 힘을 빌려 몸을 보호하던 레논은 겨우 고개를 들었다.

일순 토기가 치밀어 올랐다.

거의 천에 가까운 수인족이 무참하게도 모조리 시체로 변해 있었기 때문이다.

살아남은 몇몇 수인족도 숨통이 막힌 듯 제 목을 붙잡고 고통스러워하다가 이내 노란 신물을 토하며 숨이 끊겼다.

"하하하하하하하! 축하한다! 너희들의 승리다!"

시안은 커다랗게 웃으면서 말했다.

그는 더 이상 싸우지 않고 물러났다.

병사들은 겨우 무기를 내려놓고 숨 돌릴 틈을 얻었다.

그러나 누구도 기뻐하지 않았다.

소름 끼치는 웃음소리가 피비린내가 진동하는 성내를 한참 동안이나 울렸다.

적의 습격이 있었으나 생각만큼 큰 피해는 없었다.

병사들이 정비를 하는 동안 수뇌부가 막사에 모였다.

안스바하 왕자가 몹시 흡족한 표정을 지었다.

"둠 왕국이 악마의 소굴임이 분명하군! 마족이 아군의 앞길을 막기 위해서 나타난 것이 그 증거일세."

"하지만 앞으로도 이런 식으로 싸움이 계속된다면 병사들의 사기에 지장있을 것입니다."

이글아이 백작이 문제를 제기했다.

다른 지휘관도 표정이 밝지 않았다.

"마족은 정녕 교활하고 잔악하오. 동포를 전장에 내모는 것은 장난에 속하지. 앞으로도 쉽지 않은 싸움이 될 것이오. 모쪼록 긴장해 주시길 바라오."

엔하가 굳은 얼굴로 요청했다.

그때 병사가 들어와 안스바하 왕자에게 보고를 올렸다.

"전하, 수상한 놈이 잡혔습니다. 그런데 자신이 수인족이라며 엔하님과 영웅 분들을 만나뵙고 싶어했습니다."

"수인족이라고?"

안스바하 왕자는 당장 그를 안으로 데려오라고 명령했다.

병사 네 명에게 둘러싸여서 한 사내가 들어왔다.

그는 특이하게도 갈색털이 수북하게 난 꼬리를 가지고 있었다.

눈동자의 동공도 세로로 길게 찢어졌다.

그는 마음만 먹으면 손톱이나 발톱을 길게 세웠다가 움츠릴 수도 있었다.

잡혀온 이의 얼굴을 보고 엔하가 자리에서 벌떡 일어났다.

"쿤! 그대는 소호족의 쿤이 아닌가!"

쿤은 눈물을 주룩 흘리며 바닥에 무릎을 꿇었다.

"엔하님!"

"어서 일어나라. 자네를 이런 곳에서 만나다니."

엔하가 그를 일으키려 했으나 쿤은 고개를 저었다.

"먼저 제 이야기를 들어주십시오. 제발 제 일족을 도와주십시오. 한시도 지체할 시간이 없습니다."

"그래, 말해보라. 수인족에게 무슨 일이 있었던 건가."

그는 이를 깨물고 이야기를 풀어갔다.

언제부터인가 잔악한 마법사가 나타나 수인족을 잡아들이기 시작했다.

얼마나 많은 수의 이들이 학살당했는지 현재 수인족은 거의 씨가 말라 버렸다.

수인족들끼리도 서로 어디에 살고 있는지 알지 못하고, 연락 체계도 제대로 잡혀 있지 않았기 때문에 그 엄청난 사실이 아직까지도 세상에 알려지지 않고 있었다.

마법사의 술수가 대단히 치밀하고 악독한 탓도 있었다.

"저도 마법사의 손에 붙잡혀 꼼짝없이 죽는 줄로만 알았습니다. 한데 천운이 닿았는지 감시가 소홀해지기에 그 틈을 타 이렇게 도망쳐 나왔습니다. 제발 도와주십시오. 아직, 아직 살아 있는 이들이 있습니다! 제 딸아이가, 제 아내가……."

쿤은 얼굴을 감싸 쥐고 눈물을 쏟아냈다.

사람들은 숙연해져 고개를 숙였다.

"쉬고 있으라. 내 반드시 그들을 구해줄 것이다."

"아닙니다. 무엇이든 좋으니 제가 도울 수 있게 해주십시오!!"

"네게 안내역을 맡기고 싶다. 정작 필요한 때 힘을 쓰지못하면 어찌할 것인가?"

그제야 쿤은 병사들과 함께 막사를 떠났다.

이글아이 백작이 심각한 얼굴로 턱을 짚었다.

"으음, 수인족을 구출하려면……."

"내가 다녀오겠다."

엔하가 단호히 말했다.

"무의미한 행동이에요."

그때 적무연이 살포시 웃으며 말했다.

사람들의 시선이 단숨에 그녀에게 집중되었다.

그녀는 미래를 보는 특별한 힘이 있다고 알려진 덕에 수뇌부 회의에 한자리를 차지하고 있었다.

물론 그녀에게 예지의 힘 같은 건 없지만 말이다.

"무의미하다고?"

엔하의 얼굴이 험하게 구겨졌다.

적무연이 마족이라는 것을 알고 있기 때문이다.

생각해 보면 우스운 일이다.

마족을 몰아내기 위해 일어선 연합군 내에 최강의 마족이 속해 있지 않은가.

"네, 무의미한 일입니다. 그가 여기까지 온 것이 우연이라고 생각하십니까? 그럴 가능성은 극히 낮습니다."

"마음대로 확언하지 마라!"

"혹시 정말 운이 좋아서 여기까지 온 것이라 해도, 그의 탈출이 알려지는 순간 함께 감금되었던 수인족들은 모두 처분되었을 것입니다. 그러니까 구출은 무의미한 행동이지요."

쾅!!

엔하는 탁자를 후려치면서 자리를 박차고 일어났다.

그녀가 갑자기 정색을 하는 바람에 사람들은 크게 놀랐다.

엔하는 죽일 듯이 적무연을 노려보다가 심호흡으로 어렵게 화를 가라앉혔다.

"수인족이 멸족당할 위기에 놓여 있다. 이대로 손을 놓고 있을 수는 없다."

"엔하님, 그녀의 말도 틀리지 않습니다. 어쩌면 함정일 가능성도 있습니다."

레논이 걱정스러운 얼굴로 말했다.

"위험해 보이면 깊이 개입하지 않겠다."

레논은 엔하를 말릴 수 없다는 것을 직감했다.

사실 말릴 명분도 부족하다.

그는 지그문트와 적무연에게 시선을 주었다.

"…지그문트님과 동행하시는 것이 안전할 것입니다. 혼자서는 너무 위험합니다."

지그문트와 함께 가라고 말하고 있지만 실은 적무연을 데려가라는 뜻이다.

그녀의 정체는 만년장로이며 서열 1위의 대마족이었다.

그녀가 있는 한은 그 어떤 마족도 위협이 되지 못하리라.

"엔하님! 다른 무엇보다도 수인족을 구하는 것이 중요하지 않습니까?"

레논은 목소리에 힘을 주어서 말했다.

엔하는 한참 후에야 레논의 권유에 따르겠노라고 했다.

다음날 일찍 엔하는 일찌감치 짐을 꾸려 수인족을 구하러 떠났다.

레논은 뭔가 편치 못한 심정으로 일행을 전송했다.

"불안한가?"

불쑥 흑발의 사내가 말을 걸어왔다.

레논은 눈을 가늘게 떴다.

"너는 테오발트의 하인 아닌가? 주인을 쫓아가지 않고 왜 여기 있는 거지?"

하인이란 말에 사내의 얼굴이 와그작 일그러졌다.

"정말 체면이 말이 아니로군. 내 이름은 엘더 크라우, 인간의 말로 바꿔 '왕좌에 오른 엘더' 라고 한다. 꼬마야, 깍듯이 존대를 써라."

테오발트 말고도 스물네 살 청년에게 꼬마라고 부르는 사람이 또 나타났다.

레논은 고민없이 존대를 해주기로 결정했다.

그게 신상에 좋으리란 직감이 있었다.

"테오발트와 관련있는 자이니 당신도 적무연이 누구인지, 그 힘이 얼마나 강한지 알고 있을 것입니다. 저는 테오발트를 믿기 때문에 적무연이 엔하님을 지켜줄 것이라고 믿습니다. 그런데도 어쩐지 불안을 지울 수가 없군요."

"흠."

엘더는 턱을 어루만지며 엔하와 일행이 떠난 길을 응시했다.

"내 눈에도 무연이가 가는 길이 썩 평탄해 보이지 않는군."

"그런데 왜 자꾸 제게 친한 척하시는 겁니까?"

레논이 이 기회에 그동안 의아했던 점을 물었다.

이전에도 엘더의 시선을 느낀 적이 있다.

엘더는 입꼬리를 길게 당겨 웃었다.

"이래 봬도 나는 제법 아랫사람을 아낀다."

수수께끼 같은 말이었다.

단순히 나이 어린 이를 배려한다는 뜻인가?

의문을 풀기도 전에 그는 순식간에 어디론가 사라졌다.

*　　　　*　　　　*

며칠째 날이 계속 어두웠다.

날씨까지 독이 되어 병사들의 사기는 크게 떨어져 있었다.

위풍당당하게 스톰폴트를 떠날 때와는 사뭇 대조적이다.

레논은 병영을 한 바퀴 돌며 병사들을 다독였다.

성검을 지닌 그가 얼굴을 보이는 것만으로도 사람들은 안정을 느꼈다.

자신의 막사로 돌아오는 와중에 레논은 악터스를 만났다.

그는 허공에 몸을 띄운 채 명상을 하고 있었다.

갑자기 조금 심술궂은 생각이 든다.

테오발트가 자신보다 악터스를 더 인정했기 때문이다.

더 분한 것은 녀석은 정말 여간해서는 허튼소리를 안 한다는 것이다.

그때 레논이 갑자기 허리춤에 매달려 있는 성검에 손을 올렸다.

명상에 빠져 있던 악터스도 퍼뜩 눈을 떴다.

우당탕!!

막사 앞에 놓여진 의자에 앉아 꾸벅꾸벅 졸고 있던 뷜로 대공이 요란한 소리를 내며 옆으로 넘어졌다.

그는 아직 잠이 덜 깬 얼굴로 벌떡 고개를 들었다.

"크헉! 마, 마, 마, 마족이다!! 야 이놈들아, 지금 자고 있을 때냐!"

빌로 대공은 휘하에 두고 있는 사해의 마법사들을 노려보며 펄펄 뛰었다.

믿음이 안 가는 모양새를 하고 있지만 그의 느낌은 언제나 확실했다.

크르르.

실험에 희생당해 본모습을 잃은 수인족이 다시 모습을 드러냈다.

안스바하 왕자가 외쳤다.

"백작, 또 수인족이오!"

"알겠습니다, 전하. 적습이다! 전투태세를 갖춰라!"

이글아이 백작의 명령에 따라 병사들이 일사불란하게 진영을 만들었다.

수인족과 한 번 대치한 적이 있기 때문에 상대하기 꺼림칙할지언정 두려움은 없었다.

하지만 이번에는 수인족이 전부가 아니었다.

"킥킥킥."

"우후후후."

여기저기서 음산한 웃음소리가 들려왔다.

일전에 나타났던 중급 마족 시안을 시작으로 수십 명의 아름다운 마족들이 모습을 드러냈다.

그들은 마링겐 왕비에게 조금이라도 잘 보이고자 둠 왕국을 침략한 군대를 가로막고 섰다.

연합군의 수가 무려 13만에 달하는 것을 보고 사악한 마족들은 몹시 기뻐했다.

13만이나 되는 인간을 모조리 학살할 수 있다니, 생각하는 것만으로도 전신이 오싹오싹했다.

살아 있는 것을 해치지 말라 했던 불사왕의 금령 따윈 더 이상 지키지 않는다.

왕의 분노도 전혀 두렵지 않다.

그들에겐 낡아빠진 옛 왕 대신 잔혹하고 아름다운 새 왕의 비호가 있었다.

"지난번엔 너희들이 승리했으나 이번에는 그렇게 되지 않을 것이다! 자, 정정당당하게 승부를 보자!"

시안이 크게 웃으며 병사들을 조롱했다.

기껏 저따위 창칼이나 들고 마족에게 덤비다니 멍청한 데도 정도가 있다.

"마음에 드는 제안이로군. 나와 정정당당히 승부를 보자."

그때 레논이 성검을 들고 앞으로 걸어나왔다.

시안과 마족들은 코웃음을 쳤다.

성검이 위협적이긴 하지만, 그건 어디까지나 공격이 맞았을 때의 이야기다.

인간이 휘두르는 검에 당해줄 정도로 그들은 녹록하지 않다.

"큭큭, 멍청한 놈. 죽어라!"

시안이 손톱을 길게 뽑아내고 뛰어나갔다.

그의 움직임은 인간들의 눈에는 보이지 않았다.

시안은 단칼에 레논의 머리가 떨어질 것이라 믿어 의심치
않았다.

슈격!

손톱을 크게 휘두른 직후 시안은 눈을 크게 떴다.

손아귀에 닿는 느낌이 없었다.

한 발자국 옆으로 비켜난 곳에서 레논은 혀를 찼다.

"멍청한 것은 너다. 조금도 느껴지는 것이 없나?"

성검에서 푸른빛을 머금은 바람이 광포하게 휘몰아쳤다.

시안이 그제야 새파랗게 질려서 몸을 빼냈다.

그러나 이미 얼굴 전체에 신성력을 뒤집어쓴 후였다.

"으아아아악!!"

생살이 타들어가는 고통과 마력이 사라지는 절망감에 시안
은 찢어질 듯이 비명을 질렀다.

다른 마족들도 성검이 수십 배로 강해졌다는 것을 깨달았
다.

그들이 무슨 반응을 보이기도 전에 레논은 마족들 사이로
뛰어들었다.

"한 놈도 놓치지 않겠다!!"

그 행동은 지극히 도발적이었다.

"이게 인간 주제에!"

"네까짓 놈이 이 수를 다 감당할 수 있다고 보느냐?!"

마족에게 있어 인간은 장난감, 아니, 버러지보다 못한 존재
였다.

그런데 바로 그 인간에게 무시를 당하다니 진짜 어이가 없
고 울화가 치밀었다.

마족들은 각기 마력을 일으키며 일제히 레논을 공격했다.

그러나 결과는 시안과 크게 다르지 않았다.

순식간에 마족 다섯이 치명상을 입었다.

머리만 남아도 살아남는 것이 마족이지만, 성검에 당한 상
처라면 이야기는 다르다.

마족들은 무슨 꿈이라도 꾸는 심정이었다.

그리고 사실, 레논도 비슷한 기분을 느끼고 있었다.

얼마 전까지만 해도 성검을 든 세 명이 열성마족 하나를 감
당하지 못해 쩔쩔매지 않았던가.

그는 새삼 테오발트의, 불사왕의 힘을 실감하고 가볍게 오
한을 느꼈다.

"이 건방진 놈!"

붉은 머리칼을 가진 마족이 손톱을 길게 뽑아 들고 레논에
게 달려들었다.

검고 흉물스러운 손톱과 레논의 성검이 맞부딪쳤다.

카강!!

날카로운 쇳소리가 터져 나왔다.

순간 레논은 크게 놀랐다.

다른 마족들도 손톱을 휘두르며 달려들었지만 성검의 힘을

감당하지 못하고 금방 부러져 나갔기 때문이다.

공식서열 27위의 고위 마족 제노벨라스는 입을 비틀었다.

"잘도 날뛰었겠다. 미천한 버러지야, 네놈에게 주제를 가르쳐 주겠다!"

"과거에도 앞으로도 마족에게 뭘 배울 일 따윈 없다!!"

레논도 노성을 지르며 더욱 힘을 끌어올렸다.

바람이 사납게 휘몰아치며 레논의 몸이 저절로 떠올랐다.

그는 묵직해진 성검을 높이 들어 맨땅에 힘껏 내려쳤다.

쿠콰콰쾅!!

광기마저 품은 바람이 대지 위의 모든 것을 모조리 찢어발기며 뻗어나갔다.

제노벨라스는 오만하게도 바람을 피하지 않고 두 개의 손톱을 교차해 그었다.

짜아악!

놀랍게도 그의 손톱에 성스러운 바람이 찢겨 나갔다.

레논은 어금니를 악 깨물었다.

역시 고위 마족은 그저 그런 중급 마족과는 급이 달랐다.

게다가 아무리 상대가 아니라고는 해도 중급 마족들까지 십여 명이나 뒤를 가로막고 있었다.

"야 이놈아! 넌 언제까지 그러고 있을 참이냐!!"

레논이 수세에 몰리는 것을 초조하게 보고 있던 뷜로 대공이 빽 소리를 질렀다.

그가 도끼눈을 뜨고 노려보는 곳에는 악터스가 있었다.

"너도 강화판 성검과 동급인 반지 가지고 있잖아! 빨리 가서 안 싸우냐! 왕께 전부 일러 버릴 테다!!"

악터스는 빌로 대공의 협박 따윈 한 귀로 흘려 넘겼다.

그는 제노벨라스의 공격을 유심히 관찰하고 있었다.

제노벨라스는 때때로 마력을 일으켜 공격하였으나, 굳이 마법에 집착하지 않고 손톱을 무기 삼아 휘두르며 레논을 밀어붙였다.

악터스는 눈을 가늘게 뜨고 무한의 반지 람페티를 응시했다.

테오발트가 했던 말이 귀에 맴돌았다.

"너는 반드시 마법을 쓰지 않으면 성이 차지 않는구나. 바로 그 점이 네가 인간이라는 증거다."

그는 으득 이를 갈며 손을 뻗었다.

무한의 반지 람페티가 순식간에 검의 형태로 모습을 바꾸었다.

칼날은 불길한 묵빛을 띠고 있었다.

악터스는 묵검을 낚아채고 몸을 날렸다.

"이건 또 뭐야. 라우지 토가의 발닦개 아냐?"

악터스의 난입에 제노벨라스는 코웃음을 쳤다.

비천한 마법사 따윈 열 명, 아니, 수만 명이 와도 그의 상대가 아니었으니까.

"악터스!"

그러나 레논은 크게 화색을 띠었다.

그는 제노벨라스의 뒤를 잡은 뒤 쉬지 않고 베고 찌르기를 감행했다.

그 연속기는 크게 위협적이지는 않았으나 제노벨라스의 발목을 잡을 정도는 되었다.

레논이 움직임을 잠시 봉쇄한 동안 악터스가 묵검을 들고 순식간에 제노벨라스의 간격 안으로 파고들었다.

푸아아악!!

묵검에서 지독한 독을 품은 기운이 폭발적으로 터져 나왔다.

단순한 독기라고 여겼던 제노벨라스는 기운을 뒤집어쓰기 직전에 기겁을 하며 몸을 뺐다.

마력을 모조리 전신의 근육으로 돌려 가공할 움직임을 보였기에 간발의 차로 독기를 뒤집어쓰지 않았다.

차아아악!!

목표를 잃은 독기는 근처에서 기회를 엿보던 중급 마족을 덮쳤다.

"으아……!"

단말마도 미처 지르지 못할 정도로 짧은 시간에 마족은 형체도 없이 녹아버렸다.

마족의 생명력이 얼마나 질긴지를 안다면 그 위력을 능히 짐작할 수 있을 것이다.

악터스는 대단히 만족스러운 미소를 머금으며 묵검을 허공에 털어냈다.

그 모습을 본 제노벨라스가 큰소리를 쳤다.

"중급 마족 하나 쓰러뜨리고 기고만장하는 꼴이라니. 이 몸에게 그깟 독기가 통할 것 같으냐?"

레논이 쓴웃음을 지으며 다가왔다.

"물론 단번에 숨통을 끊을 수는 없겠지. 그래도 새파랗게 질려 피하는 꼴을 보니 제법 큰 피해는 줄 수 있을 것 같군."

그는 성검을 들어 똑바로 제노벨라스를 겨누었다.

악터스도 레논과 힘을 합하는 것이 마음에 들지는 않는 표정이지만, 묵검을 들고 공세를 취했다.

고위 마족을 상대로 이것저것 따지는 것은 지나친 사치다.

전혀 어울리지 않을 것 같은 두 사람의 합공이 이루어졌다.

제노벨라스는 등골이 서늘해졌다.

한 놈이라면 어떻게 상대할 수 있을 것 같지만 둘은 너무 위험했다.

특히나 성검은 스치기만 해도 치명적이지 않은가.

한편 살아남은 중급 마족들도 똑같이 등골이 서늘해졌다.

제노벨라스가 당하는 순간 그들의 죽음도 정해진 수순이었다.

"와아아!!"

레논과 악터스가 승세를 잡자 병사들이 기쁨의 함성을 터뜨렸다.

마족과 영웅들 간의 전투는 인간의 차원을 아득히 넘어서 있었다.

칼질 한 번에 언덕이 날아가고 지진이 일어난다.

그 가공할 전투를 바라보며 병사들은 겁에 질리는 대신 홍분에 휩싸였다.

영웅들이 이겨주기만 한다면 뭐가 두렵겠는가.

오히려 전설로 남을 현장에 서 있다고 생각하니 심장이 터져 나갈 것처럼 뛰었다.

그때 마족 중 하나가 사악한 꾀를 짜내었다.

"수단 방법을 가리지 말고 인간들을 죽여라!"

단 한마디였으나 마족들은 그 안에 숨은 뜻을 단숨에 파악했다.

마족들이 사방으로 흩어져 환호성을 지르는 병사들을 공격했다.

"아!!"

제노벨라스를 공격하던 레논이 그 광경을 보고 신음을 토했다.

하지만 발을 뺄 수가 없었다.

악터스 혼자서는 제노벨라스를 상대할 수 없다.

마족들은 무수히 많은 불덩어리를 만들어 대지에 떨어뜨렸다.

한참 축제 분위기이던 병사들은 졸지에 날벼락을 맞았다.

"으아아악!!"

"방패를 들어라!!"

지휘관의 명령에 병사들이 방패를 비스듬히 땅에 박고 그 아래에 몸을 숨겼다.

불덩어리가 떨어지는 순간 그 아래에서 짜부라질 운명이라는 것을 그들은 몰랐다.

그때 뷜로 대공이 앞을 가로막고 뛰어나왔다.

그가 두 팔을 치켜들자 쟁반만 한 크기의 검은 그림자가 무수하게 하늘 위에 떠올랐다.

위험천만한 불덩어리들은 모두 그림자 안으로 빨려 들어갔다.

"인간을 보호해라! 내키지 않더라도 위에서 까라면 까야 한다!"

인간이 죽는 걸 손놓고 보기만 했다가 왕이 크게 분노하면 그 우환을 어찌 감당하겠는가.

뷜로 대공의 외침에 사해의 마법사들이 나섰다.

사방에서 갖가지 마법들이 쏟아져 마족의 공격을 부수거나 튕겨냈다.

"이놈들이?!"

마족들은 머리끝까지 혈압이 올랐다.

뒤치다꺼리나 하던 하인 놈들이 감히 방해를 하다니!

"네놈들이 돼지고 싶어 환장을 했구나!!!"

마족 하나가 노기를 참지 못하여 고함을 질렀다.

바위조차 닿는 순간 녹아버릴 정도로 초고온의 불덩어리가 하늘 위에 떠올랐다.

일전에 선보인 화염구는 가능한 넓은 범위를 공격하기 위해서 위력을 많이 줄인 것이다.

그러나 이번에는 사정이 완전히 다를 것이다.

"비, 빌어먹을!!"

이글대는 화염 마법을 보며 빌로 대공은 새파랗게 질린 얼굴로 욕지거리를 터뜨렸다.

그러나 냉큼 도망치지 않고 온 힘을 한곳에 모았다.

힘이 더해질수록 그림자가 칠흑처럼 검어지다가 어느 선을 넘자 오히려 투명하게 변했다.

빌로 대공이 만든 투명한 그림자 위로 시뻘건 불덩어리가 똑바로 낙하했다.

쿠우웅!

"크흐흑!!"

악 깨문 잇새로 저절로 신음이 터져 나왔다.

엄청난 압력에 하늘 위로 뻗은 두 팔이 으스러질 것 같았다.

불덩어리가 여전히 막을 짓누르고 있었다.

병사들이 머리 위를 가득 메운 시뻘건 불덩어리를 불안한 눈으로 올려다보았다.

"끄으으으……"

빌로 대공의 이마와 두 팔에 투두둑 핏줄이 붉어져 나왔다.

투명한 막이 일순 고무처럼 크게 벌어졌다가 불덩어리 전체를 온전히 삼켰다.

"크아아아악!"

동시에 뷜로 대공의 두 팔과 어깨, 몸을 버티던 척추까지 산산이 으스러져 버렸다.

그는 더 이상 버티지 못하고 무너지고 말았다.

"마법사 나부랭이가 감히!"

마족은 귀까지 시뻘겋게 만들고 분을 토했다.

결국 쓰러져 버리긴 했지만 자신의 마법을 상쇄시켰다는 것이 화가 났다.

그는 다시금 마력을 모아 불길을 일으켰다.

다른 마족들도 지체없이 마법을 일으켰다.

악의를 띤 검은 기운이 대지 위로 쏟아졌고 모든 것이 썩어 문드러져서 한 줌의 재로 변했다.

이번에는 그 마법을 막을 사람이 없었다.

다른 사해의 마법사들이 전부 힘을 합쳐도 뷜로 대공 일 할의 역할이나 할지 의문이다.

"안 돼!"

레논이 결국엔 제노벨라스를 뒤로하고 사람들을 구하기 위해 달려갔다.

"너, 너 이 자식!"

악터스의 당황하는 음성이 들리지만 어쩔 수 없었다.

바람의 성검 카칸이 위급함을 감지하고 힘을 한계까지 끌어냈다.

하지만 그 정도로 사방에 퍼진 마기를 전부 걷어낼 수 없었다.

어느덧 레논의 전신에서 근원을 알 수 없는 바람이 일어나기 시작했다.

레논이 자리를 이탈하자 제노벨라스는 회심의 미소를 지었다.

아랫것들이 제법 머리를 쓰지 않는가.

그는 이 틈을 타 악터스를 공격했다.

"크윽!"

악터스의 입에서 절로 신음이 흘러나왔다.

혼자가 되자 악터스의 운명은 풍전등화처럼 변했다.

보다 못한 레논이 소리쳤다.

"어떻게 하든 조금만 버텨! 네가 세계 최강의 인간이라며!!"

"누가 인간이냐!"

악터스가 목에 핏대를 세우며 묵검을 허공에 크게 떨쳤다.

일순 기름이라도 부은 듯 묵색의 검신 위로 오라가 치솟아 올랐다.

악터스가 오라 블레이드를 휘둘렀고, 제노벨라스가 가소롭다는 양 손쉽게 공격을 가로막았다.

쩍!

순간 둔탁한 소리와 함께 제노벨라스의 손톱에 길게 금이 갔다.

제노벨라스는 자신의 눈을 의심했다.

인간이 휘두른 검 따위에 자신의 손톱에 금이 가다니!

세상에 오라 블레이드가 베지 못하는 것은 존재하지 않는다고 알려져 있다.

사실 사해의 마법사조차 오라 블레이드를 막는 등 알려진 바와는 큰 차이가 있지만, 그만큼 오라 블레이드는 날카로운 기운, 즉 예기(銳氣)를 극으로 끌어올린 수법이란 뜻이다.

악터스는 모든 면에서 제노벨라스와 확연히 기량의 차이가 있었다.

하지만 소드 마스터로서 오라 블레이드에 대해 남다른 이해를 갖추고 있기 때문에 예기에서만큼은 제노벨라스를 압도할 수 있었다.

"검을 등한시하지 말라 했던 것은 이 때문이었나."

악터스는 테오발트의 말을 떠올렸다.

그의 입가에 비틀린 미소가 떠올랐다.

꾸욱.

악터스는 검을 강하게 움켜쥐고 제노벨라스를 응시했다.

"인간 따위가!! 감히 인간 따위가!"

제노벨라스는 진정으로 분노했다.

양팔을 아래로 펴자 근육이 붉은 빛을 띠며 기괴하게 부풀어 올랐다.

악터스도 한쪽 발을 뒤로 딛고 숨을 깊이 한차례 들이키며 준비를 갖췄다.

누가 먼저랄 것도 없이 둘은 동시에 움직였다.

제노벨라스는 레논이 합류하기 전에 한시라도 빨리 악터스를 쓰러뜨려야 했고, 악터스는 한 수 위의 적을 상대하기 위해 일체의 잡념을 버린 상태다.

두 사람은 모두 시간을 끌지 않고 처음부터 필사의 공격을 펼쳤다.

극의에 오른 검술이 지금 이 순간 좌중의 눈앞에서 펼쳐지고 있었다.

낙뢰라도 떨어진 듯 한차례의 번쩍임 직후 결과가 드러났다.

악터스의 검이 제노벨라스의 어깨를 쪼개고 독기를 뿜어내어 심장까지 녹여 버렸다.

제노벨라스의 기다란 손톱은 악터스의 배를 관통해서 척추를 부수었다.

둘 다 아주 치명적인 부상이었다.

어느 쪽의 우세도 점치기 힘든 상황.

흙 위에 붉은색 핏물이 후드득 떨어졌다.

그때 제노벨라스가 고개를 들어 올렸다.

그의 입가에는 상황에 어울리지 않는 미소가 걸려 있었다.

"네놈이 들고 있는 것은 성검이 아니렷다?"

성검으로 입은 상처는 아주 작은 것이라도 치명적이다.

성스러운 힘이 내부로 파고들어 육신뿐만 아니라 마력까지 파괴하기 때문이다.

하지만 그게 아니라면 시간이 좀 걸릴 뿐 어떤 치명상이든 완전히 회복할 수 있다.

가공할 재생력을 보유한 제노벨라스에게 있어 심장이 날아간 것쯤은 별일도 아니었다.

머리통 하나만 남은 상태에서도 온갖 마법을 사용하는 것이 마족 아닌가.

그러나 기본적으로 인간에 불과한 악터스는 척추가 부서지자 더 이상 전투를 이어갈 수 없게 되었다.

"……!!"

악터스는 손을 뻗어 제노벨라스의 옷깃을 움켜쥐었다.

그의 눈이 시뻘겋게 충혈되었다.

마법과 마족에 대한 집착을 버리고자 하였다.

그러나 마지막 순간 그에게 필요했던 것은 결국 사악한 마족의 육신이었다.

악터스는 바닥에 머리를 처박고 꼬꾸라졌다.

제노벨라스는 조소를 지으며 몸을 돌려 레논에게 시선을 던졌다.

레논은 전신에 바람을 휘감은 채 서 있었다.

바람이 저편에서부터 쉴 새 없이 불어오고 있었다.

그가 바람의 성검의 소유주임을 감안하더라도 다소 기이한 모습이었기에 제노벨라스는 살짝 눈살을 찌푸렸다.

"악터스……."

레논은 바닥에 쓰러져 있는 악터스를 보고 나지막이 신음을 흘렸다.

과연 그가 보여준 오라 블레이드는 세계 최강이라는 말을 붙여도 손색이 없을 정도였다.

자신의 치기 어린 오만함에 머리가 숙여진다.

"네놈도 이놈처럼 바닥에 처박아주마. 기어다닐 준비는 되었느냐?"

제노벨라스가 피투성이가 된 악터스의 머리를 짓밟으며 말했다.

레논은 노기 어린 목소리로 말했다.

"그 발을 치워라."

"싫다면?"

제노벨라스는 오만하게 고개를 쳐들고 조소를 터뜨렸다.

그러나 내심은 바람의 흐름이 신경 쓰였다.

"내 목을 걸고 반드시 후회하게 해주겠다."

레논은 숨을 크게 들이마시며 바람 속에 자신을 맡겼다.

이 바람이 어디에서부터 왔는지 이제는 안다.

모두 자신이 불러들인 것이었다.

진실을 인정하는 순간 그는 천천히 본래의 모습을 되찾아가기 시작했다.

이제 현신을 하면 수백 년에 걸친 수련이 모조리 수포로 돌아가리라.

어쩌면 영원히 승천하지 못하고 지상에 뼈를 묻을지도 몰랐다.

그래도 레논은 망설이지 않았다.

대지 위에 거대한 그림자가 드리웠다.

뱀처럼 긴 몸통에 푸른색 비늘로 뒤덮인 생물이 하늘을 완전히 메우고 있었다.

머리 위에는 커다란 뿔이 있고 아래위로 비죽이 나온 송곳니가 유난히 길고 뾰족하다.

"청룡……!!"

기우가 아니었던가!

제노벨라스가 낮게 신음성을 터뜨렸다.

대륙에 사는 생물 중 유일하게 마족에게 위협이 될 수 있는 존재가 있으니 그건 용이다.

한편 용으로의 현신은 레논 자신을 관조하고 있었다.

신성한 용들은 천기를 읽고 미래를 내다본다.

레논이 직감이라고 여겼던 것은 모두 용의 권능이었다.

또한 용들은 태어날 때부터 바람을 포함한 자연의 기운을 자유로이 부린다.

성검 카칸은 첫째 심성을 보고, 둘째 자신의 바람을 가장 잘 다룰 수 있는 자를 주인으로 택하니 청룡인 그가 성검을 얻은 것은 당연한 일이었다.

한데 성검은 힘없고 약한 자들을 위해 만들어진 것.

용인 그가 성검을 차지한 것은 일종의 반칙 행위였다.

그러나 이미 벌어진 일을 어찌하랴.

그는 성검을 둥근 보석의 형태로 바꾸어 한 손에 움켜쥐었다.

용으로 현신한 상태에서 검은 방해만 될 뿐이다.

언제나 한결같은 마음으로 검을 추구해 왔으나, 그는 이제 검의 길을 버려야 했다.

사람들이 멍청하게 입을 벌리고 청룡을 올려다보았다.

전설로만 들어오던 신성한 용이 바로 그들의 눈앞에 나타났다.

사실 십수 명이나 되는 마족과 직접 대면한 것이 더욱 희귀한 일이지만.

고오오오오!

청룡이 거체를 뒤틀며 커다랗게 울음을 터뜨렸다.

용의 울음에 반응하여 사방에서 바람이 휘몰아쳤다.

*　　　　*　　　　*

말라붙은 황야가 저 지평선까지 이어져 있다.

어디선가 개 한 마리가 터덜터덜 걸어와 테오발트의 주위를 맴돌다가 이내 뒤를 졸졸 따라오기 시작했다.

"동물들에게 인기가 많으시네요."

에스트리트가 테오발트의 어깨에 앉아 있는 다람쥐를 가리켰다.

얼마 전에 우연히 만난 다람쥐는 테오발트의 어깨로 쪼르르 올라가더니 그 뒤로 내려올 생각을 않고 있었다.

로지나가 에스트리트의 팔을 꼭 움켜쥐고 얼굴을 숨겼다.

여행하는 동안 내내 움츠리고 있던 그녀는 개와 다람쥐가 나타나자 더욱 기가 죽었다.

정말 이상한 느낌이 드는 짐승들이다.

"삭막한 곳이로군요."

에스트리트는 황야를 내다보며 감상을 말했다.

테오발트가 갑자기 물었다.

"삭막한 곳은 싫은가?"

"이왕이면 꽃이 만발한 곳이 좋겠지요."

에스트리트는 싱긋 웃으며 대답했다.

별 의미 없는 대답으로 인해 기적이 역사되었다.

테오발트가 마른 대지 위에 노란 꽃을 무수히 피워냈다.

눈 깜빡하는 사이에 저 지평선까지 꽃밭으로 변했다.

"……!!"

에스트리트는 눈을 크게 뜨고 주위를 둘러보았다.

직접 꽃을 손으로 만져 보았으나 믿을 수가 없다.

자신이 무슨 꿈이라도 꾸고 있는 것인가?

"허억!"

그때 로지나가 새파랗게 질려서 꽃밭 위에 털썩 주저앉았다.

그녀가 혼란에 빠진 덕분에 에스트리트는 정신을 차릴 수 있었다.

에스트리트는 로지나를 다독였다.

"로지나, 정신 차려요."

그러나 로지나는 쉽게 정신을 차릴 수 없었다.

그녀는 에스트리트가 보지 못하는 것까지 보고 있었고, 이 것이 얼마나 엄청난 이적인지 알 수 있었다.

무에서 유가 태어나고, 생명이 말라붙은 황야에서 아름다운 꽃이 피어난다.

"어떻게 이런 일이 있을 수 있나요? 이런 건, 이런 일은 그 누구도 불가능해요. 이런 일이 가능한 것은 세상을 만든 창조모신뿐이에요!"

그녀는 몸을 바들바들 떨며 외쳤다.

로지나의 말을 듣고 에스트리트가 고개를 들었다.

"당신은… 누구죠?"

"맞춰보려무나."

"언제부터인가 세상에 이런 소문이 떠돌고 있어요. 베르그이젤의 후계자는 세상을 구하기 위해 신께서 보낸 귀인이다. 당신이 정말 신의 사자인가요?"

"신의 사자?"

테오발트는 소리 내서 웃었다.

신궁의 힘을 끌어내어 왕성을 공격한 마족을 쓰러뜨렸을 때 국왕이 테오발트를 신의 사자로 의심했다.

소문은 아마 그때부터 퍼졌을 것이다.

"기린초는 여름에만 핀다. 그것이 신의 섭리다."

바람이 불어 기린초의 꽃잎이 흩날렸다.

신의 섭리를 거스르고 가을에 피어난 꽃들.

"살아 있는 것은, 사람은 언젠가 반드시 죽는다. 너도 언젠가 가련하게 시들어 죽음에 이를 것이다. 창조모신이 이르기를 모든 생명은 필히 멸절로 향한다고 하였다. 하지만 짐은 도저히 그것을 인정할 수 없었다."

테오발트의 눈동자가 본연의 붉은색으로 바뀌었다.

"짐은 신을 거스르는 자, 불사왕이다."

바람이 거세게 불었다.

에스트리트의 머리칼이 어지럽게 헝클어졌다.

그녀는 꽃을 밟고 달려가 테오발트의 팔을 강하게 붙들었다.

"무슨 말을 하는 거예요! 그런 말 믿을 수 없어요!!"

그녀는 꽃밭을 가리키며 외쳤다.

"보세요! 사악한 마왕이 이렇게 아름다운 꽃밭을 만들 수 있을 리가 없잖아요?"

"짐은 생명을 다루는 힘을 가지고 있다. 짐은 그것을 힘없고 가련한 사람들에게 나누어 주곤 했다."

그가 가지고 있던 힘은 본래 정결하고 신비한 것이다.

하지만 사람들이 거대한 힘을 얻는 순간, 그것은 더러워지고 사악한 것으로 변질되었다.

순수 그대로인 물과 흙이 섞여 들어간 물이 같지 않은 것과 비슷한 이치였다.

언제부터인가 신비로운 힘은 사람들에 의해 사악한 힘, '마력'이라고 불리게 되었다.

마력은 성스러운 성질을 띤 것과 항상 반발했다.

"고도의 마력이 적용된 것에는 반드시 부작용이 생긴다. 이곳은 마치 낙원 같으나 수년 후엔 온갖 기괴한 식물과 마물이 움트는 마경으로 변해 버릴 것이다. 대량의 마력을 손에 넣은 인간은 영생을 누리게 되지만 심성이 완전히 변해 버리지."

에스트리트는 옷깃을 움켜쥐고 있던 손을 스르르 놓았다.

"그들이 마족인가요?"

테오발트는 꽃잎을 한 장 쥐었다.

"그렇다."

그는 꽃잎을 품에 챙긴 뒤 로지나에게 다가갔다.

하얗게 질려 있는 그녀를 품에 안고 일으켜 주었다.

"자자, 두려워할 필요 없다는데도 그러는구나. 타고난 힘이 네게 독이 되는구나."

"아……."

로지나는 여전히 두려워하면서 그의 품에 안기었다.

에스트리트는 그 광경을 보고 살짝 발끈했다.

지금 질투나 하고 있을 때가 아닐 텐데.

"네게 할 말이 더 있다."

테오발트가 에스트리트를 돌아보았다.

순간 에스트리트는 이유 모를 불길함을 감지했다.

후일 깨달았지만 그것은 여자의 직감이었다.

"쿠르트는 실제 인물이 아니다. 짐이 만들어낸 환영에 불과했지. 하지만 쿠르트의 생각이나 행동방식은 모두 짐에게서 비롯된 것이다. 그러므로 쿠르트가 한 말은 짐이 한 말이다. 쿠르트가 사랑하는 여인은 짐도 사랑하지."

"뭐, 뭐라고요?"

"쿠르트가 로지나에게 호감을 느끼고 다가가려고 했을 때 짐은 쿠르트를 막으려고 했다. 다시 말해 짐은 자신의 마음을 멈추려고 한 셈이다. 그런데 네가 짐을 방해하고 굳이 쿠르트와 로지나를 맺어주었다. 그때 짐은 분명히 말했다. 후회하게 될 거라고."

"……!!"

에스트리트는 당황스러워 한동안 말을 꺼낼 수가 없었다.

"그, 그런 말이 어디 있어요! 쿠르트가 어떤 존재인지 그런 걸 제가 알 리 없잖아요! 저는 쿠르트의 정체를 몰랐기 때문에 그랬던 거라구요!"

"짐도 그런 줄 미처 몰랐다. 그래서 난감하게도 이런 상황이 되어버렸구나."

테오발트는 품에 안긴 로지나를 내려다보았다.

"잠깐! 이런 건 인정할 수 없다고요!!"

에스트리트는 얼굴까지 새빨갛게 붉히고 소리쳤다.

테오발트는 로지나를 안고 자리에서 일어났다.

얼마 걸어가던 그가 실소를 지으며 발을 동동 구르는 에스트리트를 향해 물었다.

"무엇에 그리 흥분하는가. 그리도 마왕의 연인이 되고 싶으냐?"

"저, 저는!"

에스트리트는 더욱 얼굴을 붉혔다.

확실히 지금 중요한 것은 로지나가 아니다.

불사왕이고 마왕이라지 않은가.

그녀는 마음을 가라앉히고 생각했다.

아직 알 수 없는 것이 너무 많다.

그러나 이것 하나만은 확실하다.

"저는 쭉 당신을 좋아해 왔어요. 그런데 이제 와서 진짜 정체를 알았다고 바로 등을 돌리는 것은 아주 졸렬한 행동이라고 생각합니다. 스스로 판단해서 확신이 서는 그때, 제 쪽에서 당신을 차버리겠어요!"

그녀는 혼란을 털어내고 당당히 말했다.

파란 눈동자가 반짝거린다.

그녀는 정말 명민한 여인이었다.

마왕과 대면하는 순간 평범한 사람들은 하얗게 질려서 겁을 먹는 것이 보통이다.

지금 품 안에서 조그맣게 떨고 있는 로지나처럼 말이다.

로지나를 내려다보던 테오발트가 고개를 들어 하늘을 보았다.

"이제 돌아갈 시간이로구나."

*   *   *

바람의 성검 카칸에 담겨 있는 힘은 일개 인간이 전부 감당하기 어려울 정도로 거대하다.

레논은 날 때부터 바람에 익숙한 용으로서 그 힘을 모두 이끌어냈다.

콰과광!

한줄기 바람이 땅을 강타한 뒤 똑바로 제노벨라스를 겨냥해 뻗어나갔다.

"하필 용이라니."

제노벨라스는 이를 갈며 훌쩍 허공 위로 몸을 띄웠다.

바보가 아닌 이상 이렇게 솔직한 공격에 맞아줄까!

그러나 바람이 눈이라도 달린 듯 직각으로 방향을 틀어 그의 뒤를 쫓았다.

피할 수 없는 공격이었다.

제노벨라스는 하는 수 없이 손톱을 뽑아 들었다.

"크."

발밑을 치고 올라오는 바람은 대단히 위력적이었다.

보는 것만으로도 소름이 끼칠 지경이라 제노벨라스는 신음을 터뜨렸다.

하지만 그는 전신을 바짝 긴장시키고 손톱을 휘둘렀다.

쓰악!

종이처럼 찢어진 바람은 힘을 잃고 허공에서 스러졌다.

제노벨라스가 생각보다 쉽게 공격을 상쇄시키는 것을 보고 레논은 인상을 썼다.

그사이에 중급 마족들이 다시 움직였다.

그들은 틈을 보다가 병사들을 공격했다.

하지만 레논이 먼저 움직임을 간파하고 꼬리를 크게 휘둘렀다.

일격에 바위가 산산이 부서져 나갔다.

마족은 일단 공격을 피하기 위해 뒤로 물러났다.

그 순간 레논이 몸을 뒤틀어 앞발로 그를 머리부터 짓밟아 버렸다.

크오오오!!

청룡이 머리를 쳐들고 노성을 터뜨리자 그를 중심으로 돌풍이 일어나 사방을 휩쓸었다.

간신히 근처까지 접근했던 중급 마족들은 비명도 못 지르고 목숨을 잃었다.

"와아아아아!!"

넋이 나가 있던 병사들이 그 광경을 보고 일제히 환호성을 질렀다.

전설 속에만 존재하던 신성한 용이 그들을 지켜주고 있다.

이제는 정말 세상에 두려울 것이 없었다.

"젠장, 잔챙이들이 전부 죽어버렸군. 이럴 줄 알았으면 일찌감치 잡아먹어 버리는 건데."

제노벨라스가 욕지기를 토했다.

처음부터 부하 놈들을 죽여 그 마력을 흡수했다면 일이 이렇게 성가셔지진 않았을 것이다.

인간이 상대라고 너무 여유를 부렸다.

크르르르.

거치적대던 중급 마족을 전부 제거한 레논은 거침없이 제노벨라스를 향해 공세를 퍼부었다.

보석의 형태로 변한 성검이 한계까지 모든 권능을 발현했다.

표면이 금방이라도 깨질 듯 부르르 떨렸다.

이 일대의 황야와 산까지 전부 뒤덮을 정도로 거대한 규모의 폭풍이 들이닥쳤다.

그러나 이것은 신비하게도 악한 자에게만 위협적일 뿐, 사람들에게는 아무런 영향도 미치지 않았다.

이 거대한 이적 앞에 제노벨라스는 여전히 한 쌍의 손톱만으로 대항했다.

촤아악!!

양손을 옆으로 크게 벌리자 문이 열리듯 바람이 좌우로 밀려났다.

길을 턴 제노벨라스가 단번에 거리를 좁혔다.

레논은 성검을 앞세우고 바람을 일으켜 제노벨라스를 가로막았다.

차아아아아아아악!!

성검과 손톱이 맞부딪친 곳에서 마치 물이 증발하는 듯한 소리가 터져 나왔다.

성력과 마력이 서로 반발하는 소리였다.

어느 쪽도 물러서지 않은 채 팽팽한 기 싸움이 이어졌다.

"시건방지다!! 이 몸을 누구라고 생각하는 거냐!!"

그때 제노벨라스가 핏대를 세우며 고함을 질렀다.

그의 목소리에 땅이 쩌렁 울렸고, 사방에서 조여들던 성력도 산산이 흩어졌다.

"용이 어쨌다는 것이냐! 용이 마족과 견줄 정도였다면 신마전쟁이 왜 일어났겠는가! 이 대륙에 수십 마리의 용이 살고 있는데! 아니 그러냐?"

용들은 긴 수명과 여러 가지 특별한 힘을 가지고 있어 꽤나 성가신 존재였다.

그래도 주의를 기울이면 상대하지 못할 것도 없다.

하물며 그는 마족 중에서도 손꼽히는 고위 마족인데 말해 무엇 할까.

레논은 크게 낭패했다.

조금씩 침투해 들어오는 마기 때문에 순환이 흐트러지고 있었다.

콰직!

얼마 버티지도 못하고 성스러운 바람은 흉물스러운 검붉은 손톱에 부서져 버렸다.

성력이 유리조각처럼 빛을 뿌리며 사방으로 흩어져 나갔다.

그 가운데에서 제노벨라스가 뒤틀린 미소를 지었다.

"그렇지 않느냐. 용으로 현신한다고 이 몸을 쓰러뜨릴 수 있을 것 같았다면 벌써 예전에 현신을 했겠지. 네놈은 신성한 용이 아닌가."

"크아아아아!!"

레논은 노성을 내질렀다.

승산이 보이지 않는다 해도 사람들을 두고 도망치는 것은 상상할 수 없다.

그는 모든 힘을 다해 제노벨라스를 공격했다.

제노벨라스가 사악하게 웃으며 레논의 가슴을 가르고 등을 베었다.

금강석보다 단단한 용의 비늘도 마족의 손톱 앞에서는 무용지물이었다.

쿠웅!

청룡이 균형을 잃고 처참하게 땅으로 추락했다.

거대한 몸이 땅에 부딪치자 엄청난 굉음이 울렸다.

"크르르르."

레논은 땅을 짚고 고개를 쳐들었다.

그러나 그는 물론이고 성검조차 이미 힘의 대부분을 소진한 상태였다.

환호성을 지르던 사람들은 언제부터인가 말을 잃었다.

설마, 설마하니 용이 질까.

하지만 그들 중 몇몇은 기억해 냈다.

신마전쟁 때 신성한 용까지 가세한 대군이 마족을 저지하려고 나섰으나 매번 패배만 하고 전 세계가 멸망의 위기까지 몰렸다는 사실을.

이제 제노벨라스는 최후의 일격만 남겨놓고 있었다.

사람들의 얼굴에 핏기가 사라졌다.

이렇게 모두 몰살당하는 것인가?

그런데 아무리 기다려도 제노벨라스가 움직이지 않았다.

모두 의문을 느끼고 있을 때 누군가가 손가락을 들고 외쳤다.

"저, 저거!"

마족과 용의 치열한 전장에 겁도 없이 어느 젊은 청년이 다가가고 있었다.

그런데 청룡이 그를 아는 듯했다.

너무 늦었다며 용은 인상을 썼다.

테오발트는 피투성이가 된 레논의 몸을 손으로 쓰다듬어 주었다.

한편 기세등등하던 제노벨라스의 얼굴은 백지장보다 창백해져 있었다.

왕을 보는 순간, 본능적으로 몸뚱이가 먼저 겁에 질렸다.

"불… 사왕……!"

그는 억눌린 목소리로 간신히 입을 열었다.

테오발트가 고개를 들어 하늘에 떠 있는 그를 올려다보았다.

거대한 존재감에 그는 전신이 짜부라지는 환상을 보았다.

하지만 이내 호흡을 가다듬었다.

마음을 진정시킨 뒤에는 웃음까지 터뜨렸다.

"크큭, 내가 아무런 대책도 없이 여기까지 왔으리라 생각했는가! 나는 왕의 비호를 받고 있다!!"

테오발트의 표정이 처음으로 굳었다.

그는 레논을 쓰다듬던 손을 거두고 의아한 얼굴로 물었다.

"왕의 비호?"

"크하하! 나는 새로운 불사왕에게 충성을 맹세했다! 새 왕이 뒷배를 봐주고 있단 말이다! 집시왕비에 대해 모른다고 하진 않겠지?"

왕을 놀라게 한 것만으로도 제노벨라스는 기세등등해졌다.

그는 낄낄대며 옛 왕을 조롱했다.

테오발트는 크게 깨달은 얼굴을 했다.

"아! 이제야 왕의 비호가 무엇을 뜻하는지 알겠다."

"하하하, 이제야 알았느냐?"

"그래. 한데 너를 지켜줄 왕은 어디에 있느냐?"

제노벨라스는 낄낄 웃으며 눈알을 불안하게 굴렸다.

그는 이제까지 집시왕비만 믿고 날뛰어왔다.

새로이 왕으로 등극한 그녀라면 능히 불사왕을 누를 수 있을 터였다.

그런데 한 가지 문제가 있으니, 지금 새 왕이 머나먼 수도에 있다는 것이다.

불쑥 테오발트가 손가락을 다섯 개 폈다.

"너의 왕이 와줄 때까지 5분을 기다려 주겠다. 이 정도 시간이면 충분하고도 남으리라. 그녀가 가진 권능이라면 한 걸음에 대륙의 절반을 건널 수도 있을 테니까."

제노벨라스에게 지극히 유리한 제안을 한 뒤 테오발트는 태연히 담뱃대를 물었다.

도대체 무슨 생각인가.

잔챙이는 필요없고 우두머리와 직접 대면하겠다는 생각일지도 모른다.

그렇다면 그는 목숨을 부지할 수 있으리라.

제노벨라스는 희희낙락했다.

그는 마법을 통해 아무리 먼 거리도 한 번에 연락을 취할 수 있었다.

집시왕비만 있다면 어떤 꿍꿍이가 기다리고 있다 한들 두려워할 필요가 없다.

그런데 새 왕에게 도움을 요청하던 제노벨라스의 얼굴이 점점 굳어갔다.

갑자기 이런 생각이 들었다.

누군가가 도와달라고 사정하면 나는 어찌 반응하는가?

크게 비웃으며 사정하는 놈의 손을 잘근잘근 짓밟을 것이다.

"2분 지났다. 네 왕이 많이 늦는구나."

테오발트가 쓴웃음을 지으며 담뱃재를 털어냈다.

"……!!"

제노벨라스의 얼굴이 갑자기 처참하게 일그러졌다.

벼락처럼 깨달았다. 실로 뒤늦은 깨달음이었다.

집시왕비는 오지 않는다!

적어도 자신을 구하기 위하여 여기까지 오는 일은 결코 없을 것이다.

왕의 비호라고? 맙소사, 도대체 그들은 무슨 착각을 하고 있었던가!!

쿵! 쿵쿵! 쿵!

심장이 제 멋대로 날뛰기 시작했다.

가만히 있는데도 숨소리가 거칠어졌다.

제노벨라스는 숨을 헐떡거리며 눈알을 좌우상하로 번잡하게 굴렸다.

왕을 막을 수 있는 것은 왕뿐이다.

집시왕비가 오지 않는다면 그는 절대로 목숨을 부지할 수 없다.

"히이익!!"

공포에 질린 그가 한 행동은 등을 돌려서 도망치는 것이었다.

불행하게도 제노벨라스는 왕의 손아귀에서 벗어날 수 없다는 사실을 이 자리에 있는 그 누구보다도 잘 알고 있었다.

"켁!"

그는 허겁지겁 달려가다가 보이지 않는 막에 얼굴을 처박고 벌러덩 넘어졌다.

다른 사람이 보기엔 잘 달리다가 제 풀에 넘어지는 것으로 보였다.

제노벨라스는 손톱을 세워 땅을 후려쳤다.

빡!

그러나 둔탁한 소리만 날 뿐 바닥은 멀쩡했다.

"빌어먹을! 제기랄!! 제기랄!"

그는 욕지기를 마구 토해내며 미친 듯이 손톱을 날렸다.

건드리기만 해도 산산이 터져 나가던 물러빠진 흙이 수십 번을 두들겨도 꿈쩍도 않았다.

"이제 1분 남았구나."

테오발트가 무료하게 말했다.

이제 제노벨라스는 땅에 달라붙어 손톱으로 마구잡이로 바닥을 긁어댔다.

"히이익! 죽기 싫어! 죽기 싫다고! 히힉! 죽기 싫어!"

셀 수 없이 많은 사람을 해친 주제에 죽기 싫다고 발악하는 꼴이 실로 추하다.

그 오만방자하고 기세등등하던 모습은 다 어디로 갔단 말인가.

그런 것을 생각할 여유 따윈 없다.

테오발트가 내려준 5분이라는 유예기간이 그에게 견디기 힘든 공포를 선사하고 있었다.

차라리 그냥 죽여주었더라면 그게 더 나았을는지도 모른다.

"5분. 시간이 전부 지났다."

제노벨라스는 작은 벌레처럼 땅에 찰싹 달라붙어서 벌벌 떨었다.

감히 뒤를 돌아볼 용기도 나지 않았다.

테오발트가 턱끝으로 그의 등을 굽어보며 말했다.

"징벌의 시간이구나."

"크아아악!!"

공포를 이기지 못한 제노벨라스가 괴성을 지르며 테오발트에게 달려들었다.

전신에서 검은 마력이 일기 시작하여 오른팔로 몰려들었다.

그는 사력을 다해 손톱을 휘둘렀다.

시커먼 마력이 땅을 다섯 갈래로 할퀴며 테오발트를 덮쳤다.

테오발트는 전에 가져왔던 기린초 꽃잎을 품 안에서 꺼냈다.

순간 거대한 마력이 하늘하늘 땅으로 떨어지는 잎을 덮쳤다.

콰과곽!!

묵직한 소음이 터져 나왔다.

그 강맹한 기운이 꽃잎 한 장을 찢어버리지 못하고 굉음만 토해냈다.

"으아아아아!!"

제노벨라스는 목에 핏대까지 세우고 고함을 지르면서 힘을 있는 대로 쥐어짰다.

마력이 한층 더 어두워졌다.

괜히 소리만 지른 것은 아닌지 꽃잎이 더 이상 압력을 감당하지 못하고 불안하게 흔들렸다.

　바로 코앞에서 그 광경을 보고 있는 테오발트의 표정은 태만해 보일 정도다.

　푸아악!

　일순 엄청난 수의 꽃잎이 터져 나왔다.

　사방으로 푸른 나무 잎사귀가 자라났다.

　불길하기 그지없던 마력은 흘러넘치는 생명력에 휩쓸려 사라진 지 오래다.

　테오발트가 한 걸음 내딛으면 그 발아래 온갖 잡초와 나무가 움텄다.

　두 걸음 걸었을 때 그는 팔을 불쑥 내밀었다.

　그의 손아귀에 제노벨라스의 목이 잡혔다.

　"……!!"

　짧은 순간 제노벨라스의 눈에 공포가 가득 어렸다.

　두려움에 눈물까지 고였다.

　테오발트는 이를 드러내고 그를 비웃었다.

　그의 손속이 잔혹하게 움직였다.

　제노벨라스의 목이 꺾이고 목뼈와 이어진 뼈들이 산산이 으스러졌다.

　그는 평범한 인간과 똑같은 고통을 느끼며 비명을 질렀다.

　"끄으으, 으아아악!!"

　피를 줄줄 토하던 제노벨라스가 다시 테오발트에게 덤벼들었다.

어떤 기대를 하고 반격을 하는 것이 아니다.

다만 공포를 잊기 위한 한 방법일 뿐이다.

"……."

제노벨라스의 손톱이 바로 지척에 닿을 때까지 테오발트는 움직이지 않고 있었다.

이 전투를 지켜보던 사람들은 테오발트가 위기에 처했다 믿고 신음을 터뜨렸다.

카각!!

그때 한줄기 바람이 손톱을 가로막았다.

레논이 몸을 추슬러 일어나 성검의 힘을 다시 운용했다.

"쓸데없는 참견이었나."

그는 콧잔등을 살짝 찡그리며 웃었다.

테오발트가 레논이 일으킨 바람의 위에 손을 올렸다.

"보조를 맞춰주지. 싫으면 말고."

레논은 저항하지 않고 테오발트의 힘을 고스란히 받아들였다.

콰앙!

바람의 흐름이 수백 배, 아니, 수천 배 이상 빠르고 강력해졌다.

제노벨라스가 이에 대항하여 마지막으로 발악했으나 그의 힘 따윈 소리 소문도 없이 바람 속에 묻혔다.

"살려줘! 용서를!! 제발, 제발!"

제노벨라스는 테오발트를 향해 팔을 허우적거리며 소리

쳤다.

그 목소리도 이내 바람에 묻혔다.

"끄아아아아악!!"

거대한 회오리가 제노벨라스를 한 줌의 재로 만들고 하늘 위로 뻗어갔다.

구름이 둥글게 밀려 나가고 바람으로 이루어진 기둥이 하늘을 꿰뚫었다.

몇몇 사람들은 이와 비슷한 광경을 본 적이 있다.

왕궁이 습격받았을 때 신궁 가르시아가 이때처럼 위대한 힘을 발휘하였다.

고오오.

모두가 숨을 죽이는 동안 땅울림이 오랫동안 이어졌다.

하늘의 기둥은 서서히 공기 중으로 스러졌다.

넋을 놓고 있던 사람들이 정신을 차린 것은 그로부터 한참 후였다.

그들은 모두 놀라움을 금치 못했다.

도대체 저 청년의 정체가 무엇이기에 성검을 가진 영웅들과 성스러운 용조차 당해내지 못하던 마족을 쓰러뜨릴 수 있는가.

정말 신의 사자라도 된단 말인가?

테오발트는 만신창이가 된 악터스와 빌로를 어깨에 메고 돌아오고 있었다.

모든 병사들의 시선이 그에게 집중되었다.

그때 하늘을 배회하던 청룡이 인간의 모습으로 화해 테오발트의 곁으로 내려왔다.

스톰폴트의 자랑이던 레논 이글아이가 다름 아닌 용이었을 줄이야.

정말 놀랄 일이 한두 가지가 아니었다.

그때 안스바하 왕자가 호위를 이끌고 나왔다.

"정말 놀라웠소! 성스러운 용이여, 사람들을 지켜준 그대에게 진심으로 감사를 표하오!"

레논이 용이라는 사실을 알게 된 이후 안스바하 왕자의 말투가 공대로 바뀌었다.

그런데 그는 이상하게도 테오발트는 뒷전으로 하고 레논에게 감사를 표하고 있었다.

"하하, 내 다 알고 있소이다. 테오발트 경은 뷜로 대공의 직전제자로 마법을 자유로이 구사하고, 놀랍게도 검술 실력까지 마스터의 경지에 근접한 수준이라고 들었소. 그뿐 아니라 그는 강력한 찬트를 구사하기도 하오. 사악한 마족도 테오발트 경이 이토록 대단한 자인 줄은 미처 알지 못하고 허를 찔렸을 것이오. 하지만 결국 마족을 쓰러뜨린 것은 그대가 가진 용의 힘 덕분이 아니었소?"

안스바하 왕자는 호탕하게 웃으며 모든 공을 레논에게 돌렸다.

그러나 테오발트의 공이 명백한데 어찌 그 공을 가로채랴.

132 불사왕

레논이 바로 진실을 밝히려고 했다.

그런데 테오발트가 그냥 두라고 고개를 저었다.

[도대체 왜?]

그의 의문에 테오발트가 답했다.

신비하게도 말이 직접 머릿속에 울렸다.

[아니면 내가 불사왕이기 때문에 마족을 쓰러뜨릴 수 있었다고 할 텐가?]

레논은 순간 말문이 막혔다.

그는 테오발트의 정체가 무엇이든 관계치 않지만 사람들은 다를 것이다.

테오발트는 잔뜩 흥분한 인간들을 응시하며 실소를 지었다.

[좋을 대로 하게 둬라.]

레논이 부인하지 않자 안스바하 왕자는 자신이 맞았다는 생각에 괜히 어깨를 으쓱했다.

"역시 내 말이 맞았소이까?"

처음부터 특별한 것도 없는 청년이 마족을 퇴치했다는 사실이 의아하던 상태였다.

신성한 용이 거짓을 말할 리 없다는 믿음도 있었다.

모든 이가 안스바하 왕자의 말을 믿고 경외에 찬 눈빛으로 레논을 올려다보았다.

그때 좌중을 물리고 이글아이 백작이 뛰어왔다.

그를 본 레논의 얼굴이 살짝 굳었다.

"레논, 아니… 당신은……."

이글아이 백작은 레논을 어찌 불러야 할지 곤란해했다.

"그냥 레논이라 불러주십시오."

"아. 그, 그리해도 될지……."

연신 곤란함을 표하던 이글아이 백작이 결심을 굳힌 듯 고개를 들었다.

"용이시여, 무례를 용서하십시오. 신벌을 감수하고 이렇게 묻겠습니다. 제 아들은 어찌 된 것입니까? 인간의 몸에서 용이 태어날 리가 없지 않습니까."

레논은 깊이 한숨을 토했다.

그러나 이렇게 된 이상 반드시 전해야 할 이야기였다.

"용은 평생 동안 수련을 쌓으면서 살아갑니다. 스스로 몸을 낮추고 짐승의 생을 살아보기도 하고, 작은 곤충의 입장에서 생각해 보기도 하면서 다양한 생물의 입장을 이해하려고 노력합니다. 그리하여 세상 만물의 이치를 깨달으면 승천(昇天)하여 보다 훌륭한 존재로 거듭날 수 있습니다."

그는 잠시 주저하다가 이야기를 이었다.

"수년 전 벼랑 아래에 떨어져 있는 두 살짜리 아이를 발견했습니다. 추측컨대 어떤 사고를 당한 것 같았습니다. 저는 그 아이를 대신하여 지금까지 레논으로서 살아왔습니다."

"아!!"

이글아이 백작은 망연히 주저앉고 말았다.

다들 용의 출현으로 기뻐하고 있으나 그만은 아니다.

평생을 키워온 아들이 가짜이고, 하나밖에 없는 진짜 아들은 벌써 오래전에 죽어버렸다고 한다.

레논은 크게 낙심한 이글아이 백작을 쓸쓸하게 응시했다.

"기른 정은 정도 아니라더냐?"

테오발트가 불쑥 인상을 쓰고 말했다.

이글아이 백작이 고개를 들었다.

"그대가 이제까지 저놈을 기르지 않았는가. 자기 배에서 태어난 것이 아니면 아들도 아닌가?"

"……."

이글아이 백작이 눈을 점점 크게 뜨더니 레논을 보았다.

레논은 차마 백작과 눈을 마주치지 못했다.

"저는 아버지를… 제 아버지라고 여기고 있습니다."

완전하게 인간의 삶을 이해하기 위해서 용들은 본래 가지고 있던 모든 지식을 차단한다.

두 살짜리 인간으로 둔갑한 레논은 정말로 아무것도 모르는 어린아이였다.

그를 여기까지 키워준 것이 이글아이 백작이니, 그는 또 다른 아버지였다.

"그러나 낙심이 크신 것도 이해하고 있습니다."

그가 자신을 아들이라 인정하지 못한다 해도 그건 당연한 일이었다.

이글아이 백작이 그의 손을 잡았다.

"내… 가 미처 그런 생각을 하지 못했다. 그래……. 그렇구나! 너도 당연히 내 아들인 것을. 어리석게도, 어리석게도."

혼란스러웠던 백작의 표정이 점차 달라졌다.

그는 레논의 손을 꼭 잡은 채 눈시울을 붉혔다.

"그래도 그 아이의 죽음을 알려주었으면 좋았을 것이다. 지금까지 그 누구도 그의 죽음을 슬퍼해 주지 못했지 않은가."

"그의 자리를 빼앗을 때……. 저는 깨달음을 얻을 생각밖에 하지 못했습니다. 이제 와서 그것이 큰 죄라는 것을 알았습니다."

이글아이 백작은 아무 말도 않고 레논을 안아주었다.

"회포나 풀고 와라. 이놈들이 죽기 전에 상처를 봐줘야겠구나."

테오발트는 악터스와 뷜로를 가리킨 후 그곳을 떠났다.

대부분의 사람들은 그에게 큰 관심을 주지 않았다.

그러나 몇몇 이들은 테오발트에게 무궁한 관심을 표했다.

말하기 좋아하는 병사가 몇몇 이들을 불러 모아서 이야기했다.

"저 사람이 누군지 아는가? 바로 그가 베르그이젤 백작 가문의 후계자라네."

"나도 알고 있다네."

"다들 신성한 용의 힘이 마족을 물리쳤을 거라고 했지만 나는 생각이 다르네. 이번에 마족을 쓰러뜨린 것은 베르그이젤의 후계일 게야! 자네, 이런 소문은 들어본 적이 있는가? 대륙 곳곳을 넘나들며 마족의 음모를 저지한 어느 영웅의 이야기인데 마족의 손아귀에서 소국의 왕을 구하기도 하고, 교황의 암

살을 저지하는 등 엄청난 일을 했다고 하지. 그 소문에 등장하는 영웅이 그와 비슷해!"

"듣기는 했다만 그건 뜬소문이 아닌가?"

"이런 바보 같은 사람아! 오늘 목격한 것과 그 이야기를 종합하면 단순한 뜬소문이 아닐 거라는 결론을 얻을 수 있지 않은가!"

병사는 제 가슴까지 퍽퍽 치며 답답함을 토로했다.

"그가 이글아이 백작과 레논 경 사이에서 하는 말을 자네도 들었지 않은가. 누가 감히 신성한 용에 대해서 그렇게 말을 할 수 있는가. 이래도 내가 헛소리를 하고 있는 겐가?"

"확실히 그건 그래."

"이제야 내 말을 알아듣는군. 그는 절대로 보통 인물이 아니야. 내가 보기에 그는 신의 사자가 분명하네!! 세상이 흉흉하니 신께서 모든 것을 바로잡기 위해 그를 내려보내신 거지!"

"그렇군! 신의 뜻을 대행하는 자라면 용에게도 함부로 굴만 해!"

병사들은 밤이 깊도록 토론에 빠져들었다.

일부 사람들이 만들어낸 소문은 조금씩, 하지만 착실하게 퍼져 나고 있었다.

Chapter 04
새 생명

THE KING OF
IMMORTALITY

남녀 넷으로 구성된 조촐한 일행이 숲을 가로질러 갔다.

"이쪽입니다, 엔하님. 이제 얼마 안 남았습니다."

마법사의 소굴까지 안내하던 쿤이 연신 초조하게 말했다.

한시라도 빨리 돌아가서 가족을 구하고 싶은 마음이 간절했
다.

"……"

쿤을 뒤따르던 엔하는 시선을 돌려 지그문트를 보았다.

지그문트의 얼굴에서는 한 톨의 감정도 찾아볼 수 없었
다.

눈동자가 죽은 사람의 것처럼 탁하였는데 어째서 그걸 지금
까지 눈치채지 못했는지 이해할 수가 없다.

엔하는 상념을 털어냈다.

지금은 수인족을 구해내는 것이 먼저다.

얼마 걸리지 않아 일행은 목적지에 도착했다.

잔악한 마법사 킨 볼프가 참혹한 실험의 장으로 사용한 회색의 탑은 3층 높이의 단출한 규모였다.

그러나 속을 들여다보면 지하로 50층 이상을 갖춘 거대 구조물이라는 것을 알 수 있다.

현재 대륙의 건축기술로는 불가능하고 마법이 간여한 건물이다.

끼익.

문은 열려 있었다.

위험을 각오하고 안으로 들어갔지만 인기척이 느껴지지 않았다.

그러나 들어가자마자 피비린내가 물씬 풍겼다.

엔하는 불길함을 애써 무시하며 계속 걸음을 옮겼다.

그때 안절부절못하고 뒤를 따르던 쿤이 신음을 토했다.

"헉……!"

수인족의 시체 몇 구가 쓰레기처럼 구석에 쌓여 있었다.

모두 심하게 손상되어 차마 눈뜨고 보지 못할 지경이었다.

쿤은 몸을 부들부들 떨었다.

시체 더미 사이에서 낯익은 얼굴을 발견했다.

같은 날 붙잡혀 와서 같은 철장 안에 갇혀 있던 수인족이었다.

그가 죽었다는 것은 가족도 흉한 일을 당했다는 뜻이 아닌가?

엔하가 쿤의 어깨를 붙잡고 외쳤다.

"정신 차려라! 가족을 구해내야 하지 않은가!"

"에, 엔하님."

아직 가족이 죽었다고 결론이 난 것은 아니다.

자신이 아니면 누가 그들을 구해주겠는가!

그 말이 쿤을 제정신으로 돌아올 수 있게 해주었다.

"분노에 몸을 맡겨서는 안 된다. 혼탁한 정신으로는 마족을
물리칠 수 없다."

엔하는 쿤을 다독이면서 동시에 자신의 마음도 다스렸다.

지금 이성을 잃을 것 같은 것은 그녀도 마찬가지이다.

피를 머금어 붉게 변한 바닥과 온갖 흉악한 기구들이 여기
서 얼마나 끔찍한 행위가 행해졌는지 알려주었다.

마족의 사악함에, 그 역겨움에 당장에라도 피를 토할 것만
같았다.

"이건 노랫소리?"

엔하의 귀에 흥얼거리는 소리가 들렸다.

일행에게 주의를 준 뒤 그녀는 발소리를 낮추고 소리가 나
는 곳으로 향했다.

그녀는 드디어 이 참상의 원흉 중 하나를 만났다.

파란머리 요정이 바닥에 쓰러져 있는 수인족을 난도질하고
있었다.

노래를 부르며 더할 나위 없이 흥겨운 기색으로 시체를 처참하게 헤집었다.

특이한 머리색과 뾰족한 귀 때문에 소녀는 인간으로 변한 요정처럼 보였다.

하지만 소녀의 잔혹함은 절대 요정의 것이 아니다.

"엇? 네놈들은 대체?"

한때 요정이었으나 현재는 서열 20위권의 고위 마족인 타유가 뒤늦게 그들의 기척을 느끼고 화들짝 놀랐다.

엔하는 대답하는 대신 거칠게 신궁을 당겼다.

시위를 떠난 빛의 화살이 폭발적인 위력을 보이며 타유를 덮쳤다.

쾅과광!! 쿠쿵!

강한 폭발에 1층부터 3층까지 탑의 반절이 모조리 날아가 버렸다.

자욱한 먼지 사이에서 엔하는 이를 깨물었다.

간발의 차이로 화살이 빗나갔다.

허공을 딛고 선 고위 마족 타유가 혼란스러운 얼굴로 말했다.

"신궁! 그렇다면 너는 요정 여왕인가? 신궁의 위력이 이상할 정도로 강하지만 그 정도로 내 이목을 완전히 속일 수는 없어!"

타유는 다시 인간으로 둔갑해 바닥에 내려왔다.

그녀는 제노벨라스와 동급의 고위 마족이었다.

악터스와 레논이 힘을 합쳐야 간신히 상대할 수 있을 정도로 강력한 존재이다.

그런데 그토록 강한 그녀가 일행이 바로 지척까지 접근했음에도 그 기척을 느끼지 못했다.

어떻게 그런 일이 있을 수 있는가?

순간 타유의 눈에 붉은색 옷을 입은 여인이 들어왔다.

타유는 여태껏 한 번도 만년장로를 만나본 적이 없다.

그러나 본능적으로 붉은 여인의 정체가 만년장로 중 하나인 적무연임을 깨달았다.

적무연이 치렁거리는 소매를 크게 떨쳤다.

소매 안에서 붉은 기운이 어른거리는가 싶더니 타유의 전신이 불길에 휩싸였다.

"꺄아아악!!"

타유는 비명을 지르면서 바닥을 굴렀다.

불이 붙은 채 바닥을 구르는데도 다른 것들은 전혀 타지 않았다.

붉은색의 불꽃은 타유의 육신만을 태웠다.

지독한 악취와 함께 살점이 타고 근육과 뼈가 녹아들어 갔다.

"부왕께서 여행길에 마족이 눈에 띄거든 모조리 잡아 죽이라고 하셨답니다."

"거, 거짓말… 와, 왕이, 그가 그럴 리가 없…… 끄륵, 살려……."

"거짓말이 아니에요."

적무연이 불길 속에서 버르적거리는 타유를 보며 상냥하게 대답해 주었다.

타유는 살아남으려고 발악을 했다.

그러나 얼마 후엔 뼈마저 전부 녹아 한 줌의 재만이 남았다.

적무연은 그 재를 입안에 털어 넣어 타유의 마력을 고스란히 자신의 것으로 했다.

마력이 탐났던 것이 아니라, 마족의 시체를 방치하면 이 일대가 오염되기 때문이었다.

왕의 명령을 충실히 이행한 적무연이 손을 털며 일행에게 말했다.

"전부 끝났습니다."

"……"

위협적인 마족이 사라졌지만 아무도 환호하지 않았다.

쿤은 멍한 얼굴로 방 안에 흩어져 있는 수인족의 시신들을 보고 있었다.

무엇을 생각하는지 창백한 얼굴로 한마디도 하지 않는다.

엔하도 침묵했다.

죄없는 수인족이 무수히 학살당했고, 그들을 죽인 흉악한 마족도 허망하게 죽었다.

적무연 덕분에 마족을 쉽게 처치하고 복수를 이뤘으니 감사를 표해야 하나.

가당치도 않은 생각에 욕이 터져 나올 것 같다.

"마족이 더 있을지도 모릅니다. 주의해 주세요."

남의 심정을 아는지 모르는지 적무연은 일행에게 주의를 준 뒤 지그문트의 곁으로 다가가 팔짱을 꼈다.

그녀가 다가오자 인형처럼 무표정한 지그문트가 잠깐이나마 웃었다.

엔하는 그 광경을 외면했다.

잠시 구멍이 뚫린 천장을 올려다보았다.

햇볕이 따사롭게 내리쬐는데도 먹먹한 가슴이 나아지질 않았다.

시신을 수습할 틈도 없이 일행은 계속 지하로 내려갔다.

쿤이 많은 시체 중 하나를 품에 안고 따라왔다.

40층쯤에 다다랐을 때 유독 피비린내가 지독한 장소를 발견했다.

엔하는 잠시 망설였으나 결국 문을 열어젖혔다.

그들은 결국 보고 싶지 않은 광경을 목격하고야 말았다.

내실은 지금까지 지나쳐 왔던 그 어떤 방보다 넓고 거대했다.

그 안에 도저히 셀 수도 없을 정도로 엄청난 수의 수인족이 학살당해서 쌓여 있었다.

모든 이들이 직감적으로 살아 있는 수인족은 존재하지 않음을 깨달았다.

쿤이 한 걸음씩 걸어나왔고 무릎을 꿇었다.

한참 동안 시체 더미를 응시하던 그의 눈에서 한 줄기 눈물이 흘러내렸다.

그는 손에 들고 있는 시체를 품에 소중히 안았다.

오래전에 생기를 잃은 시체는 쿤의 아내였다.

아내는 죽어버렸지만 어린 딸은 살아 있을지 모른다고 생각해서 포기하지 않았다.

이럴 줄 알았으면 어디로도 도망가지 말고 가족의 곁에서 함께 죽을 것을 그랬다.

눈물만 하염없이 흘러내렸다.

그는 시체에 몇 번이고 입술을 맞추었다.

목이 메여 비명을 지르지도 못하고 소리없이 오열했다.

엔하는 쿤의 곁에서 주먹을 꽉 움켜쥐었다.

"손님이 오셨군."

그때 이 끔찍한 방 안에서 낯선 이의 콧소리가 들려왔다.

이 실험을 자행한 마법사가 나섰는가?

엔하는 신궁을 움켜쥐고 돌아섰다.

그러나 예상과 달리 아름다운 외모를 가진 여인이 그곳에 서 있었다.

"네놈도 마족이냐?"

"오? 이건 요정 여왕이었군. 찰나였지만 우리는 구면이 아닌가?"

여인의 몸이 점점 변하더니 젊은 남자의 모습으로 바뀌었다.

너무나 괴이한 장면이었다.

마족은 강력한 마력으로 외모를 자유로이 변화시킬 수 있다.

성별조차 무의미하여 때로는 잘생긴 청년으로, 때로는 아름다운 여인으로 변하기도 했다.

"너는……!"

엔하는 상대를 어디서 보았는지 깨달았다.

위기에 몰린 라우지 토가를 도주시키기 위해 잠깐 모습을 드러냈던 녹색 머리칼의 요정!

"아, 내 이름을 모르는 것인가? 그럼 소개해야겠군. 나는 죽은 영혼들의 왕, 야요라 한다."

사령왕(死靈王) 야요는 스스로 소개했다.

"사령왕……! 이런 짓을 하고도 무사히 넘어갈 수 있으리라 생각했느냐!"

엔하는 낮게 으르렁거리며 활을 들었다.

하지만 적무연이 그녀를 만류하며 나섰다.

"당신이 상대할 수 있는 자가 아닙니다. 그는 다른 마족과는 격이 다른 존재이지요."

사령왕 야요의 공식 서열은 4위이다.

그토록 강했던 마도남왕 라우지 토가조차 서열이 9위에 불과했다.

강화된 신궁을 얻었으나 엔하는 사령왕의 발치에도 닿지 못할 것이 자명하다.

"그를 붙잡으면 많은 정보를 얻을 수 있을 것입니다. 생포할까요, 아니면 그냥 죽일까요?"

적무연이 엔하를 보며 물었다.

"무슨 뜻이지? 그걸 왜 내게 묻는가?"

"부왕께서 당신의 뜻을 따르라 하셨답니다."

"그가?"

엔하는 불사왕을 받아들일 수 없었다.

하지만 그의 진의를 의심할 필요가 없음은 안다.

불사왕이 어떤 심정으로 마족을 만들고, 또 그들을 죽이는지 직접 보았으므로.

"…생포하라. 심문해 볼 필요가 있다."

"알았습니다."

야요는 자신을 생포하니 마니 하는 대화를 태연하게 듣고 있었다.

그는 적무연을 향해 대단히 반가운 어조로 말했다.

"영웅을 자처하는 놈들이나 몇 잡아보려고 했는데 적무연님을 이런 곳에서 뵙게 될 줄이야. 저는 정말로 운을 타고난 것 같습니다. 이로써 다시금 왕을 기쁘게 해드릴 수 있게 되었군요."

"왕이라니요?"

적무연은 영문을 몰라 고개를 갸웃거렸다.

야요는 즐거이 웃었다.

"새로이 모시는 나의 불사왕을 이르는 말입니다. 혼동이

없도록 그녀를 새 왕, 적무연님이 모시는 분을 옛 왕이라고
부르도록 하겠습니다. 적무연님은 예전부터 옛 왕의 곁에 붙
어 한시도 떨어지지 않으려고 하셨지요. 새 왕께서는 오래전
부터 그런 당신을 탐탁지 않게 여기셨습니다. 이곳에서 당신
을 죽이면 필경 새 왕께서 기뻐하시며 제게 큰 상을 내리시겠
지요."

마링겐 왕비가 주는 상은 그 무엇과도 비할 수 없는 것이다.

새 왕은 임무를 흡족하게 완료한 자에게 자신의 살을 잘라
서 던져 주었다.

무한에 가까운 마력을 보유한 그녀는 자신의 마력을 잘라주
는 데 전혀 망설이지 않았다.

마족에게 마력을 부여하고, 새로운 마족을 만들어내기도 한
다.

과연 그녀는 불사왕이라 불릴 만한 존재인 것이다!

"사령왕 야요, 당신의 힘으로 저를 죽이는 것이 가능하리라
생각하십니까?"

"쉽지는 않겠지요. 그래도 가능하리라 생각합니다."

야요는 자신의 힘 중 일부를 내비쳤다.

죽음이 예정된 필멸자 따위는 그것만으로도 숨이 막혀 죽어
버릴 것이다.

적무연은 긴 소매를 장막처럼 사용해 일행을 보호했다.

안전한 장소에 지그문트가 담담히 서 있는 것을 확인한 그
녀는 다시 야요를 응시했다.

"무척 강해지셨군요. 어찌 된 영문인지요."

"라우지 토가를 제물로 삼아서 옛 왕을 도발하고 그분의 각성을 도운 적이 있지요. 이에 새 왕께서 크게 기꺼워하시며 약간의 피를 상으로 내리셨습니다. 거기에 더해서 피피오라고 그 난쟁이 년을 잡아먹고 영양보충을 했습니다. 이 사령왕 야요가 만인의 두려움을 한 몸에 받던 당신에 필적할 만한 힘을 가지게 된 것입니다!"

"정녕 저를 누를 수 있을 거라 확신하십니까?"

"물론입니다!"

야요가 기세 좋게 두 팔을 넓게 벌렸다.

갈무리되어 있던 나머지 권능까지 모두 개방되었다.

그에 적무연도 조용히 자신의 힘을 개방했다.

마족이란 홀로 세상을 멸망시킬 수도 있을 정도로 강력한 생물이다.

그들이 힘을 개방하면 산이 무너지고 해일이 일어나는 것이 예사이다.

그러나 한없이 절대자에 가까운 두 마족 간의 싸움은 완전히 달랐다.

요란한 힘자랑은 온데간데없다.

그들은 서로의 눈을 응시하며 조용히 존재를 겨루었다.

적무연을 굽어보던 야요의 얼굴 거죽이 약간 꿈틀댔다.

자세히 보지 않으면 눈에 띄지도 않을 만큼 미미한 동요였다.

그러나 치명적인 동요이기도 하다.

야요는 힘이 달리는 것을 느꼈다.

적무연은 왕의 왼팔과 어깨의 일부를 먹었다고 알려져 있다.

자신은 그보다 훨씬 많은 양의 살점을 먹었으니 그녀보다 더욱 강해야 할 터이다.

그런데 어째서 계산과 전혀 다른 결과가 나타난 것인가.

적무연히 조용히 말했다.

"내가 먹은 것은 왕의 한쪽 팔, 그리고 피에 젖은 내장 덩어리……."

까마득한 옛날, 망국(亡國)의 공주였던 적무연은 굶주린 백성들에게 물과 먹을 것을 모두 양보하고 천천히 말라 죽어갔다.

그를 본 불사왕이 자신의 팔을 베어 그녀에게 주었다.

보름을 굶다가 죽은 그녀는 다시 태어나 아귀가 되었다.

그녀는 자신을 되살려준 이의 배를 가르고 게걸스럽게 내장을 뜯어 먹었다.

왕은 차마 그녀를 뿌리치지 못했다.

'이건 사기야! 왕은 왜 저년만 편애하는 거야!!'

야요는 마음속으로 소리를 질렀다.

다들 정말 많이 먹어봤자 팔뚝 한 개 정도인데 적무연은 팔뚝에다가 내장까지 다 먹었단다.

짜증이 나고 질투가 나서 못 견디겠다.

마음에 동요가 일자 힘의 순환도 자연히 무너졌다.

이제 대치 상태가 무너지고 목이 날아가는 것은 시간문제였다.

야요는 식은땀을 흘리며 탈출구를 찾기 위해 머리를 굴렸다.

결국 마지막으로 찾아낸 것은 적무연의 등 뒤에 숨어 있는 일행과 지그문트였다.

지그문트는 적무연의 약점이 아니다.

라우지 토가가 지그문트에게 손을 대려고 했다가 혼쭐이 난 것을 그도 알고 있다.

'그래도 하는 수 없다.'

그는 일말의 희망을 품고, 없는 힘을 쪼개 지그문트를 공격했다.

야요의 어설픈 계획을 적무연이 알아채지 못할 리 없다.

누군가가 지그문트에게 손을 대려 할 때마다 그녀는 이성을 잃을 정도로 분노했다.

하지만 어찌 된 일인지, 크게 화가 나지 않았다.

아득할 정도로 긴 만 년의 세월 동안 그녀는 살육의 기쁨을 잊었고, 힘에 대한 열망을 잊었으며, 생의 의미, 생의 슬픔을 잊었다.

그리고 길지도 않은 시간 동안 분노조차도 잊어버린 모양이다.

이제 남은 것은 그가 무척 소중하다는 사실뿐.

"지그문트."

적무연은 망설임없이 자신의 몸을 던져 그를 보호했다.

온몸으로 고스란히 공격을 받아낸 뒤 그녀는 천천히 쓰러졌다.

그녀의 얼굴은 다소 창백했지만 여전히 아름다웠다.

그러나 몸속의 장기들은 터져 나가고 문드러진 상태였다.

"하아, 하아!"

사령왕 야요는 가슴을 움켜쥐고 숨을 거칠게 토했다.

다친 곳은 없으나 너무 큰 힘을 소진해 버렸다.

그는 호흡을 고르자마자 적무연의 상태를 살폈다.

적무연은 만신창이가 되어 쓰러져 있었지만 마음을 먹으면 어떻게든 망가진 장기를 수습하고 몸을 일으킬 수 있을 것이다.

그러나 적무연에겐 그럴 의지가 없어 보였다.

더 이상 살고자 하는 뜻이 없기 때문이다.

또 다른 만년장로 호운이 스스로 목숨을 끊은 것처럼 적무연도 치명상을 방치한 채 처연하게 하늘만 쳐다보았다.

"만년장로란 작자들은 참 이상하지."

삶을 포기한 그녀를 보며 야요는 신기한 표정을 지었다.

그도 만 년 정도 살아보면 적무연처럼 무감각해지겠지만 지금의 그로서는 도저히 이해하지 못할 일이다.

어쨌건 큰 힘 들이지 않고 그녀를 죽일 수 있게 되었으니 그로선 이런 행운이 없었다.

야요는 적무연의 숨통을 완전히 끊어버리기 위해 걸음을 옮겼다.

그녀를 죽이고 그녀가 지닌 막대한 힘을 모조리 얻을 생각을 하자 갑자기 흥분으로 전신이 후끈 달아올랐다.

그때 적무연이 조용히 입을 열었다.

"그리 보고 계시지만 말고 도와주십시오."

마법으로 감추어져 있던 공간이 열렸다.

세 번째 만년장로이며 흑룡왕(黑龍王)이기도 한 엘더 크라우가 모습을 드러냈다.

"감이 안 좋아서 따라와 봤는데 과연 예상대로 되었군. 타락한 지 만 년이 넘었음에도 천기를 읽고 미래를 내다보는 용의 힘은 건재한 모양이야. 그건 그렇고, 도와달라는 것은 아직 살고자하는 의지가 있다는 말인가?"

적무연은 처연하게 미소 지었다.

"아니오. 야요의 먹이가 되어 추하게 변해가는 모습을 그에게 보이고 싶지 않을 따름입니다. 마지막을 조용하게 보낼 수 있게 도와주십시오."

누구에게 추한 꼴을 보이고 싶지 않단 말인가?

엘더는 지그문트에게 시선을 주었다.

"소녀다운 소원이로군."

흑룡왕 엘더는 고소를 지었다.

"엘더님께서 저를 막아서겠단 말씀이십니까? 적무연님에 대해서 한 번 오판을 했지만, 같은 실수를 두 번 하지는 않을 것 같습니다. 아무리 봐도 당신은 저의 적수가 아니로군요."

사령왕 야요가 입을 비틀면서 말투만큼은 매우 공손하게 말했다.

상대의 도발에 엘더는 송곳니를 드러냈다.

"그래. 예전과는 사정이 완전히 달라졌구나. 하지만 너는 무연에게 도전하여 힘의 대부분을 소진한 상태이다. 지금이라면 내 힘으로도 네 목을 비틀 수 있을 것 같군."

그의 전신에서 무형의 기운이 뭉클뭉클 배어 나왔다.

야요는 눈살을 찌푸렸다.

엘더의 말대로 확실히 그는 많이 지쳐 있었다.

"조용히 물러서 준다면 나도 경거망동하지 않겠다. 네가 강대한 권능을 손에 넣은 것을 알고 있다. 그에 대해 진심으로 경의를 표한다."

엘더의 말에 야요는 잠시 생각하다가 결국 물러나기로 결정했다.

적무연의 힘을 취할 수 없는 것은 대단히 아쉽다.

그러나 자칫하다간 흑룡왕과 양패구상할 수도 있는 일이다.

흑룡왕 엘더가 적무연의 시체를 취하진 않을 것 같다.

왕이 친딸처럼 아끼는 여인을 설마 먹이로 삼겠는가?

불사왕의 충실한 개로 살아온 만년장로가 이제 와 왕을 거스르는 행위를 할 리 없다.

아무도 적무연의 마력을 가지지 못한다고 생각하면 그래도 위안이 된다.

게다가 마링겐 왕비로부터 적무연을 죽인 상으로 더욱 강력한 마력을 얻게 될 터.

"오늘은 물러나겠습니다."

야요는 결정을 내린 즉시 그곳을 떠났다.

그가 사라진 뒤 적막이 내려앉았다.

허공만을 응시하던 적무연이 고개를 힘들게 돌려 지그문트를 불렀다.

"이쪽으로……. 쿨럭."

기침을 하자 입에서 피거품이 쏟아져 나왔다.

지그문트는 시키는 대로 그녀의 곁으로 다가가 몸을 낮추었다.

그는 만신창이가 되어 죽어가는 적무연을 무표정한 얼굴로 내려다보았다.

벌써 오래전에 영혼을 잃었기에.

인형과 다를 바가 없기에 슬픔도 없고, 하다못해 원망이나 증오도 없다.

모르는 바가 아님에도 적무연은 씁쓸하게 웃고 말았다.

그녀는 사악한 마녀지만 정말로 그를 사랑했다.

그 마음만은 한 치의 거짓도 없는 순수한 진실이다.

연이어 피를 토하며 그녀는 천천히 식어갔다.

툭.

문득 얼굴 위로 물방울이 하나 떨어졌다.

생기를 잃어가던 적무연의 두 눈이 순간 커다랗게 벌어졌다.

지그문트가 무심하게 적무연을 응시하며 한 줄기 눈물을 흘렸다.

"아……! 쿨럭."

적무연은 꿈일지도 모른다고 생각해 팔을 간신히 움직여 그의 뺨을 어루만졌다.

꿈이 아니다.

손끝에 닿는 것은 분명 눈물이었다.

한 방울, 두 방울.

지그문트가 석상 같은 얼굴로 눈물을 흘리며 천천히 적무연을 품에 안았다.

눈물이 그녀의 흑단 같은 머리카락을 조금씩 적셨다.

"쿨럭, 하하, 쿨럭쿨럭, 하하하하."

피거품을 계속 토하면서도 적무연은 그 어느 때보다도 행복하게 웃었다.

기적이라고 말할 수밖에 없다.

기적이 일어나 일순간이나마 소원이 이루어졌다.

이처럼 행복하게 웃을 일은 이전에도 미래에도 결코 없으리라.

지그문트는 적무연을 품에 안고 소리없이 오열했다.

그녀의 머리카락을 쓸어 넘기고 이마에 입을 맞추었다.

몇 번이나 거듭하여.

행복에 젖어 있던 적무연의 얼굴이 불현듯 굳은 것은 그때다.

그녀는 지그문트를 뒤로 조금 밀어냈다.

이와 똑같은 상황을 예전에 본 적이 있었다.

바람 앞에 놓인 나뭇가지처럼 그녀의 전신이 조금씩 떨려왔다.

적무연은 수십 번을 망설이다가 눈물을 흘리고 있는 지그문트를 향해 명령했다.

"멈춰라."

후두둑 떨어지던 눈물이 거짓말처럼 멈췄다.

오열하느라 살짝 일그러진 얼굴이 자연스럽게 굳으며 무표정으로 변했다.

적무연을 위해서 눈물을 흘린 것이 아니다.

그는 가족을 잃고 오열하던 쿤을 그대로 흉내 내었다.

지금까지 연인의 흉내를 내어왔듯이.

지그문트는 마지막의 마지막 순간까지도 훌륭한 인형이었다.

"하하, 하하하하하!!!"

적무연이 갑자기 목청껏 폭소하기 시작했다.

모든 감정을 잊은 줄 알았다.

그런데 실낱같은 감정이 살아 있었다.

그녀는 웃음을 그치고 지그문트의 멱살을 움켜쥐며 명령

했다.

"내 몸을 먹어라. 땅에 떨어진 피 한 방울까지 모조리 핥아 먹어야 할 것이다!"

지그문트는 입을 벌려 적무연의 목을 물어뜯었다.

명령이 떨어지자 한 치의 틀어짐도 없이 그것을 따랐다.

우득!

생살을 물어뜯고 짓씹는다.

적무연은 소리 높여 웃었다.

그녀는 지그문트가 다른 인간들처럼 늙어 죽는 것을 막기 위해서 마법사로 만들었다.

하지만 마법사도 언젠가는 죽게 마련, 노화를 막고자 했다면 약간의 피를 주고 마족으로 만드는 것이 가장 확실한 방법이다.

그러나 적무연은 지금껏 그 방법을 뒷전으로 미루어두었다.

마족이 되면 인성이 완전히 바뀌어 버리기 때문이었다.

또한 중요한 이유가 한 가지 더 있으니, 영웅이었던 지그문트가 추악한 마족으로 전락하지 않도록 배려한 것이다.

살육밖에 모르는 적염의 마녀 적무연이 최초이자 최후로 보여준 배려였다.

아아, 이 절망은 필경 마족답지 않은 짓을 한 탓이다.

이제 마지막 남은 분노로 사랑하는 그를 나락에 처박아주겠다.

"아, 안 돼!! 무슨 짓이야!'

지그문트가 게걸스럽게 적무연의 살을 뜯어 먹는 것을 보고 엔하가 질겁하여 달려갔다.

하지만 흑룡왕 엘더가 그녀를 제지했다.

"이놈! 이것 놓아라!!'

"굳이 편을 가르자면 나는 지그문트라는 인간보다는 무연의 편이다. 무연이의 마지막 소원이다. 나는 그 바람을 이루게 해줄 생각이다."

"네놈이!'

엔하는 파랗게 분노하며 신궁을 당겼다.

그러나 엘더는 침착하게 말을 이었다.

"흥분하지 말고 너도 신중히 생각해 보는 것이 좋으리라. 지그문트는 적무연의 명에 따라 움직이는 인형이다. 주인이 죽으면 그 인형은 어찌 되겠느냐. 결국은 그도 죽게 되는 것이다. 하지만 적무연의 육신을 먹으면 지그문트는 죽지 않고 새로운 생을 얻을 것이다."

일순 엔하는 크게 동요했다.

미처 생각지 못했던 일이 눈앞에 닥친 탓이다.

지그문트가 죽은 것과 다름없는 상태이라지만 저렇게 숨을 쉬고 움직이지 않던가.

이제야 간신히 돌아왔는데, 다시 죽어버린다고?

툭.

자신도 모르는 사이에 그녀는 활시위를 놓아버렸다.

지그문트가 이대로 허망하게 죽어버리는 것이 싫었던 것이다.

이제 그는 새로운 생을 얻게 되리라.

살아 있는 것을 짓밟고 광소를 터뜨리는 마족으로 다시 태어날 것이다.

그러나 지그문트는 그렇게 될 바에야 제 목에 칼을 꽂고 죽기를 택할 사람이었다.

그가 얼마나 강직한 성품을 가졌는지, 동료였던 그녀가 가장 잘 알고 있었다.

어리석고 어리석다! 그런데도 일순간이나마 그가 되살아나길 바란 것인가!

"그, 그만둬!"

엔하는 다시 지그문트를 저지하려고 했다.

그러나 엘더가 팔로 그녀를 단단하게 붙들고 놓아주지 않았다.

아무리 발버둥쳐도 그를 뿌리치는 것은 불가능했다.

"그만둬, 그만! 아아아아아아!!!"

그녀는 하늘 높이 절규했다.

"어째서인가! 이 사악한 족속들아! 그가 무엇을 그리 잘못했단 말인가. 어째서 그에게 이런 치욕을 주느냐!! 어째서!!"

그녀는 피눈물을 흘리며 후회했다.

그가 얼마나 오랜 세월 고통 속에 살았는가.

그러나 그의 고통을 조금도 눈치채지 못했다.

오히려 그가 말없이 떠나갔다고 원망하고 비난하고, 마지막엔 그가 마족으로 전락하기를 바라기까지 했다.

어느덧 해가 넘어가며 하늘이 붉게 물들어가고 있었다.

피가 얼룩진 땅 위에 지그문트만 홀로 남았다.

그는 적무연의 피가 배인 흙까지 통째로 입안에 털어 넣었다.

명령대로 모든 것을 먹어치운 지그문트가 하늘을 향해 숨을 토했다.

갑자기 끈이 떨어진 인형처럼 그는 의식을 잃고 바닥에 쓰러졌다.

그제야 흑룡왕 엘더가 엔하를 놓아주었다.

엔하는 힘없이 바닥에 주저앉고 말았다.

흑룡왕은 쓰러져 있는 지그문트를 어깨에 둘러멨다.

문득 인기척이 느껴져 뒤를 돌아보았다.

"왕이시여, 늦으셨군요."

테오발트가 나흘거리를 한 걸음에 넘어 방금 이곳에 도착했다.

그의 시선이 지그문트에게 고정되어 있었다.

"이렇게 되어버렸습니다. 무연이의 소원이었지요."

엘더는 어깨를 들썩였다.

한참 후 테오발트가 침묵을 깨고 말했다.

"돌아간다."

＊　　　＊　　　＊

수인족을 구하러 나선 지그문트가 부상을 입고 돌아왔다는 소식이 전해졌다.

그는 스톰폴트를 지키는 세 기둥 중 하나였다.

사람들은 진심으로 병세가 호전되기를 빌었다.

"지그문트님께서 여전히 의식을 차리지 못하고 계신다고 합니다."

"벌써 나흘째 아닙니까?"

"신성한 용의 힘으로도 그분의 부상을 고치는 것이 불가능한 모양이지요?"

사람들이 걱정스러운 얼굴로 레논을 올려다보았다.

"그건⋯⋯."

레논은 난감한 얼굴을 했다.

사람들은 용이라면 뭐든지 다 알고, 뭐든지 다 할 수 있을 거라고 믿는 경향이 있었다.

"용에게 상처를 치유하는 능력 같은 것은 없다."

용은 그저 자연의 기운을 빌려 쓸 수 있을 뿐이다.

테오발트가 오류를 정정해 주었다.

사람들은 잠시 그에게 시선을 주었다.

그는 어떻게 용의 내력을 저리도 잘 아는 걸까.

용이 인정한 유일한 친구이기 때문일 것이라고 생각한 사람들은 그를 몹시 부러워했다.

사람들이 물러간 뒤 레논이 한숨을 토했다.

"정말로 내게 치유능력이 있었으면 좋겠군."

"애초에 아파서 드러누운 것도 아닌데 치유능력이 무슨 소용인가."

"며칠간 깨어나지 않고 계시잖아."

"영원히 깨어나지 않는 편이 오히려 좋을 것이다."

"……"

지그문트가 적무연의 마력을 취했다는 소식을 레논도 들었다.

그것이 무엇을 뜻하는지 알고 있다.

"일단 지그문트님의 상세를 보러 가자. 엔하님은 여전히 지그문트님의 곁에 계시지?"

지그문트의 병실로 가면서 엔하에 대해 언급하고 있는데 때마침 그녀와 마주쳤다.

그녀는 새로 물을 떠서 병실로 돌아가던 길이었다.

"그간의 무례를 용서하십시오, 신성한 용이시여."

엔하는 레논을 보는 즉시 그의 앞에 한쪽 무릎을 꿇었다.

그녀는 신마전쟁 때 여러 용과 친교를 나눈 적이 있다.

멋모르고 용이라고 무조건 찬양만 하는 이들과 달리 그녀는 침착하고 공손하게 레논을 대했다.

레논은 다소 씁쓸한 얼굴로 손을 내밀었다.

엔하가 경외의 표시로 손등에 가볍게 입을 맞춘 뒤 다시 몸을 일으켰다.

"엔하님, 용이라고 생각하지 마시고 예전처럼 대해주십시오. 저는 아직 레논으로 남고 싶습니다. 미련일지도 모르겠습니다만."

그는 인간의 삶을 사는 데 실패했다.

깨달음의 기회를 날려 버린 것이 아쉽기도 했고, 더 이상 레논이란 인간으로 살아갈 수 없게 된 것 자체에 미련이 남기도 했다.

"그대가 진정으로 그것을 원한다면 그리하겠다."

엔하는 고개를 끄덕이고 먼저 병실로 향했다.

레논을 대하는 그녀의 행동은 무척 형식적이었다.

그건 레논의 정체가 밝혀졌기 때문만은 아니다.

그녀의 관심은 온통 병실 안에 누워 있는 이에게 향해 있었다.

"나 실연당한 거 같지?"

"이전이라면 모를까, 이미 용으로 각성한 네가 엔하와 정을 나눌 수 있겠느냐?"

"……."

용은 무성생식을 하여 아이를 낳는다.

친구간의 우정도 알고 부모에 대한 정도 알지만 오직 한 가지, 남녀간의 사랑이라는 것은 모른다.

사람이 하늘을 나는 것이 어떤 기분인 줄도 모르면서 꿈속에서 막연히 그 기분을 만끽하듯, 그도 잠시 인간이 되어 남녀간의 사랑을 꿈꾼 것이다.

레논은 테오발트의 질문에 결국 대답하지 못했다.

두 사람은 엔하보다 한 발 늦게 지그문트의 병실에 도착했다.

근처까지 도착했을 때 갑자기 엔하가 문을 거칠게 열어젖히고 뛰어나왔다.

그녀의 얼굴이 하얗게 질려 있었다.

"엔하님? 대체……."

"지그문트가, 그가 사라졌다!"

그녀는 문 앞에서 우왕좌왕하다 밖으로 뛰쳐나갔다.

"엔하님!"

레논이 그녀의 뒤를 쫓았다.

테오발트는 밖으로 나가기 전에 방 안을 둘러보았다.

침대 머리맡에 세워져 있던 성검의 모습이 보이지 않았다.

엔하는 단숨에 계단을 뛰어내려와 주위를 살폈다

얼마 지나지 않아 지그문트를 찾아낼 수 있었다.

그는 낮은 담벼락 위에 걸터앉아 있었다.

엔하의 인기척을 느낀 그가 고개를 돌렸다.

"아, 엔하 공주님."

지그문트가 환하게 웃으며 인사를 건넸다.

인형 같은 무표정도 아니고, 기계적으로 만들어낸 미소도 아니다.

자연스럽게 우러나는 밝은 표정.

"이제는 공주님이 아니라 여왕 폐하였지요. 시간이 참 빠르게 흐르는군요."

"그, 그래."

얼마 전까지만 해도 말 한마디 않던 지그문트가 스스럼없이 대화를 걸어오자 엔하는 어떻게 반응해야 할지 혼란스러워졌다.

그러다 문득 지그문트의 발치에 꽂혀 있는 성검 브룬힐트를 발견했다.

그녀의 시선을 읽고 지그문트가 손을 내밀었다.

성검 브룬힐트가 그의 의지에 따라 손안으로 빨려 들어갔다.

"성검을 사용할 수 있단 말인가?"

엔하는 두 눈을 커다랗게 떴다.

"어쩌다 보니 그리되었습니다."

지그문트는 담벼락 아래로 내려와 성검으로 천천히 허공을 그었다.

검신에서 뿜어져 나온 냉기로 공기가 하얗게 얼어붙었다.

이게 어찌 된 일인가?

그가 마족이라면 성검에 손조차 댈 수 없을 터다.

그러나 지그문트는 분명히 성검을 다루고 있었다!

한 발 늦게 테오발트와 레논이 그곳에 도착했다.

지그문트의 손안에서 찬연히 빛나는 성검 브룬힐트를 보며 레논은 가늘게 전율했다.

"이럴 수가! 이건… 기적인가……!"

"손을 봐라."

테오발트가 고개를 저으며 말했다.

성검을 쥐고 있는 지그문트의 오른손이 썩어 들어가고 있었다.

"성검 브룬힐트가 필사적으로 자신의 성력을 억제하여 지그문트를 보호하고 있다. 그녀는 일생 지그문트의 곁을 떠나지 않을 작정인 게다. 그녀의 통곡이 들리느냐?"

지그문트의 육신이 타들어갈 때마다 브룬힐트의 검신이 바르르 떨렸다.

성검이 마족으로 전락한 지그문트를 위해 슬피 울고 있었다.

"눈물을 거둬주십시오."

지그문트가 성검을 쓰다듬으며 달랬다.

브룬힐트가 아무리 힘을 억제해도 반발작용이 일어나는 것은 어쩔 수 없었다.

검신을 쓰다듬을 때마다 손이 까맣게 썩어 들어갔고 특유의 냉기에 다시 얼어붙어 버렸다.

그걸 바라보는 지그문트의 얼굴이 몽롱하게 변했다.

"불 속에 있는 듯 뜨거운데 살을 에는 듯 차갑기도 하군요."

그는 제 육신을 갉아먹는 성검을 오히려 품 안에 끌어안왔다.

"큭큭큭큭."

그는 낮게 웃기 시작했다.

검신에 닿은 몸이 악취를 풍기며 썩어 들어갔고, 다시 얼어붙었다.

육신이 짓이겨지는 고통이 그에게 참을 수 없는 쾌감을 주었다.

그는 황홀한 표정을 지으며 전신을 떨었다.

"적무연이 죽고 어디서 변태가 하나 튀어나왔군. 평생 무연이에게 당하고 살더니 아예 그쪽으로 취향이 굳어진 건가?"

테오발트가 신랄하게 말했다.

웅크리고 있던 지그문트가 고개를 들어 올렸다.

성검에 망가졌던 육신이 마족 특유의 재생력으로 순식간에 복구되었다.

물론 살갗이 얼어붙을 때 잃어버린 소량의 마력은 돌이킬 방도가 없지만.

특이하게도 그는 마력을 잃는 것에 전혀 개의치 않는 듯했다.

그가 원하는 것은 오직 정신을 아득하게 하는 쾌락이다.

지그문트는 테오발트를 보면서 이마를 짚었다.

"아아. 그러니까… 뭐라고 부르면 되지?"

"……."

테오발트가 대답하지 않자 지그문트는 혼자 이야기를 계속했다.

"나를 만들어낸 적무연은 내 어미라 할 수 있고, 적무연을 만들어낸 불사왕은 그녀의 아비였다. 그렇다면 테오발트 너는 내 조부가 되는 셈이지. 그런데 한편으로 너는 베르그이젤의 적통으로, 내 고손자가 된다고 하더군. 너는 내 조부이고, 나는 네 고조부다. 족보가 아주 재미있게 꼬이지 않았는가?"

그는 쿡쿡 웃었다.

그 웃음에서 희미하게 마족의 흔적을 느꼈다.

"지그문트……."

엔하가 떨리는 음성으로 그의 이름을 불렀다.

지그문트는 그녀의 부름에 답하려다가 문득 자신의 머리카락에 주목했다.

"여왕께서는 제 머리를 싫어하셨지요."

티를 낸 적은 없지만 엔하는 지그문트의 백발을 싫어했다.

하얗게 센 머리칼을 볼 때마다 그가 겪은 고통의 세월이 상기되곤 했다.

지그문트가 숨을 한 번 머금었다가 뱉자 새하얗던 머리카락이 뿌리부터 까맣게 물들어갔다.

이질적인 분위기를 뿌리던 하얀 사내는 더 이상 온데간데없다.

지그문트는 흑발의 준수한 사내로 변했다.

그렇게 싫어했던 백발이 까맣게 물들었으나 엔하는 참담할 따름이었다.

사령왕 야요가 여성에서 사내로 변하던 광경이 생각이 났다.

육신을 마음대로 바꾸는 것은 마족의 권능이었다.

요정과 난쟁이, 용도 둔갑을 하지만 외모는 언제나 한정되어 있다.

"마음에 드십니까?"

지그문트는 짙은 흑발을 가볍게 흔들었다.

이리 보니 그는 정말 잘생긴 사내였다.

짙은 흑발과 푸른 눈동자가 무척 잘 어울렸다.

"닮았어."

레논이 자신도 모르게 중얼거렸다.

테오발트도 검은 머리칼에 푸른 눈을 하고 있었다.

지그문트가 백발일 때는 미처 알지 못했는데 이제 보니 두 사람은 놀라울 만큼 닮아 있었다.

"지그문트는……."

그는 이제 어찌 되는 거지?

엔하는 입을 열다가 말았다.

테오발트에게 묻고 싶은 것이 많아서 일부러 그의 뒤를 쫓아왔다.

그러나 기껏 여기까지 와놓고 쉽게 입이 떨어지지 않았다.

테오발트는 무심하게 그녀를 대하고 있었다.

그 두 사람 사이에서 레논은 한숨만 토했다.

똑똑.

"잠시 괜찮으시겠소? 이글아이 백작이오."

"아버지?"

레논이 가장 먼저 일어나 이글아이 백작을 맞이했다.

무슨 일로 그가 일부러 여기까지 찾아온 것일까?

이글아이 백작은 당혹스러운 얼굴로 말했다.

"레논, 엔하님. 이곳에 모두 모여 있다기에 일부러 찾아왔습니다. 그것이… 지그문트님 문제 때문입니다."

"아……."

레논은 뒤늦게 신음을 흘렸다.

엔하도 흠칫 어깨를 굳혔다.

"갑자기 지그문트님의 머리카락이 검게 변했더군요. 그뿐만이 아니라 성격도 굉장히 밝아지신 것 같습니다. 그 변화가 이상하리만치 극적이라서……. 무슨 영문인지 혹시 알고 계십니까? 요즘에 워낙 마족이 극성이기도 하고."

이글아이 백작의 얼굴에 의심이 깊어졌다.

그것을 보고 엔하가 애써 나서 변명을 했다.

"그가 보통 인간보다 오랜 세월을 살고 있다는 것은 알 것이다. 그간 머리가 희게 세고 외부의 자극에 무감각했던 것은 일종의 부작용이었다. 그런데 최근에 증세가 조금씩 호전되기 시작했다. 전보다 많이 나아진 것을 그대가 느낀 모양이군."

"아! 그랬군요!"

이글아이 백작은 그제야 크게 고개를 끄덕였다.

그는 연이어 좋은 일만 계속된다고 기뻐하며 방을 나섰다.

"전보다 나아진 것이라고?"

테오발트가 담뱃대에 쌓인 재를 털어내며 웃었다.

"……."

엔하는 그와 시선을 마주치지 못하고 고개를 돌렸다.

그때 멀리서 희미하게 노랫소리가 들려왔다.

"이건 찬트? 테오발트 외에도 이만큼 찬트에 능한 자가 있었다니."

레논이 놀란 음성으로 말했다.

맑은 음색이 잠시나마 불안을 녹이고 안정을 가져다주었다.

찬트에 기본적으로 심신을 안정시키는 기능이 있다지만, 사람의 마음 깊은 곳까지 움직이는 것은 쉽지 않은 일이다.

그때 엔하가 몸을 잘게 떨었다.

굉장히 낯익은 목소리였기 때문이다.

"이건……."

"엔하님?"

레논의 물음에 답하지도 않고 엔하는 황급히 방을 빠져나갔다.

뒤늦게 레논도 이 노랫소리가 익숙하다는 것을 깨달았다.

그의 시선이 테오발트에게 닿았다.

목소리가 테오발트의 그것과 무척 비슷했다.

"하아, 하아!"

엔하는 정신없이 노랫소리를 쫓아 후원에 당도했다.

나무 그늘 아래에서 지그문트가 노래를 부르고 있었다.

파스스.

노래에 맞춰 나뭇잎이 서로 몸을 부비며 춤을 춘다.

예쁜 꽃망울은 더욱 화사하게 피어나 화답을 했다.

식물과 교감을 가능케 하는 신비로운 찬트.

마족이 되어버린 그가 어찌하여 찬트를 부를 수 있단 말인가!

어찌하여 여전히 그대는 성검의 주인인가!

기대감이 목구멍까지 차오른다.

엔하가 전율하고 있는 그때 지그문트의 얼굴과 목덜미 위로 핏줄이 흉측하게 팽창하여 튀어나왔다.

겉으로 드러난 곳 외에도, 전신의 혈관이 끓는 기름처럼 부글부글 끓고 있었다.

정신이 나갈 것 같은 끔찍한 고통에 지그문트는 키득키득 웃음을 터뜨렸다.

노래가 이윽고 절정에 다다랐다.

뚝, 줄이 끊어진 인형처럼 지그문트의 몸이 뒤로 넘어갔다.

"지그… 문트……."

엔하는 비틀거리며 지그문트에게 다가갔다.

지그문트는 그녀를 올려다보며 낄낄 웃었다.

"킥킥, 찬트를 잃지 않아서 정말 다행입니다. 스스로 발현시킨 신성력에 내부의 장기부터 썩어 문드러지는데 그 느낌이 극상이로군요."

"……."

엔하는 이를 물었다.

그녀는 지그문트를 내려다보며 마음으로 애원했다.

제발. 제발 그만해 다오, 지그문트.

몸을 추스르던 지그문트는 놀란 얼굴로 서 있는 쿤과 눈이 마주쳤다.

그는 우연히 후원에 왔다가 지그문트와 엔하를 발견했다.

"이런. 그러고 보니 감사의 인사를 하는 걸 잊었군."

쾡한 얼굴로 서 있던 쿤은 지그문트가 갑자기 말을 걸자 얼떨떨한 음성으로 물었다.

"가, 감사라니요……?"

"자네가 죽은 아내를 끌어안고 오열하는 것을 보고 내가 크게 감명을 받았거든. 소리 지르며 통곡하는 것보다 숨을 죽이고 눈물을 흘리는 편이 훨씬 비통하고 안타깝게 보인다는 것을 그때 처음 알았지. 그래서 나도 적무연이 죽어갈 때 그녀를 끌어안고 똑같이 해보았네. 하하, 그녀는 상당히 마음에 들어했던 거 같아."

"무, 무슨."

누구 보라고 눈물을 흘린 것이 아니다.

가족을 잃은 아픔이 아직 견디기 힘든 고통을 안겨주고 있거늘!

다른 사람이면 벌써 멱살을 쥐고도 남았지만 쿤은 상대가 전시대의 영웅 지그문트임을 생각하여 간신히 분노를 참았다.

"말을 조심해 주십시오."

지그문트가 쿤에게 가까이 접근하며 고개를 갸웃했다.

"무엇을 조심하라는 건가? 나는 자네를 칭찬하였네만."

"더 이상 그 일에 대해서는 이야기하고 싶지 않습니다."

"까다롭게 구는군. 아내, 자식새끼가 죽은 것이 무슨 유세라도 되는 줄 아는 모양이지?"

"뭐, 뭐라고?"

쿤은 몸을 부르르 떨었다.

어느새 존대마저 잊어버렸을 정도였다.

"미처 못 들었다니 다시 말해주겠네. 잘 듣게나. 아내, 자식새끼가 죽은 것이 무슨 유세라도 되는 줄 아는 모양이지?"

"그 입 닥쳐!!"

결국 쿤은 주먹을 움켜쥐고 크게 휘둘렀다.

그러나 지그문트는 한 걸음 옆으로 물러서며 가볍게 피해 버렸다.

그는 혀를 끌끌 찼다.

"못 들었다 해서 말해줬더니 이번엔 닥치라고 하는군. 도대체 어느 박자를 맞춰야 할지."

"죽여 버릴 테다!! 죽여 버리겠어!"

지그문트는 누가 들어도 도발에 가까운 말을 늘어놓고 있었다.

분노로 머리가 하얗게 된 쿤이 목에 핏대를 세웠다.

"입만 살았구나. 네 가족을 죽인 홍수는 마족이다. 네놈은 복수할 능력도 없고, 그럴 용기조차 없다."

"웃기지 마라!!!"

"하하하하!! 아니면 증명해 보시던가!!"

지그문트가 화통하게 웃어젖혔다.

쿤은 극도로 분노한 상태로 검을 뽑아 들었다.

그 검으로 지그문트의 가슴을 깊숙이 찔렀다.

가느다란 신음과 함께 지그문트의 입술 밖으로 핏물이 주르륵 흘러나왔다.

"헉! 저, 저는……!"

쿤은 하얗게 질린 채 검을 놓고 뒤로 물러섰다.

그가 검을 휘두른 것은 어쩌면 지그문트가 당연히 피할 수 있을 거란 믿음이 있었기 때문일는지도 모른다.

실제로 지그문트는 얼마든지 검을 피할 수 있었다.

쾌락을 위해 일부러 쿤을 도발하고, 검을 맞은 것이다.

"지그문트······."

엔하가 그의 곁으로 다가왔다.

익숙한 음성에 지그문트는 킬킬 웃었다.

"엔하님, 끅, 크으. 이거 폐가 찢어지는 감촉도 아주 각별하군요. 킥킥킥!"

그때 엔하가 어금니를 강하게 사리물고 지그문트의 가슴을 걷어찼다.

칼을 가슴에 꽂은 채 발에 차이기까지 한 지그문트는 비명을 내질렀다.

하지만 그것이 좋다고 또 엔하의 발을 잡고 킥킥 웃었다.

그녀는 지그문트를 밟은 채로 쿤에게 말했다.

"폐를 끼쳐 미안하다. 지그문트는 지금 제정신이 아니니 이제껏 있었던 일들은 모두 잊어다오."

"아, 알겠습니다."

쿤은 여전히 공황상태에 빠져 쉽사리 정신을 차리지 못했다.

그래도 더듬더듬 그리하겠노라 대답했다.

답을 얻어낸 후 엔하는 가라앉은 눈으로 지그문트를 내려다보았다.

"이제 됐다. 더 이상 그대에게 아무것도 기대하지 않을 것이다."

마족이 되어버렸지만, 더 이상 과거의 그가 아닐 거라 했지만, 도저히 인정할 수가 없었다.

지그문트가 싱긋 웃기만 해도 기대하고 말았다.

혹시 마성을 이겨내고 과거의 모습을 되찾은 것은 아닐까.

수많은 이들이 바라고, 적무연이 바랐고, 불사왕이 수백만 년 동안 바라왔으나 끝내 얻어내지 못했던 '기적' 이 자신에게는 일어나길 원했던 것이다.

엔하는 고개를 돌려 창가에 나른하게 기대어 있는 자에게 시선을 주었다.

테오발트는 추하게 땅에 나자빠져 있는 지그문트를 무심히 내려다보고 있었다.

무표정한 얼굴에서 무언가 감정을 읽어내는 것은 불가능했다.

"이로써 베르그이젤의 핏줄은 전부 사라졌다. 결국 녀석의 소원은 이루어진 셈이군."

알 수 없는 말이 그의 입에서 흘러나왔다.

테오발트는 시선을 거두었다.

늦은 오후 테오발트는 레논과 간단히 담소를 나누고 있었다.

그때 엔하가 다시금 테오발트를 찾아왔다.

"그대가 마족을 만들어낸 불사왕이라는 것을 알았을 때 나는 그대의 존재를 인정할 수 없다고 말했다. 하지만 내겐 그대를 비난할 자격이 없을지도 모른다. 죽은 자가 되돌아오길 원하는 마음을 나도 조금은 알 것 같으니까."

엔하가 침잠된 목소리로 말했다.

미래에 벌어질 비극을 짐작하면서도 지그문트가 살아나길 일순간 바라고 말았다.

지그문트가 마족이 되어버렸으나 여전히 그를 버릴 수가 없었다.

아무것도 기대하지 않겠다고 했으면서 결국 다시 기대하고 만다.

"그런 말이나 하자고 여기까지 온 것인가?"

테오발트가 본론을 요구했다.

엔하는 테오발트를 똑바로 보고 말했다.

"앞으로 지그문트는 내가 맡겠다."

테오발트는 인상을 찡그렸다.

말도 안 되는 요구였다.

"지그문트가 병신 같이 굴고 있어서 체감을 못하는 모양이로군. 집시왕비만 제하면, 세상에서 가장 강력한 마족이 바로 지그문트다. 그놈이 가진 권능은 신이 부리는 힘에 비견할 만하다. 그런데 일개 요정인 주제에 네가 무슨 수로 그놈을 제어하겠단 말이냐."

"지그문트가 병신처럼 굴고 있기 때문에 내가 맡겠다는 것이다."

엔하는 제 가슴을 움켜쥐었다.

"마족은 피를 보지 않고는 살지 못하는 생물이라고 들었다.

그러나 지그문트는 사람들을 다치게 하고 싶지 않았다. 누굴 해치는 일 따위 그에게 가능할 리가 없다. 그래서 지그문트는 남을 해하는 대신 자기 자신을 해치는 쪽을 택한 것이다. 나는 그렇게… 생각하고 싶다."

당당했던 그녀가 어느새 눈물을 한 방울 흘렸다.

한 방울이었던 눈물이 후드득 비처럼 떨어졌다.

그녀는 말없이 눈물만 흘리다가 등을 돌려 방을 떠났다.

엔하가 떠나기 직전, 테오발트가 말했다.

"지그문트는 마족이 되었음에도 신성력을 잃어버리지 않았다. 그런 놈은 짐도 처음 본다. 어쩌면 네 말이 사실일지도 모르지."

뒤를 돌아본 그녀는 눈물 범벅이 된 얼굴로 환하게 미소를 지었다.

입에 발린 말이라도 좋았다.

그것뿐이더라도 가슴 저리게 고마울 때가 있다.

그녀가 방을 떠났다.

레논이 한숨을 토하고 자리에서 일어났다.

"잠시 엔하님께 다녀오지."

"그녀의 마음은 온통 다른 남자한테 있는데도 따라갈 테냐?"

"날 옹졸한 놈으로 만들지 마라. 이래 봬도 신성한 용이잖아."

레논은 쓴웃음을 지으며 방을 나섰다.

농을 건네던 테오발트는 레논까지 사라지자 쿠션 위에 몸을 깊이 묻었다.

멍하니 있다 보니 자신도 모르게 툭 말이 튀어나왔다.

"부럽군."

그때 에스트리트가 문을 열고 들어왔다.

"무엇이 부럽단 말이죠?"

공교롭게도 그가 중얼거린 말을 그녀가 듣고 말았다.

테오발트는 충동적으로 누구에게도 말하지 않았던 것을 입 밖으로 내었다.

"그녀가 가슴에 품은 희망이 부럽구나."

"당신에게는 희망이 없나요?"

"짐에게도 희망이 있지."

"가르쳐 주세요. 당신의 희망은 대체 무엇이죠?"

"……."

테오발트는 손을 뻗어 에스트리트의 머리칼을 귀 뒤로 넘겨 주었다.

"마링겐 왕비. 그녀는 짐의 마지막 희망이다. 그래서 그녀를 만나러 가는 길이 조금 두렵구나."

에스트리트는 순간 혼란을 느꼈다.

마링겐 왕비는 지금까지 복수의 대상인 줄로만 알았다.

그런데 어째서 그녀가 희망이 될 수 있는가?

테오발트는 더 이상 그녀의 의문을 풀어주지 않았다.

그런 것보다 지금은 우선 처리해야 할 일이 있었다.

"무슨 일이지요?"

"사령왕 야요. 녀석에게 신세를 많이 졌다. 이 빚은 갚아주지 않으면 안 되겠지."

일찍이 스톰폴트 왕국에 귀화했던 사해의 마법사 뷜로 대공은 금화를 손으로 어루만지며 콧노래를 불렀다.

이 황금들은 조금 전 어느 고위 귀족이 잘 좀 봐달라며 뇌물조로 주고 간 것이다.

마음껏 즐거움을 만끽하던 뷜로가 악터스에게 말을 걸었다.

"넌 어떻게 생각하냐?"

뜬금없는 질문이다.

악터스는 평소처럼 무시해 주었다.

그러든 말든 뷜로는 마음대로 지껄여 댔다.

"사해를 지배하는 여덟 명의 제후 중에 넷이 불사왕 폐하를 배신했다. 네 주인이었던 마도남왕 라우지 토가가 첫 번째 배신자였고, 사령왕 야요가 두 번째 배신자로 판명이 났지. 사악한 난쟁이 왕 피피오는 배신자 무리에 끼어 있다가 사령왕에게 잡아먹힌 모양이고……. 이제 마지막 한 명이 남았는데 네 생각엔 누굴 것 같냐?"

"……."

"역시 마도동왕 린델님일 가능성이 가장 높겠지? 예전에도 수시로 간에 붙었다 쓸개에 붙었다 했었잖냐."

"의외로 네놈의 주인인 마도서왕 트리오네님일 수도 있지."

악터스가 조소를 머금으며 말했다.

하지만 뷜로가 크게 웃으며 악터스의 등을 펑펑 쳤다.

"푸하하하! 우리 주인님을 네 주인이랑 동급으로 취급하면 곤란하지!"

한참이나 더 폭소를 터뜨리다 뷜로는 겨우 진정을 찾았다.

"불사왕을 거역하는 것은 얼간이천치나 하는 짓이다. 그분은 바보가 아니야."

"……."

악터스는 눈살을 찌푸렸다.

뷜로는 콧노래를 부르며 방문을 열고 들어가 무릎을 꿇었다.

"왕이시여, 소식을 전했으니 잠시 후 모일 것입니다."

"잘했다."

테오발트는 간단히 그의 수고를 치하했다.

가장 먼저 도착한 것은 레논이었다.

"용을 오라 가라 하다니 정체를 숨길 생각은 있는 거냐?"

"그럼 늙어빠진 이 몸이 움직여야겠느냐?"

"아무것도 모르던 시절이었다면 할 말이 많았을 텐데."

레논은 입맛을 다셨다.

불사왕은 이 세상만큼이나 나이가 많았다.

잠시 후 엔하와 지그문트가 당도했다.

엔하는 평소와 다름없이 엄격한 표정이고 지그문트는 온화해 보인다.

속마음이 어떻든 간에 말이다.

"전부 모인 것 같군."

그는 지그문트에게 손짓을 했다.

"앞으로 나와라."

지그문트는 선뜻 움직여서 테오발트에게 다가갔다.

그러나 테오발트는 만족스럽지 못한 표정이다.

"무릎을 꿇고 머리를 조아리라. 그것이 왕에 대한 예이다."

"하지만 테오발트, 너는 나의 고손자이기도 하다. 큰 어른에게 무릎을 꿇으라니 너무한 처사라고 생각지 않는가?"

지그문트가 되물었다.

표정이 온화하여 마치 좋게 설득하려는 것처럼 보였다.

그러나 그가 마족인 이상 선의를 기대하는 것은 어리석은 일이다.

"쯧쯔, 도통 겁이라는 걸 모르는군. 이래서 열성마족은 안 된다는 거다."

휘장을 걷으며 흑룡왕 엘더 크라우가 모습을 드러냈다.

지그문트는 불사왕으로부터 직접 힘을 받은 것이 아니라 적무연으로부터 마력을 물려받았다.

따라서 그는 최강의 마력을 보유한 마족이면서도 열성마족이었다.

지그문트가 느긋이 웃으며 엘더에게 시선을 주었다.

"겁을 모르는 것은 당신도 마찬가지입니다. 보아하니 저보다 한참 아래 같은데, 여기 미천한 열성마족 하나 감당하지 못하는 주제로 말이 너무 많지 않습니까."

"흠……."

실제로 엘더는 지그문트보다 서열이 낮다.

엘더는 눈살을 찌푸린 채 신음을 냈다.

그때 테오발트가 말했다.

"엘더의 말은 하나도 틀린 것이 없다. 열성마족은 태생적으로 결함을 가진 존재이지."

"테오발트, 차별은 나쁜 짓이라고 생각한다만."

지그문트는 여전히 고조부의 위치를 고수하려고 했다.

테오발트는 자신의 팔목을 그어 피를 냈다.

순간 지그문트의 눈빛이 바뀌었다.

그 핏물 속에 가공할 마력이 담겨 있음을 알기 때문이다.

"네게 세례를 베풀 터이니 무릎을 꿇어라. 싫으면 말고."

싫을 리가 있나!

지그문트는 냉큼 무릎을 꿇고 상처에서 흘러나오는 피를 받아 마셨다.

열성마족이었던 그가 불사왕의 피를 직접 하사받음으로써 진성마족으로 거듭나게 되었다.

잠시 뒤 테오발트가 팔을 거두었다.

지그문트는 숨을 가쁘게 쉬며 슬그머니 고개를 들어 테오발트를 올려다보았다.

전신의 살갗에 소름이 돋고 머리털이 곤두섰다.

그는 전에 느끼지 못했던 거대한 공포를 느꼈다.

지그문트는 물론이고 모든 열성마족들은 우물 안의 개구리와 같다.

그는 적무연을 통해서 취한 마력이 세상의 전부라 생각하고 그것을 기준으로 세상을 재단한다.

우물 안에서 살던 지그문트는 불사왕의 강함을 소문으로만 들어왔다.

직접 겪어보지 못했으므로 왕이 얼마나 두려운 존재인지 제대로 실감하지 못했던 것이다.

그러나 왕의 피를 핥는 순간, 지그문트는 비로소 자신의 처지를 깨달았다.

불사왕을 무한한 바다에 비유한다면 그는 바다 끝자락에서 혓바닥만 슬쩍 담근 꼴이었다.

"엘더는 일만 년 이상 살아온 어른이니 항상 공경하고 함부로 대하지 말라. 짐이 명령할 때는 항상 두려워하며 즉각 복종하는 것이 옳다."

지그문트는 바로 테오발트의 발밑에 엎드려 복종을 표시했다.

"음. 보기가 불편하군."

레논은 고개를 돌렸다.

어찌 되었든 지그문트는 테오발트의 고조부였다.

레논의 혼잣말을 듣고 흑룡왕 엘더가 말했다.

"마족은 왕을 두려워할 줄 알아야 한다. 그래야만 왕의 명령에 복종할 것이고 인간을 죽이지 말라는 금령도 이행할 것이기 때문이다. 무법지대인 사해에 질서를 수립하고 더 나아가 세계의 평화를 지키는 길이기도 하지."

"……"

레논은 엘더에게 시선을 주었다.

그가 어째서 묘하게 친한 척을 했는지 이제는 안다.

위대한 용의 왕, 이제는 타락한 마룡의 왕이 된 엘더가 오랜만에 만난 청룡에게 관심을 표했던 것이다.

테오발트는 이어서 지그문트에게 명령을 내렸다.

"본래는 네게 공석이 된 마도서왕 직을 내릴 생각이었다. 그러나 요정 여왕의 청으로 그 자리는 한동안 더 비워두겠다. 지그문트, 항시 요정 여왕을 뒤쫓으며 그녀의 명을 따르도록 하라."

"알겠습니다."

마족에게 일개 요정 따위의 명령을 따르라고 한다면 일반적으로 펄쩍 뛸 것이 틀림없다.

그러나 지그문트는 힐끗 엔하를 보더니 선뜻 그리하겠다고 말했다.

그는 자신에게 쾌락을 줄 수 있는 자라면 누구든 좋았다.

"이제 불러들일까요?"

준비가 끝난 것을 보고 엘더가 물었다.

테오발트가 고개를 끄덕였고, 잠시 후 어디선가 홀연히 낯선 남녀 셋이 모습을 드러냈다.

"드디어 불러주시는군요. 어쩌면 이리도 무정하실 수가 있답니까."

아름다운 여인이 교태 어린 미소를 지으며 꼬리를 살랑살랑 흔들었다.

신기하게도 여인은 기다란 표범 꼬리를 가지고 있었다.

두 눈의 동공도 짐승의 것처럼 세로로 길게 찢어졌다.

수인족(獸人族) 출신이기 때문에 보이는 신체적 특징이었다.

그녀는 테오발트의 앞에 선 뒤 양손을 모아 가슴에 댔다.

"혈맹주 진, 어언 90년 만에 폐하의 귀하신 존안을 뵈옵니다."

이어서 오만방자하게 보이는 붉은 머리칼의 사내가 예를 취했다.

그는 오른 주먹으로 가슴을 내려치며 말했다.

"마도북왕 워슬레이 하츠, 폐하를 배알하옵니다."

마지막으로 유난히 화려하게 옷을 차려입은 사내가 나섰다.

그는 다소 비굴해 보이는 태도로 굽실거리며 말했다.

"마도동왕 린델, 부르신다는 전갈을 듣고 한 걸음에 달려왔습니다."

사해를 지배하는 제후 셋이 한 자리에 모였다.

그들이 어떤 존재인지 아는 이들은 숨을 멈추었다.

엘더도 자리에서 일어나 그들과 같은 줄에 섰다.

"흑룡왕 엘더 크라우, 폐하를 뵈옵니다. 명을 내려주십시오."

마족의 땅인 사해에는 여덟 개의 나라와 여덟 명의 제후가 있다.

그들 중 네 명이 불사왕을 배신했고, 이 자리에 있는 넷이 그를 배신하지 않은 자들이다.

"명을 내리겠다. '아리아' 라는 이름을 가진 열성마족을 찾아내라."

"아리아라면 어디서 들어본 이름인데……."

혈맹주 진이 자신의 꼬리를 만지작거리며 생각에 잠겼다.

마도동왕 린델이 말했다.

"사령왕 야요의 연인입니다. 하루라도 피를 보지 못하면 견디질 못하고 특히 수인족을 죽이는 데 혈안이 된 계집이죠. 듣기로 마족이 되기 전에 수인족에게 목숨을 구원받은 적이 있다지요."

"은혜를 입었는데 왜 죽이려고 든단 말인가?"

레논이 의문을 참지 못하고 물었다.

린델은 큭큭 웃었다.

"은혜를 입었으니 당연히 피로 보답을 해야지. 배반, 배덕이라는 마족의 덕목을 모르는가?"

테오발트가 자세를 바꿔 관자놀이를 짚었다.

단지 그것뿐이었으나 낄낄대던 린델은 찔끔하여 황급히 입을 다물었다.

흑룡왕 엘더가 나섰다.

"아리아를 찾는 것은 쉽지 않을 것입니다. 필경 야요가 남의 이목이 닿지 않는 곳에 고이 숨겨놓았을 테니까요. 그뿐 아니라 사령왕 야요는 무연이와 대등하게 겨룰 정도로 강력해졌습니다."

"그래서 못하겠단 말이냐?"

"조금 번거로울 것 같지만 기꺼이 폐하의 명을 따르겠습니다. 오랜만에 아주 흥미로운 일이 벌어질 것 같군요."

엘더는 나지막이 웃음을 터뜨렸다.

다른 마족들도 웃음을 흘렸다.

마족이 아닌 자들은 이해할 수 없는 불길함을 느꼈다.

왕의 명을 받은 마족들은 즉시 아리아를 찾기 위해 움직였다.

"자, 잠깐만 기다려 주십시오!"

그때 빌로가 불쑥 튀어나와 마도동왕 린델의 바짓자락을 붙잡았다.

"이건 뭐야?"

"여기에 계신 분들이 전부입니까? 주인님께서, 마도서왕 트리오네님이 정말 불사왕 폐하를 배신했단 말입니까?"

린델이 그제야 빌로를 알아보았다.

그는 입을 비틀었다.

"이제 보니 배신자 년이 기르던 개새끼로군."

"큭큭, 조금 의외긴 했어. 트리오네가 왕을 거역할 줄이야."

"한 4백 년 조용히 살더니만 제대로 한 건 터뜨렸잖아."

다른 제후들도 키득키득 웃으며 그늘 속으로 모습을 감추었다.

흑룡왕이며 만년장로이기도 한 엘더가 자리를 뜨기 전에 말했다.

"트리오네가 배신자라는 사실은 나도 조금 의외였다. 녀석이 지난해에 1천 1백 살을 넘겼지? 개인적으로 만년장로가 될 가능성이 가장 높다고 생각했다만."

빌로는 멍청한 얼굴로 바닥에 주저앉았다.

악터스가 혀를 차더니 그의 목덜미를 잡아 뒤로 끌어내었다.

"테오발트, 사령왕을 잡기 위해 아리아를 인질로 삼으려는 거냐?"

레논이 불편한 얼굴을 하고 물었다.

"야요를 사로잡는데 인질 따위는 필요치 않다."

"그러면……."

"아리아가 아무런 죄도 짓지 않았다면 굳이 그녀를 끌어들이지 않을 것이다. 부디 그녀가 하늘을 우러러 부끄러움이 없기를 바란다."

하지만 이 몸의 피와 살을 걸고 단언하건대 그럴 가능성은 전무이다.

테오발트는 소식을 기다리며 느긋하게 담배 연기를 음미했다.

Chapter 05
사령왕 야요

THE KING OF
IMMORTALITY

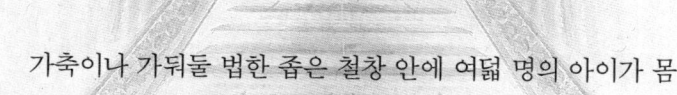

　가축이나 가둬둘 법한 좁은 철창 안에 여덟 명의 아이가 몸을 웅크리고 있었다.

　한데 아이들의 생김새가 조금 특이했다.

　눈의 홍채가 세로로 길게 찢어져 있었고 엉덩이 뒤쪽으로 꼬리가 나와 있었다.

　그들은 모두 수인족 출신의 아이들이었다.

　뚜벅뚜벅.

　저 멀리서 발자국 소리가 들려왔다.

　소리가 가까워질 때마다 아이들의 얼굴에 점점 공포가 어렸다.

　숨기려 했으나 저절로 숨소리가 거칠어졌다.

끼익.

아리아는 요사한 미소를 지으며 철창을 열어젖혔다.

그녀는 요정의 거죽을 쓴 마족이며, 사령왕 야요가 500년이나 총애해 왔던 여인이다.

아리아는 사령왕 야요의 비호 아래 수백의 수인족을 잡아와서 마음껏 살육을 즐겨왔다.

석실을 가득 채우고 있는 퀴퀴한 냄새는 그녀에게 살해당한 시체에서 나는 냄새였다.

그녀는 구석에 박혀 있는 아이들을 하나씩 둘러보면서 새로운 희생양을 골랐다.

시선이 느껴지자 아이들은 숨도 제대로 쉬지 못했다.

끔찍한 선택의 시간이었다.

이윽고 아리아가 아이들 중 하나를 골라냈다.

그런데 그나마 나이가 많은 수인족 소년이 달려나와 아이들을 보호하듯 양팔을 크게 펼쳤다.

"이건 뭐야."

아리아가 흥미로운 표정을 지으며 입꼬리를 올렸다.

"용감한 녀석이로구나. 먼저 죽는 것이 네 소원이라면 들어주지 못할 것도 없지."

용감하게 뛰어나온 소년의 이름은 아윤이었다.

아윤은 독기가 어린 눈으로 아리아를 노려보았다.

바로 며칠 전 그의 동생이 죽임을 당했다.

철창 안에 갇힌 채 눈앞에서 동생이 살해당하는 끔찍한 광경을 보았다.

어디서 그런 용기가 났는지는 모르겠지만 다른 아이들도 그렇게 되리라고 생각하자 자신도 모르게 몸이 움직였다.

그래도 두려움을 완전히 이길 수는 없었다.

다리가 후들후들 떨렸고 독기 어린 눈에서는 눈물이 흘렀다.

그때 등 뒤에 숨어 있던 아이들이 매달리듯이 아윤을 끌어안았다.

다른 아이들도 그의 다리와 옷자락을 꼭 붙들었다.

마치 아윤과 한 덩어리가 된 듯한 모습이었다.

그 모습을 보고 아리아가 배를 잡고 웃어댔다.

"깔깔깔! 그거 멋지군! 그건 다 같이 죽고 싶다는 뜻으로 해석하면 되는 것이냐?"

아이들은 여전히 아윤의 곁에 달라붙어 떨어지지 않았다.

아리아는 낄낄 조소하며 아윤의 목덜미를 움켜쥐고 밖으로 끌어냈다.

아이들이 일곱이나 달라붙어 있어 무게가 상당할 텐데도 마치 종이를 들듯 가볍게 그들을 끌어냈다.

철창 밖은 끈적거리는 핏물과 조각난 수인족의 시신들이 즐비했다.

지옥도 이보다는 못하리라는 생각이 들 만큼 끔찍한 장소였다.

아리아는 아윤과 아이들을 피 웅덩이 속에 던져 놓았다.

"이제 시작해 보자꾸나."

아리아가 어느새 날카롭게 벼려진 손톱을 혀로 핥으며 말했다.

아이들은 눈을 질끈 감고 서로서로를 꽉 끌어안았다.

"여긴가? 드디어 찾았군."

그때 석실 한쪽에서 낯선 목소리가 들려왔다.

이 지하 석실 안에 있는 것은 납치된 수인족들과 아리아 한 명뿐이었다.

아리아는 화들짝 놀라 목소리가 들린 곳으로 고개를 돌렸다.

어디서 나타난 것인지 늘씬한 수인족 여인이 긴 꼬리를 살랑거리며 걸어오고 있었다.

사해의 여덟 제후 중 하나, 혈맹주 진이 혀를 내둘렀다.

"찾느라 정말 힘들었다. 이런 곳에 숨어 있을 줄 어떻게 알았겠어. 야요가 은신처를 마련해 준 것이냐? 그놈이 어울리지 않게 애인 하나는 아주 지극정성으로 챙긴다니까."

"지, 진님, 당신이 이곳에는 왜……."

혈맹주 진의 갑작스러운 등장에 아리아는 크게 당황한 상태였다.

상대가 적인지 아군인지 확신할 수가 없었다.

"휘유, 이건 굉장하군. 제대로 한판 벌여놓았구나. 너 이제 어쩔 거냐?"

진은 주변의 참상을 둘러보면서 질색을 했다.

공포에 질려 웅크리고 있던 수인족 아이들이 하나둘씩 고개를 들어 갑자기 나타난 여인을 쳐다보았다.

혹시 자신을 구해주러 온 동족은 아닐까?

아리아는 수인족 아이들의 기대를 일축했다.

혈맹주 진이 한때 수인족이긴 했지만, 지금은 엄연히 마족이다.

납치당한 동족을 구하기 위해 달려왔다니 지나가던 개가 웃다 뒤집어질 소리다.

아리아는 일단 억지 미소를 지어 보였다.

"하하, 마침 잘 오셨습니다. 같이 즐기시겠어요?"

아리아는 수인족 아이의 머리채를 우악스럽게 움켜쥐고 함께 살육을 즐기자고 말했다.

잔악한 마족이 피를 마다할 리가 없으니까.

친족 살해, 동족 살해는 그중에서도 가장 배덕하고 강렬한 쾌감을 선사하는 일이 아닌가.

"아니, 난 사양하련다."

하지만 혈맹주 진은 왜인지 크게 손을 내저었다.

그녀는 허리를 굽히며 뒤로 물러났다.

소식을 듣고 막 석실에 도착한 테오발트가 진을 치하했다.

"수고했다."

"천만의 말씀."

혈맹주 진은 미소를 지었다.

치하를 마친 뒤 테오발트는 피와 시체로 낭자한 석실 안으로 발을 내디뎠다.

그가 걸을 때마다 피 웅덩이와 시체 위에서 꽃이나 잎사귀가 자라났다.

일부러 마법을 부린 것이 아니다.

낡은 석실 곳곳에 말라붙어 있던 잡초들이 그의 전신에서 흘러넘치는 생기를 흠뻑 머금고 저절로 파란 잎을 틔웠다.

실로 신비롭고 아름다운 광경이었으나 아리아는 귀신이라도 본 듯 새파랗게 질렸다.

"와, 왕!!"

테오발트가 앞으로 손을 뻗었다.

아리아는 황급히 그 손을 피해 물러섰다.

그러나 손이 가까워진다 싶은 순간 배에 엄청난 통증이 전해졌다.

그녀는 찰나간에 배를 호되게 얻어맞고 뒤로 크게 밀려나 바닥을 사납게 나뒹굴었다.

그동안 테오발트는 아리아의 손아귀에 잡혀 있던 수인족 아이들을 달래었다.

"이젠 괜찮다. 아무도 너희를 괴롭히지 못할 것이다."

아윤은 멍하니 테오발트를 쳐다보았다.

지옥 같던 석실이 어느새 푸른 숲으로 변했다.

마치 꿈속에라도 있는 듯한 기분이었다.

"저, 저희들을 구해주러 오신 거예요?"

"다친 곳은 없느냐?"

테오발트의 물음에 그제야 아윤은 숨을 쉴 수 있을 것 같았다.

또다시 눈물이 나왔다.

이번엔 너무 안심이 되어서 눈물이 나왔다.

"꺼억! 끄으윽!"

한편 호되게 얻어맞은 아리아는 땅바닥을 기어다니며 헛구역질을 해댔다.

하지만 이깟 통증 따윈 정말 아무것도 아니었다.

아리아는 전신을 벌벌 떨었다.

조금 전에는 아이들이 떨었지만 이제는 그녀가 벌벌 떨었다.

사령왕 야요가 항상 뒤를 봐주었으나 상대가 불사왕이라면 야요도 어쩌지 못한다.

그녀는 머리를 조아리고 외쳤다.

"용서해 주십시오! 살려주세요!"

불사왕이 이런 참상을 보고도 그냥 넘어갈 턱이 없다는 것을 그녀도 알고 있다.

그래도 어떻게든 목숨을 부지하고자 양손을 마주 대고 비굴하게 빌었다.

"제, 제발, 제발 살려주세요! 살려만 주신다면 뭐든지 하겠습니다. 제발, 제발. 왕이시여."

테오발트는 수인족 아이를 땅에 내려준 뒤 아리아에게 다가갔다.

"하지만 너는 다른 자들이 살려달라는 말을 들어준 적이 없지 않느냐."

"그, 그래도… 사, 살려주십시오."

"그건 공평하지가 않지."

테오발트는 피식 웃었다.

그는 아리아의 목덜미를 쥐고 석실에 딸려 있는 작은 방으로 질질 끌고 갔다.

아리아는 끌려가지 않으려고 온몸을 비틀고 버둥거렸다.

바닥에 달라붙어 손톱으로 바닥을 긁어댔다.

거친 돌바닥을 긁어대느라 손톱이 반쯤 빠지고 피가 흘렀다.

"시, 싫어! 싫어!! 야요님, 살려줘요!! 야요님!! 꺄아악! 싫어 어엇!!"

적막에 빠진 석실 안에서 공포에 질린 아리아의 목소리만 짜랑짜랑하게 울렸다.

덥석.

허우적거리던 아리아의 손에 돌부리가 잡혔다.

그녀는 지금 지푸라기라도 잡고 싶은 심정이었다.

끌려가지 않을 수만 있다면 돌부리든 뭐든 상관없었다.

그녀는 부들부들 떨면서 눈물, 콧물까지 질질 흘리며 돌부리를 붙잡았다.

그때 누군가 우악스럽게 그녀의 손을 짓밟았다.

아윤이 분노에 잔뜩 일그러진 얼굴로 아리아의 손을 밟고 그녀를 노려보았다.

저 추악한 마녀의 손에 얼마나 많은 이들이 죽었던가.

동생이 전신을 뒤틀며 비명을 지르던 모습이, 그 작은 몸에서 시뻘건 내장이 쏟아져 나오던 모습이 아직도 생생하다.

용서할 수 없다! 절대 용서 못한다! 죽인다! 죽여 버릴 것이다!!

목숨을 구원받고 나자 뒤늦게 미칠 듯이 화가 치밀었다.

"죽어버려! 너도, 너도 똑같은 꼴로 만들어줄 테다!!"

아윤은 목에 핏대를 세우며 저주를 퍼부었다.

분노와 원한에 두 눈이 시뻘겋게 충혈되었고 얼굴이 악귀처럼 일그러졌다.

발을 들고 다시금 손을 짓밟고 있는데 갑자기 나뭇가지가 자라나 아윤의 발을 휘감았다.

아윤은 그대로 뒤로 밀려나 수풀 위에 주저앉았다.

분을 다 풀지도 못했는데 중간에 방해를 받자 이번엔 방해한 자에게 화가 났다.

그는 이를 갈며 고개를 홱 치켜들었다.

그러나 테오발트와 눈이 마주치는 순간 아윤은 얼어붙고 말았다.

능히 만물을 지배할 만한 거대한 위압감이 그의 작은 몸을 짓눌렀다.

아윤은 더 이상 아리아에게 손을 댈 생각도 못하고 주춤주춤 뒤로 물러났다.

테오발트는 두려워하는 아윤을 다독여 주었다.

"안달할 필요 없다. 짐이 너의 안타까운 처지를 깊이 동정하니 이 계집에게 지옥을 보여주겠다. 기분이 내킬 때 확인하러 오려무나. 아마 충분히 만족스러우리라."

그는 부드럽게 미소를 지으며 아리아를 쪽방으로 끌고 갔다.

아윤은 멍청하게 그 자리에 주저앉아 있었다.

아리아가 질질 끌려가며 흉하게 팔다리를 버둥거렸다.

두려움에 숨도 제대로 못 쉬는 그녀의 얼굴에서 지옥의 편린이나마 본 것 같았다.

혈맹주 진은 소리를 낮춰 큭큭 웃었다.

수인족 꼬마 덕에 아리아가 곱게 죽긴 그른 듯싶다.

"진, 구속되어 있는 자들을 전부 풀어주고 다친 이들을 돌봐 줘라."

테오발트가 잠시 걸음을 멈추고 명령을 내렸다.

혈맹주 진은 눈을 몇 번 끔뻑거리다가 자기 자신을 가리켰다.

"예에? 마족인 절더러 다친 자들을 돌봐주라고요?"

"불복하겠다는 겐가?"

테오발트는 대답도 듣지 않고 유유히 방 안으로 들어가 버렸다.

그가 사라졌으나 진은 감히 거역할 엄두를 내지 못했다.

조금이라도 왕을 거스르는 순간 그녀도 아리아와 똑같은 처지가 될 것을 알았다.

"다, 다친 놈은 이리 와라……. 치료해 줄 테니까!"

진은 똥 씹은 표정으로 괜히 소리를 질렀다.

*   *   *

마족의 습격 때문에 잠시 주춤했던 스톰폴트 대군이 다시 진격을 시작했다.

그들은 순식간에 둠 왕국 북부를 점령하고 콜베르 성 바로 앞에 진을 쳤다.

콜베르 성은 군사적 용도로 만들어진 성도 아니고 주둔하고 있는 병력도 소수다.

공격이 시작되면 순식간에 함락당할 터였다.

적이 성을 포위했다는 소식을 들은 사람들은 불안에 떨며 우왕좌왕했다.

사실 콜베르 성에는 남아 있는 병력이 있긴 하다.

둠 왕국은 궁정 마법사 킨 볼프의 제안으로 수인족과 손을 잡았다.

그중 반수가 지난번 기습작전 때 출정했으나 나머지 반이 아직 콜베르 성에 남아 있었다.

콜베르 자작은 파리한 얼굴로 수인족 무리를 쳐다보았다.

그들은 마물처럼 매우 흉측한 몰골을 하고 있었고, 제대로 말할 줄 아는 자도 없었다.

입에서 침을 질질 흘리며 으르렁댈 뿐.

정말 저들이 수인족이란 말인가?

한 번도 수인족을 만나본 적이 없으나 저런 괴물은 아닐 거라는 확신이 들었다.

병사들도 수인족을 든든한 원군이 아니라 위험한 마물로 여기고 두려워하고 있었다.

"이건 수인족이 아니다! 벳세라 남작은 도대체 어디서 이런 걸 끌고 왔단 말인가!"

마침 벳세라 여남작이 당도했다는 소식이 들려왔다.

그녀는 마링겐 왕비의 총애를 등에 업고 수인족과의 동맹을 추진시켜 왔다.

콜베르 자작은 당장 그녀의 앞을 가로막고 수인족을 가리켰다.

"벳세라 남작! 말해보시오! 대체 저것들의 정체가 무엇이오!"

벳세라의 거죽을 뒤집어쓴 사령왕 야요는 조소를 흘렸다.

그는 둠 왕국에서 머물 때는 얼굴을 바꾸고 인간 여성 행세를 하고 있었다.

둠 왕국과 요정족이 서로 적대하고 있는 상황에서 요정의 모습을 하고 돌아다니면 귀찮은 일이 많기 때문이다.

그래도 여성일 필요는 없었을 터.

그는 인간들을 조롱하며 유희를 즐기고 있을 뿐이다.

"정체가 무엇이냐뇨. 둠 왕국을 돕기 위한 수인족 지원군이 아닙니까?"

"허튼소리 마시오! 내 눈엔 저들이 마물로만 보이오!"

"그리 말씀하시다니 수인족들이 슬퍼하겠습니다."

이지를 잃고 노예로 전락하여 수인족으로서의 정체성까지 부정당했다.

얼마나 가슴이 아프고 슬플까.

그는 킥킥 조소를 흘렸다.

콜베르 자작은 더 참지 못하고 소리쳤다.

"더 이상 수인족의 도움은 필요치 않소!! 그대도 이만 이곳에서 떠나시오!"

"원한다면 그리하지요."

그는 안달하는 콜베르 자작을 내버려 두고 유유히 그 자리를 떠났다.

미친개처럼 사납게 굴던 수인족들이 야요가 곁을 지나치자 낑낑거리며 뒤로 물러났다.

무척 두렵고 공포스러운 무언가를 마주한 것처럼.

수인족 중의 몇몇은 복종의 뜻으로 그의 발을 핥으려 들기도 했다.

야요는 발밑에 엎드린 수인족들을 질근질근 밟으며 우아하게 걸었다.

평범한 무관에 불과한 콜베르 자작도 요사스러운 기운을 느낄 수 있었다.

성을 포위하고 있는 스톰폴트군 따위는 차라리 둘째 문제로 느껴졌다.

이건 아니다.

뭔가가 근본부터 잘못되었다.

부관이 다 죽어가는 얼굴로 보고했다.

"자작님, 용이 나타나 스톰폴트군을 수호하고 있다는 소문이 돌고 있습니다. 물론 전부 스톰폴트가 지어낸 유언비어겠지만요."

입으로는 유언비어라 말하고 있으나 표정은 그렇지가 못하다.

사방에서 용을 보았다는 목격자가 속출하는 중이었다.

"……."

콜베르 자작은 거의 마물이나 다름없는 수인족 무리를 응시했다.

스톰폴트는 처음 세 자루의 성검과 신궁을 얻었고, 요정과 난쟁이들의 지지를 얻었으며, 신성한 용의 수호까지 받고 있다고 선전하고 있었다.

그 모든 것이 정말 유언비어일까?

만에 하나라도 스톰폴트가 주장하고 있는 바가 진짜라고 치자.

마링겐 왕비가 마족이라고 치자.

둠 왕국이 진짜 악마의 소굴이 되어버렸다면!!

그는 주먹을 뿌득 쥐었다.

그렇다면 둠 왕국은 끝장이다.

절대로 그리되게 내버려 두지 않을 것이다!

"누구 없느냐!"

콜베르 자작은 급히 서찰을 한 장 썼다.

서찰을 품에 넣은 기사가 비밀 통로를 통해 성을 빠져나갔다.

그는 메사드 백작이 조치를 취해주길 간절히 바랐다.

"쓸데없는 짓을 하는군."

사령왕 야요는 콜베르 자작의 기척을 느끼고 코웃음을 쳤다.

그러나 굳이 그를 막을 생각은 없었다.

둠 왕국이 흥하든 망하든 인간들의 사정 따위 알 바 아니었다.

그는 다만 집시왕비가 시키는 일을 할 뿐이다.

그녀가 명한 대로 수인족을 끌어냈고 기회가 닿으면 적무연을 죽이라는 임무까지 완수했다.

이제 돌아가서 포상을 받으면 볼일은 끝이다.

새 왕에게서 살점을 얻으면 이번에야말로 적무연조차 능가하는 대마족으로 거듭날 것이다.

생각만 해도 콧노래가 술술 나온다.

야요는 진짜로 콧노래를 흥얼거리며 걸음을 옮겼다.

그러나 몇 걸음을 채 가지 못하고 멈추어 섰다.

거리 한쪽에 군중이 모여 웅성거리고 있었는데 어쩐지 눈길이 갔다.

약장수라도 온 걸까. 잘해봐야 동네 건달끼리의 싸움이다.

평소의 그였다면 쳐다보지도 않고 그냥 지나쳐 버렸을 텐데 오늘따라 유독 그곳에서 시선을 뗄 수가 없었다.

도대체 왜지?

스스로 생각해도 의문이었다.

야요는 마치 홀린 것처럼 천천히 군중이 모인 곳으로 다가갔다.

"우욱! 누가 이런 짓을!"

"마족이 출몰한다던데 설마 이게 전부…….."

"불길한 소리 마! 분명 죽은 닭이나 돼지일 거야!"

사람들이 코와 입을 가리며 웅성거렸다.

거리가 온통 피범벅이었고 사방에 갈가리 찢어진 육편이 널려 있었다.

그냥 봐서는 그것이 사람이었는지 무슨 동물이었는지 식별조차 불가능할 정도였다.

그 피비린내 나는 광경을 보는 순간 야요의 두 눈이 커졌다.

흥얼거리던 콧소리가 뚝 그쳤다.

야요는 모여 있는 인간들을 거칠게 밀치고 피투성이가 된 거리로 뛰어들었다.

미친놈처럼 바닥에 떨어진 살점들을 손으로 그러모았다.

"아. 아아……!!"

다른 자들은 몰라도 야요는 알 수 있었다.

이 살점들이 과거에 어떤 모습을 하고 있었는지.

어떤 식으로 웃고, 어떤 식으로 말을 하고, 어떻게 키스를 했는지!

"아, 아리아! 아리아!"

죽은 연인 때문에 비통해하는 마족을 상상하기는 아주 어려울 것이다.

그러나 마족도 사랑을 한다.

단지 그 형태가 대단히 이기적이고 삐뚤어져 있을 뿐이다.

적무연이 지그문트를 사랑했던 것처럼 사령왕 야요는 아리아라는 이름을 가진 마족을 사랑했다.

아리아는 유난히 수인족의 피를 보는 것을 좋아했고, 여의치 않을 땐 작은 쥐새끼라도 짓이기지 않고는 직성이 풀리지 않았다.

그런 잔악한 점이 마음에 들었다.

무엇보다 새치름하게 눈웃음을 치는 것이 아주 매혹적이었다.

그 눈웃음 때문에 야요는 500년이나 그녀를 품에 끼고 놓지 못했다.

만년장로가 아닌 이상, 마족에게도 500년은 상당히 긴 시간이다.

야요는 한참 바닥을 허우적거렸다.

손이 해지는 것도 아랑곳 않고 핏물을 모으기 위해 바닥을 긁어댔다.

그 광경을 바라보던 군중은 저도 모르게 숨을 죽였다.

바닥에 널려 있는 살점이 닭이나 짐승의 것이 아님을 그제 야 알게 되었다.

"끄으윽, 끄ㅇㅇㅇ!"

야요가 제 머리를 움켜쥐고 고통스러운 신음을 흘리기 시작 했다.

납득할 수가 없었다.

그 사랑스럽던 계집을 두 번 다시 품을 수 없다는 것을 인정 할 수 없다.

"으아아아아아아악!! 죽인다!! 죽여 버리겠어!!"

그는 괴성을 질렀다.

핏줄이 터져 안구가 시뻘겋게 물들었다.

두 눈에서 피눈물이 흘렀다.

누가 아리아를 통째로 갈아 육편으로 만들어 버렸는지 알 수 있었다.

범인이 일부러 그 흔적을 남겨놓았다.

불사왕. 불사왕!! 절대로 가만히 두지 않으리라!

그 오만한 목을 꺾어버리고 발가락부터 머리끝까지 거죽을 발라줄 것이다!!

비록 자신에겐 힘이 없으나 새로운 왕이라면, 마링겐 왕비 라면 가능하다!

야요는 핏물을 움켜쥐고 달려갔다.

경외해 마지않는 새 왕을 알현하기 위해서.

콜베르 성 깊숙한 곳에 위치한 화려한 홀에서 여러 마족들이 술잔을 나누며 낄낄대고 있었다.

술잔에 담긴 것은 살아 있는 인간의 목에서 짜낸 피였다.

천장에는 수백여 명의 인간이 산 채로 매달려 있었다.

불사왕이 군림하던 과거에는 상상도 할 수 없던 일.

불사왕은 세상에 알려진 것과는 달리 아주 상냥하고 자비로운 왕이었다.

그는 힘없고 비천한 자들을 보호하며 바른 길을 추구하는 이들을 귀애하였다.

살육을 금하고 모든 사악한 행위를 억제토록 했다.

진짜 웃기지도 않는 짓거리다.

모든 마족들은 왕의 자비로운 모습을 볼 때마다 입을 뒤틀고 조롱하며 비웃었다.

그때 잔혹한 새 왕이 홀연히 등장했다.

새 왕은 피와 살육을 권하니 수많은 마족들이 그녀의 밑으로 들어갔다.

인간의 사지를 뜯고 온갖 사악한 쾌락을 마음껏 즐기면서 마족들은 환호성을 질렀다.

그렇다! 진정한 마왕이라면 이래야 하지 않는가!

새 왕의 치세여, 영원하라!

불사왕의 노여움이 두려워 어쩔 수 없이 집시왕비의 밑으로 들어간 자들도 많았지만, 이젠 다들 영원히 그녀의 발바닥을 핥으며 살겠다고 다짐하는 중이었다.

콰앙!

피의 연회가 한창인 가운데 사령왕 야요가 사납게 문을 걸어차고 들어왔다.

첫눈에도 그의 심기가 불편해 보이자 여기저기서 들려오던 웃음소리가 저절로 뚝 그쳤다.

"야요님? 무슨 일이라도……"

마족 하나가 비위를 맞추기 위해 슬그머니 연유를 물었으나 야요는 쳐다보지도 않았다.

그는 방 한쪽에 걸려 있는 커다란 거울 앞에 섰다.

"나의 왕이시여! 제발 도와주십시오!!"

야요가 크게 소리치자 거울이 일렁거리기 시작했다.

얼마 지나지 않아 거울이 아름다운 여인의 모습을 비추었다.

마링겐 왕비가 미소를 지으며 물었다.

"사령왕이 아니신가요?"

"왕이시여, 불사왕이 바로 성 앞에 진을 치고 있습니다! 도와주십시오!"

불사왕이 근처에 있다는 말에 방탕하게 놀던 마족들의 표정이 바뀌었다.

하지만 두려워할 필요는 없다.

그들에게는 새로운 왕이 있지 않은가!

굳어 있던 마족들은 다시 생기를 되찾고 기대에 가득 찬 얼굴로 새 왕을 주목했다.

마링겐 왕비는 입가에 손을 가져다 대며 살짝 웃었다.

"제가 무엇을 도와드리면 될까요?"

"저희들의 힘으로는 불사왕을 상대할 수가 없습니다! 이대로는 모두 당하고 말 것입니다!"

"당연히 그러하겠지요."

"나의 왕이시여, 직접 왕림하시어 놈을 죽여주십시오!"

"어머나. 제가 왜 그렇게 해야 하나요?"

과장되게 예를 차리며 새 왕에게 청을 올리던 야요가 순간 굳었다.

생각지도 못한 질문이 되돌아왔다.

마링겐 왕비는 거울 저 건너편에서 후후후 소리를 내며 웃고 있었다.

웃음소리가 묘하게 귀를 자극한다.

야요가 억지로 굳어져 가는 얼굴을 펴며 외쳤다.

"저, 저희들은 당신에게 충성을 맹세했습니다! 당신이 명하시는 것이라면 뭐든지 할 것입니다!"

"알고 있답니다."

"그러니 불사왕을 죽이고 저희들을 놈의 손에서 지켜주십시오! 그놈을 찢어죽이고 세상의 유일하고 위대한 왕이 되십시오!!"

"저는 그러고 싶지 않답니다. 저는 그분의 사랑스러운 아내가 될 생각이에요."

이건 또 무슨 헛소린가!

돌이킬 수 없는 강을 건넌 지가 언제인데 아내가 되겠다니.

갑자기 이야기가 생각과 다르게 돌아가고 있었다.

사색이 된 것은 야요만이 아니다.

다른 마족들도 오로지 새 왕만 철석같이 믿고 있는 상태다.

그들이 우르르 끼어들었다.

"와, 왕이시여. 굳이 불사왕의 여인이 되지 않더라도 당신은 홀로 위대한 절대자가 될 수 있지 않습니까."

"그렇습니다! 위대한 왕으로 군림하여 주십시오!"

"불사왕을 죽이고 홀로 대지 위에 군림하십시오!!"

"이 세상에 불사왕이 둘이나 존재할 필요는 없습니다!"

사방에서 밀려드는 청원에 마링겐 왕비는 꿈을 꾸는 표정으로 대답했다.

"불가능한 일이에요. 저는 그분을 깊이 사랑하고 있는 걸요."

집시왕비가 살짝 이상한 줄 알고는 있었지만 이 정도일 줄은 미처 몰랐다.

다들 아연한 얼굴이다.

야요는 점점 초조해지는 것을 느꼈다.

"그, 그러면 저희들은 어찌하면 좋단 말입니까. 왕이시여! 저희들은 왕의 가호를 바라고 있습니다! 불사왕의 손에서 저희를 지켜주십시오! 저희가 충성을 바치고 있으니까, 그러니까 당신도 우리들을 지켜주어야만 하는 것이 아닙니까!!"

야요가 분을 못 이기고 그만 소리를 질러 버렸다.

그리고 소리를 지른 순간 자신이 아주 얼토당토않은 소리를 했다는 걸 깨달았다.

그는 지금 마링겐 왕비에게 신의를 지키라 요구하고 있었다.

하지만 그따위 덕목은 옛 왕에게나 어울리는 말이다.

마링겐 왕비가 마치 직접 읽은 것처럼 그의 속을 꿰뚫어보았다.

그녀의 눈이 아주 가느다랗게 휘었다.

"나의 왕은 몹시 다정한 분이시랍니다. 그래서 하루살이 같은 인간도 하찮게 여기지 않고 보살펴 주었지요. 그는 인간을 보살펴 주었던 것처럼 사악한 마족들도 넓은 품에 모두 끌어안고 따뜻하게 보호해 주었답니다. 하지만 당신은 그분의 다정함이 마음에 들지 않아 그를 조롱하고 제 아래로 들어왔습니다. 그렇다면 묻겠는데, 당신은 어째서 제게 왕과 같은 상냥함을 바란단 말입니까?"

사악한 새 왕이 오만하게 마족들을 굽어보며 물었다.

누구도 대답하지 못했다.

소리를 지른 야요도, 그 말을 듣고 있던 마족들도 얼굴이 거무죽죽하게 변했다.

마족에게 있어 검붉은 피, 고통에 울부짖는 인간들은 일종의 마약과 같다.

그 견딜 수 없는 쾌락은 종종 이성을 마비시킨다.

죽이고 또 죽이는 데 정신이 나가 버린 그들은 이 간단한 이

치를 망각하고 있었다.

"왕의 가호 같은 건 존재하지 않는답니다. 오랜 환상에서 드디어 벗어나셨으니 이제 절망을 만끽할 시간이로군요."

마링겐 왕비는 미소와 함께 마지막 말을 남겼다.

이내 거울 속에서 그녀의 모습이 사라졌다.

넋을 놓고 있던 사령왕이 화들짝 놀라 거울로 달려갔다.

"안 돼! 기, 기다려 주십시오! 왕이시여! 안 돼, 안 돼!! 이럴 수는 없어!"

그는 거울을 두드리며 소리 질렀다.

불사왕이 가까이 오는 것을 알았으나 마링겐 왕비를 믿고 도망치지도 않았다.

이젠 물러설 곳도 없다.

그녀가 없으면 이제 어찌하란 말인가!

"왕비 전하!! 살려주십시오! 왕비 전하!"

"살려주십시오!!"

"왕이시여!!"

마족들은 완전히 공포에 휩싸였다.

그들은 현실을 인정하지 않고 미친 듯이 마링겐 왕비를 찾았다.

하지만 그녀는 두 번 다시 모습을 드러내지 않았다.

"볼 때마다 생각하는 건데 정말로 닮았어."

레논이 새삼 테오발트와 지그문트의 얼굴을 번갈아 보며

말했다.

지그문트가 백발일 때는 미처 깨닫지 못했다.

젊은 나이에 하얗게 세어버린 머리카락이 아주 특별한 인상을 주었기 때문이다.

평범한 흑발을 가진 지그문트는 테오발트와 몹시 닮아 있었다.

두 사람 다 검은 머리카락에 푸른 눈동자였으며, 얼굴선이나 이목구비가 상당히 유사했다.

가만히 들어보면 목소리도 비슷했다.

지그문트도 테오발트도 노래를 무척 잘 부르는데다가 찬트의 달인이었다.

"확실히 혈연 관계가 맞구나. 이젠 아니라고 부정해도 아무도 믿지 않겠군."

테오발트는 고개를 저었다.

"아니, 비슷한 것은 목소리와 얼굴뿐이다. '테오발트'는 지그문트를 전혀 닮지 않았다."

"뭐라고?"

레논이 의문을 표할 때 진격 명령이 떨어졌다.

병사들이 함성을 지르며 콜베르 성을 향해 돌진했다.

갈고리가 달린 사다리가 무수히 성벽에 걸렸다.

콜베르 성에 주둔하고 있던 몇 안 되는 병사들이 사다리를 밀어내고 펄펄 끓는 기름을 퍼부어댔으나 병력의 차이를 이길 수는 없었다.

요정과 난쟁이들의 활약도 여전히 눈부셨다.

몇 시간 지나지도 않아 콜베르 성이 거의 함락당하기 직전까지 몰렸다.

콰광!!

갑자기 커다란 폭발과 함께 서쪽 성벽이 무너졌다.

병사들이 폭발을 피해 황급히 물러섰으나 우악스러운 손길이 머리를 한꺼번에 두 개씩 움켜쥐고 땅에 처박아 버렸다.

사령왕 야요가 인간들을 밟아 뭉개며 모습을 드러냈다.

그는 숨을 거칠게 토하며 앞을 노려보았다.

"언제까지 성안에 숨어 있을지 궁금했는데 드디어 나타났군."

테오발트는 담뱃대를 내려놓았다.

그가 한 걸음 움직이자 야요의 숨이 더욱 거칠어졌다.

두렵고도 전능한 왕의 앞에서 어찌 감히 평안하게 숨을 쉬랴.

헐떡거리던 야요는 억지로 두려움을 떨치고 노성을 터뜨렸다.

"살아 숨쉬는 육신은 썩어 한 줌의 피육이 되라! 영혼조차 영원히 안식을 찾지 못할 것이다!!"

사악한 음성이 전장을 울렸다.

사람들은 본능적으로 거대한 재앙을 감지했다.

둠 왕국군도 연합군도 공포를 느끼며 주위를 두리번거렸다.

스으.

사령왕의 전신에서 회색 안개 같은 것이 흘러나왔다.

푸아악!

그리고 다음 순간 엄청난 양의 안개가 사방으로 쏟아져 나왔다.

순식간에 안개를 뒤집어쓴 병사들이 머리를 움켜쥐고 신음을 흘리다 이내 비명을 지르기 시작했다.

눈이 완전히 풀렸고 입에서 침이 질질 흘렀다.

그뿐 아니라 예전에 숨이 끊어진 시체까지 몸을 뒤틀었다.

썩은 시체들의 입에서 잔뜩 억눌린 고통스러운 신음이 흘러나왔다.

그 소름 끼치는 광경을 보고 누가 평상심을 유지할 수 있을까.

"으아아악! 비켜!"

"도망쳐!!"

병사들은 서로 밀치고 동료를 밟으면서 안개를 피해 사방으로 도망쳤다.

"테오발트, 이건⋯⋯!"

레논이 성검을 뽑아 들며 테오발트에게 시선을 주었다.

"죽은 영혼들의 왕. 그 이름에 걸맞은 마법이지."

사령왕(死靈王)야요.

그는 몸을 쓰는 것을 싫어하여 우아하게 주문(呪文)을 외어 적을 상대했다.

주문에 사로잡힌 사람들은 과거의 괴로운 기억을 되풀이하여 보게 된다.

가장 두려워하던 것 앞에 내던져진 채 끊임없는 환상을 보고 천천히 미쳐 가는 것이다.

죽어버린 후에도 영혼까지 사로잡혀 영원히 끔찍한 환상을 봐야만 한다.

공포가 콜베르 성과 전장 전체를 뒤덮고 있었다.

그 안에서 테오발트는 홀로만 동떨어진 듯 느긋하게 사령왕에게 다가갔다.

"어둠은 이곳에 머물라! 나 회색의 안개를 두르고 영원한 절망으로 그대를 축복하겠다!"

사령왕 야요는 주문을 외며 다시금 안개를 뿌렸다

테오발트는 아랑곳 않고 걸음을 디뎠다.

안개가 순식간에 그를 뒤덮었다.

회색 배경이 이내 시커먼 암흑으로 바뀌었다.

테오발트는 얼마간 암흑 속에서 서 있다가 마법을 파훼하지 않고 둘러보기로 결정했다.

"그래. 처음 시작은 신마전쟁이었지."

어느덧 그는 과거로 되돌아와 있었다.

테오발트는 하나씩 과거를 되짚어 나갔다.

그가 한눈을 파는 사이 앙브라스가 대륙을 침공하여 엄청난 수의 인간을 죽였다.

앙브라스를 마족으로 만들 때 테오발트는 이와 같은 사태를 충분히 예상할 수 있었다.

아무리 금령으로 묶어놓는다 해도 피에 미친 마족을 완벽하게 제어할 수는 없는 법이었다.

그래도 그는 마족을 만드는 일을 그만둘 수 없었다.

신마전쟁의 원흉, 찢어 죽여도 시원찮을 잔악무도한 마족 앙브라스.

테오발트는 그를 진정으로 미워할 수 없었다.

테오발트는 침잠된 눈으로 참상을 둘러보다가 우연히 마링겐 왕비를 만났다.

그때엔 마링겐 왕비가 아니라 그저 못생긴 집시 마리아에 불과했다.

그는 마리아에게 연민을 느꼈고 그녀를 되살려내고 말았다.

추악한 마족으로 변해 버린 마리아에게서 과거의 순박함은 더 이상 존재하지 않았다.

마족을 만들어낸 뒤 그는 항상 우울했다.

테오발트는 억지로 우울함을 털어버리고 사해로 돌아왔다.

하지만 사해로 되돌아오자마자 그가 본 것은 만신창이가 되어 쓰러져 있는 지그문트였다.

신마전쟁은 대륙에 사는 이들에게 감당하기 힘든 거대한 재앙이었을 터.

지그문트는 그 재앙을 의연히 이겨낸 영웅 중의 영웅이었다.

그런 이를 적무연이 이런 꼴로 만들어놓았다.

테오발트는 크게 화를 냈지만 결국 적무연이 원하는 대로 내버려 두었다.

지그문트를 이용해 적무연의 생을 늘리기 위해서였고, 모든 것이 피곤해졌기 때문이기도 했다.

이후 50년간 그는 단조롭게 시간을 보냈다.

어느 날 우연히 적무연의 침소를 방문한 그는 다시금 지그문트를 만났다.

지그문트는 무려 50년 동안이나 죽지도 못하고 끝없는 고통에 시달리다가 결국 백치가 되어버렸다.

웃기지만 테오발트는 그때야 자신이 얼마나 큰 실수를 했는지 깨달았다.

기껏해야 일 년 정도 시달리다가 죽을 줄 알았지 이렇게 오래갈 줄은 미처 몰랐다.

아니, 그런데 이 일을 단순한 실수라고 말해도 되는 것인가?

애초에 단 하루라도 지그문트가 부당한 고통을 당해서는 아니 될 일이었다.

100년을 1세기라 부르고 50년이면 반세기인데, 그동안 지옥에서 살았던 지그문트가 실수라는 말을 듣고 뭐라 하겠는가.

테오발트가 고독과 충동을 이기지 못하고 마족을 만드는 실수를 저질러서 신마전쟁이 터지고 말았다.

한데 수백만 명이 몰살당한 신마전쟁을 그저 실수였다고 말해도 되는가.

이런 참상을 수없이 겪고도 그는 다시 '실수'를 할 것이다.

하지만 누구도 그가 행하고자 하는 것은 막을 수 없다.

온 세상을 지옥으로 만들어 버린다 한들 신조차도 그의 과오를 나무랄 수 없었다.

모든 것은 그가 절대적인 권능을 가지고 있기 때문이다.

때때로 이런 가정을 해본다.

신의 영역조차 넘어선 아득히 강대한 존재가 있다면, 하다못해 그와 대등한 존재가 있다면 그의 실수를 막을 수도 있고 잘못을 나무랄 수도 있으리라.

순식간에 죽어나가는 약해빠진 필멸자들의 옷자락에 매달려 괴로워할 필요도 없을 것이다.

애초에 그가 비극을 예상하고서도 사악한 마족을 만들어내는 이유가 무엇이었던가.

세상의 무엇 하나 그와 대등하지 않기 때문이다.

불사왕.

오직 그만이 홀로 전능하며, 영원히 불멸이기 때문이다.

아아, 이젠 실수를 바로잡아 줄 훌륭한 존재가 아니라도 좋다.

어리석거나 일그러져도 좋으니 어깨를 나란히 할 수 있는 존재를 원한다.

"좋은 술이랍니다. 이것으로 기분을 푸세요."

방 안은 연기로 자욱했다.

테오발트는 쿠션 위에 몸을 묻고 벌써 며칠째 담배만 뻑뻑 피워대고 있었다.

그의 심기가 불편하다는 것을 안 마리아가 술을 들고 방문했다.

그녀는 마족이 된 이래로 계속 맨발을 고수하고 있었다.

과거의 두툼한 발이 아니다.

뽀얗고 보드라운 발을 보고 테오발트는 쓴웃음을 지었다.

마리아가 내민 술잔을 받아 마셨다.

붉은색의 술을 음미하는 동안 마리아는 그의 가슴팍에 얼굴을 기대고 애교를 부렸다.

그녀가 권하는 술을 연거푸 다섯 잔 마셨을 때였다.

독 기운이 돌면서 코와 입에서 피가 주룩 흘러나왔다.

그는 어이가 없어서 마리아를 쳐다보았다.

세상의 어떤 극악한 독도 그가 숨만 한 번 내쉬면 단숨에 정화되어 버린다.

마리아가 그걸 모를 리 없다.

그녀는 미소를 지으며 말했다.

"좀 더, 좀 더 강력한 마력을 원해요. 나의 왕이여, 저를 사랑한다고 하셨죠? 그러니 저를 위해서 죽어주세요. 당신의 몸을 전부 제가 뜯어 먹어도 괜찮겠지요? 어서 독 기운에 몸을 맡겨 버리세요."

테오발트는 약속대로 마리아를 아내로 삼고 소중히 대했다.

그가 아껴주는 만큼 마리아는 교만해졌고 탐욕스러워졌으며 감히 왕을 시해할 음모까지 꾸몄다.

오랜 세월 진심을 다한 대가가 겨우 이런 것이다.

마리아는 테오발트를 끌어안고 목덜미 물어뜯었다.

살이 한 움큼이나 뜯겨 나갔다.

뜯어낸 살덩이를 우적우적 씹으며 그녀는 실로 마족다운 표정을 짓고 사악하게 웃었다.

전쟁을 일으켜 대량 학살을 자행하고, 영웅에게 끔찍한 치욕을 주고, 사랑하는 지아비를 살해하고, 도대체 언제까지 이 만행을 참아야 하는가.

마족의 사악함에 짜증이 치민다.

봐주는 것에도 한계가 있다.

그를 화나게 만드는 것은 언제나 그의 사악한 아이들이었다.

"아니, 나를 진정 미치게 만드는 것은 너희들의 나약함이다!"

그는 대지와 하늘, 세상을 향해서 탄식했다.

우울함에 사로잡힌 채 그는 한 가지 결심을 한다.

테오발트는 문득 아득한 허공 위에서 눈을 떴다.

의문을 가진 것도 잠시, 테오발트는 이내 무슨 일이 있었는지 깨달았다.

마리아에게 머리카락 한 올까지 전부 먹힌 뒤, 그는 모든 것이 귀찮아져 의식을 닫아버렸다.

육신이 없고 의식까지 없으니 죽은 것과 흡사한 상태라고 할 수 있으리라.

하지만 그 상태를 오래 지속할 수는 없다.

사람들이 언젠가는 잠에서 깨어나듯 그는 결국 눈을 뜨고 말았다.

테오발트는 실소를 흘렸다.

"죽음을 흉내 내봤지만 100년도 채 못 가는군. 이 상태로 떠도는 건 90년이 한계인가."

세상을 둘러보니 그가 사라진 90년간 제법 흥미로운 일들이 일어났다.

마족들이 불사왕을 찾기 위해서 사해의 마법사를 모조리 대륙으로 내보냈고 그 바람에 전쟁이 터졌다.

10년에 걸친 마법사전쟁 후 마법사들이 은거를 택하며 혼란은 가라앉았다.

하지만 시간이 흐름에 따라 대륙 전역에 마법이 조금씩 퍼져 나가기 시작했다.

그리고 어느새 신전조차 마법을 인정하고 때로는 권장하기도 하는 웃기는 세상이 되었다.

인간들은 자신이 사용하는 마법이 마족의 눈과 귀 역할을 하고 있음을 알까.

"이제 슬슬 육신을 만들어야겠군."

의식이 깨어나면서 저절로 육신이 생성되려고 했다.

그는 무(無)에서 육신을 만들 수도 있으나, 다른 생명체를 기반으로 삼아 육신을 구성할 수도 있었다.

테오발트는 어느 쪽을 택할까 잠시 생각에 잠겼다.

그는 지금까지 주로 후자를 선택해 왔다.

육신과 이어져 있는 여러 인연 때문일지도 모른다.

홀로 완전한 불사왕에게 진정한 의미의 어머니나 아버지, 형제 따위는 존재하지 않는다.

문득 테오발트는 베르그이젤 백작가를 떠올렸다.

지그문트가 사라진 뒤에 그의 후손들은 어찌 되었을까.

생각이 난 김에 그는 바로 베르그이젤 백작가로 향했다.

그리고 지그문트의 마지막 후손이 열병에 걸려 죽어가고 있다는 사실을 알게 되었다.

돌이킬 수 없는 상태인 것을 알고 그는 죽어가는 영혼을 불러냈다.

왜소한 체구의 소년이 그의 앞에 무릎을 꿇었다.

"소원이 있다면 들어주마."

아마 지그문트에 대한 마지막 양심이라 할 수 있으리라.

테오발트는 굳이 자신의 정체를 밝히지 않았다.

그러나 영혼만 남은 소년은 상대가 두렵고도 전능한 불사왕이라는 알 수 있었다.

"저, 저를 되, 되, 되살려주세요!!"

소년이 말을 더듬거리면서 외쳤다.

"그건 불가능하다."

얼마든지 되살려낼 수 있으나 지그문트가 그걸 원치 않을 것이다.

그의 마지막 후손을 마족으로 만들 수는 없는 일이다.

테오발트는 고개를 저었다.

소년은 테오발트의 정체를 꿰뚫어보았듯, 이 말이 거짓이라는 것도 알아차렸다.

무엇보다 불사왕은 죽은 자를 되살려내는 것으로 유명하지 않은가.

"다, 당신은 부, 부, 불사왕이잖아요! 왜 나를 사, 살려주지 않는, 겁니까! 왜, 왜!! 왜!"

그는 몹시 더듬거리면서 소리를 질렀다.

다리를 붙잡고 애원하기도 하였다.

"모, 모, 목숨만 사, 살려주, 주신다면 여, 여, 영혼이라도 바, 바칠 수 있어요. 제, 제발 사, 사, 살려주세요. 살려주세요!"

죽고 싶지 않다. 죽음이 너무나 두려웠다.

테오발트는 소년을 고요히 굽어보기만 했다.

한참 후 테오발트가 다시 물었다.

"다른 소원은 없느냐?"

소년은 테오발트의 마음이 끝내 변하지 않을 것을 알았다.

한참이나 시간이 흐른 뒤에야 소년은 그걸 인정했다.

어쩔 수 없이 소년은 소원을 바꾸었다.

"그, 그럼 베, 베르그이젤을 멸망시켜 버려요. 내, 내가 아, 알고 있던 녀석들 모, 모조리 죽여줘요! 나는 펴, 평생 멸시만 받다가 이렇게 고통스럽게 죽는데, 다른 녀석들은 행복하게 잘 사, 살아가다니 그런 거 절대로 용납 수 없어!"

벌겋게 달아오른 그의 얼굴에는 악의가 잔뜩 붙어 있었다.

악의를 잔뜩 표출하는 동안은 말더듬도 거의 사라졌다.

그는 눈을 위험하게 번뜩거리며 외쳤다.

"트, 특히 어머니! 그년은 아주 잔인하게 죽여야 해!! 당신은 마왕이니까 하, 할 수 있겠지?"

"어째서인가. 모두가 너를 멸시해도 그녀만은 언제나 너의 편이지 않았는가."

테오발트는 소년의 과거를 훑어본 뒤 물었다.

소년이 이를 부드득 갈았다.

"어머니는 괴, 괴롭힘당하는 나를 항상 동정 어린 눈빛으로 쳐다봤지. 나는 그 눈빛이 싫었어. 하, 항상 그 더러운 눈깔을 뽑아버리고 싶었다고!!"

일그러진 소년의 얼굴은 이미 악마의 그것과 다름이 없었다.

소년은 주변의 멸시와 모진 학대 때문에 마음에 큰 상처를 입었다.

하지만 소년이 삐뚤어진 것을 그 탓으로만 돌릴 수는 없다.

이 소년은 천성적으로 악독하고 이기적인 성정을 가지고 있었다.

테오발트는 그의 사악함에 실망했다.

소년과는 달리 지그문트는 끝이 없는 지옥 속에서도 항상 사랑하는 아내와 자식을 생각했다.

영혼의 한 가닥이 남아 있을 때까지 고결함을 잃지 않았다.

지그문트의 피를 이은 마지막 후손은 지그문트를 조금도 닮지 않았다.

"그래. 네 소원을 들어주마."

소원을 들어줄 생각은 전혀 없었지만 테오발트는 그리해 주겠노라 거짓말을 했다.

"으흐흐흐! 크하하하! 됐다, 됐어! 모조리 비참하게 죽어버려라! 꼴좋게 됐구나!!"

평생 주눅 들어 살던 소년은 마지막 순간이나마 통쾌하게 웃었다.

크게 웃음을 터뜨리다가 불현듯 자신이 죽는다는 것을 알고는 다시 울었다.

죽음의 공포에 떨면서, 그 두려움을 모조리 사람들의 탓으로 돌리고 저주를 퍼부으며 소년은 서서히 사라져 갔다.

약해빠진 필멸자 하나가 죽고 테오발트 혼자만 덩그러니 남았다.

그는 싸늘하게 식은 소년의 육신을 보다가 그것을 새로운 몸으로 사용하기로 결정했다.

소년의 육신이 그의 무한한 권역 안으로 섞여 들어왔다.

숨이 끊어진 모든 것들이 대지의 거름이 되듯, 소년은 죽어 그의 거름이 되었다.

새로운 육신을 얻은 테오발트는 잠시 생각에 잠겼다.

사악한 마족들이 득시글거리는 사해로 돌아가고 싶지 않았다.

약하고 하루살이 같은 인간들 사이에서 고독을 씹는 것도 싫다.

"소꿉놀이라도 할까."

그는 자신의 힘을 봉인하기로 결정했다.

힘을 잃고 기억을 잃은 상태로 그는 잠시나마 인간으로서 살게 될 것이다.

정말로 인간이 되어 일평생을 살다가 평화롭게 숨을 거둘 수 있다면 얼마나 좋을까.

감상에 빠진 채 그는 실소를 지었다.

영원히 이루지 못할 꿈이었다.

억지로 힘을 우겨 넣고 묶어버린들 그 상태는 오래가지 못한다.

언젠가는 반드시 봉인이 풀릴 것이다.

그렇다면 그때를 언제로 하는 것이 좋을까?

테오발트는 자신의 형상을 그대로 떠내어 허상을 만들어냈다.

허상의 이름은 쿠르트로 정했다.

"쿠르트가 살해당하는 그때 힘을 되찾기로 하자."

불사왕이 무력해지면 마족들이 필시 극악무도한 음모를 꾸미기 시작할 것이다.

세상을 혼란에 빠뜨리고, 마구잡이로 학살을 자행하며, 급기야 창조주이며 군주이고 어버이인 자신을 죽이려고 들지도 몰랐다.

하지만 그는 불멸이니 결코 목적을 이루지 못하리라.

아비를 죽이지 못해 안달이 난 마족들은 그를 빼닮은 쿠르트를 갈가리 찢어발겨 버릴 것이다.

쿠르트가 처참하게 난도질당하는 순간 그 패륜아들은 대가를 치르게 되리라.

결단을 내린 이후, 테오발트는 쿠르트를 머리카락 하나 보일 새라 꽁꽁 숨겼다.

쿠르트를 건드리는 이가 없도록 일부러 마법까지 걸었다.

그건 소꿉놀이를 오랫동안 즐기기 위해서였고, 마족들을 그의 크나큰 분노에서 보호하기 위함이기도 하였다.

우습게도 그는 아직도 잔악한 마족들이 애틋하게 느껴졌다.

때문에 거듭하여 배신당하면서도 마족들의 만행을 참을 것이다.

쿠르트는 기폭제이며 동시에 그의 인내심이었다.

이후 그는 힘을 잃고 기억을 잃은 채 침상에서 눈을 뜬다.

어느 날은 쿠르트가 나타나 어머니를 소중히 여겨달라고 요구했다.

지그문트의 마지막 후손이었던 '테오발트'가 어머니를 잔인하게 죽여달라 했으나 테오발트는 그렇게 하고 싶지 않았다.

쿠르트는 그러한 테오발트의 마음을 대신 표현한 것이다.

기적적으로 열병을 털고 일어난 테오발트는 어머니를 아껴주었다.

친구를 사귀고 연인을 얻었으며 베르그이젤 백작 가문을 부흥시켰다.

그러나 마링겐 왕비를 만나면서 모든 것이 일그러졌다.

베르그이젤 성은 불에 타 폐허가 되었고, 어머니와 아버지, 친구들도 모조리 학살당했다.

마지막 남은 지그문트마저 적무연의 손에 마족으로 변해 버린 뒤, 영광스러운 영웅의 핏줄 베르그이젤의 대는 완전히 끊어지고 말았다.

테오발트는 웃었다.

의도하지는 않았음에도 결국 '테오발트'가 원하는 대로 되지 않았는가.

하지만 사실, 그는 알고 있었다.

불사왕의 곁에는 언제나 사악한 마족들이 들끓었다.

가만히 있어도 자연히 마족들이 몰려들게 되어 있었다.

마링겐 왕비를 만나게 된 것 또한 우연이 아닌 필연이었다.

이 극악무도한 것들이 그의 주변에 있는 인간들을 가만히 내버려 둘 리가 없었다.

어머니, 아버지, 홀베크와 레티치아.

이것은 어림짐작이 아니라 확정된 미래이니, 이를 데 없이 사랑스러운 이들은 반드시 처참하게 살해당하리라.

"예정에는 한 치의 어긋남도 없다."

모든 것이 그가 단언한 대로 이루어졌다.

물론 이리되길 바란 것은 아니다.

하지만 알면서도 눈을 감아버린 것도 사실이다.

누군가 그를 자비로운 왕이라고 불렀으나 그것도 그의 마음이 내킬 때의 이야기다.

"하하!"

그는 소리 내어 웃어보았다.

소리를 가두는 어둠이 마음에 들지 않아 그 한가운데 손을 쑤셔 넣고 그대로 찢어발겼다.

짜아악!!

감히 그의 정신을 침범하려고 했던 마력이 산산이 찢어져서 흩어졌다.

그는 다시금 회색 안개에 잠긴 콜베르 성 앞에 섰다.

시간이 굉장히 오래 지나간 듯 느껴지지만 사실은 찰나에 가까울 정도로 아주 짧은 시간이 지났을 뿐이다.

"감히 짐의 앞에서 마법을 쓰는가. 야요, 그새 많이 컸구나."

푸른색이던 눈이 짙은 핏빛으로 일렁거렸다.

야요의 얼굴이 더욱 하얗게 질렸다.

하지만 그는 공포를 인정하지 않고 큰소리를 쳤다.

"입 닥쳐!!"

"담도 커졌군."

"나는 다시 이 땅에 저주를 부른다! 영겁의 불길은 이곳에 임하라!"

야요는 아랑곳 않고 다시 마법을 일으켰다.

"노래는 좋아하느냐?"

테오발트가 뜬금없이 질문을 했다.

야요는 영문을 몰라 눈살을 찌푸렸다. 하지만 애초에 대답을 원하고 한 질문이 아니다.

테오발트는 찬트를 부르기 시작했다.

고요하고 잔잔한 노래였지만 그에 담긴 신성력은 폭발적이었다.

성스러운 기운이 해일처럼 쏟아져 나왔다.

부정한 것들은 힘없이 밀려나거나 성력의 무게에 짓눌렸다.

회색 안개도 썰물에 휩쓸린 나뭇가지마냥 순식간에 쓸려가 버렸다.

"이런!"

지그문트는 찬트의 영향권에서 벗어나기 위해 성검을 땅에 내리꽂아 얼음 장벽을 만들었다.

세간에 영웅으로 알려져 있으나 사실 그의 정체는 마족이다.

사람들이 보는 앞에서 저 성력을 뒤집어쓰면 꽤나 골치 아픈 일이 생길 것이다.

찬트는 사악한 것을 가차없이 깔아뭉겠으나 성검의 영역을 침범하지는 않았다.

"이, 이게 찬트라니."

안스바하 왕자가 지그문트가 만든 얼음 장벽 뒤에서 중얼거렸다.

얼굴이 살짝 사색이 되어 있다.

"천상의 음악이 있다면 이러할까요."

에스트리트가 멍한 눈으로 주위를 돌아보았다.

비를 머금은 먹구름이 태양의 반을 가리었는데도 세상이 이상하게 밝았다.

사람들은 태어나 처음으로 온전히 성력으로만 이루어진 세계를 보고 있었다.

실로 아름다우면서도 온화한 세계이다.

"어?"

환상에 사로잡혀 고통스러워하던 병사들이 하나둘씩 정신을 차리고 눈을 끔뻑거렸다.

사지를 뒤틀던 시체들도 평온한 얼굴로 안식을 얻었다.

사령왕 야요는 사방에서 밀려드는 성력을 보며 주춤 뒷걸음질을 쳤다.

그가 미처 물러나기도 전에 성력이 완전히 그를 뒤덮어 버렸다.

"크아아악!!"

육신에서 정신에 이르기까지 온전히 악으로만 이루어진 그는 전신이 찌그러지는 감각을 느끼며 비명을 질렀다.

두 발로 서 있는 것이 불가능하여 무릎을 꿇고 이어서 머리를 땅에 처박았다.

테오발트는 찬트를 멈추고 야요에게 다가갔다.

공포에서 벗어난 모든 병사들이 그를 주목했다.

누구도 감히 입을 열지 못했기에 전장은 쥐 죽은 듯 고요했
다.

"끄으."

야요는 가까스로 몸을 추스려서 고개를 들었다.

"너는 왕의 가호를 빌지 않느냐? 새 왕에게 충성을 바치지
않았더냐."

테오발트가 천천히 다가오며 물었다.

그건 명백한 조롱이다.

새 왕의 가호 따윈 모두 환상에 불과했다.

야요는 새삼 왕의 절대적인 권능을 실감했다.

공격마법도 아닌 찬트만으로 그를 바닥에 처박아 버릴 줄이
야.

"……!"

점점 테오발트가 가까워지자 야요는 주저앉은 채로 물러났
다.

그러나 그가 엉덩이걸음으로 물러나는 것보다 테오발트가
두 발로 걸어가는 것이 당연히 더 빨랐다.

이윽고 테오발트가 야요의 앞에 멈추어 섰다.

"좀 전의 기세는 어찌 되었는가. 무슨 말이든 해보라."

테오발트가 온화하게 말했다.

불사왕은 불같이 화를 낼 때보다 부드럽게 말을 할 때 더욱
두렵다.

야요는 몸이 자꾸만 떨려왔으나 똑바로 그를 올려다보았다.

공포에 굳어가는 정신을 가다듬기 위해 이를 으득 사리물었다.

얼마가 지났을까.

이윽고 그가 입을 열었다.

"자……."

테오발트는 흥미로운 표정으로 야요의 입에서 무슨 말이 나올지 귀를 기울였다.

"자, 잘못했어요……."

끝까지 버티던 야요의 얼굴이 보기 민망할 정도로 비굴하게 일그러졌다.

"하!"

테오발트는 크게 실소를 터뜨렸다.

손으로 이마를 짚었다.

말 그대로 허를 찔렸다.

야요는 테오발트의 바짓자락을 붙잡았다.

"잘못했습니다. 제가 잘못했어요. 용서해 주십시오. 나의… 나의 왕이시여!!!"

그는 이제 와 다시 그를 왕이라고 불렀다.

테오발트는 다리를 뒤로 빼서 그의 손을 뿌리쳤다.

"마음을 정하였다. 가장 먼저 너의 세 치 혀를 뽑아버리도록 하자."

"……!!"

야요는 왕이 결코 자신을 용서하지 않을 것이라는 것을 깨달았다.

그들에 대한 왕의 가호는 이미 오래전에 거두어졌다.

테오발트는 바닥에 널브러져 있는 야요를 걷어찼다.

꽈앙!!

가볍게 쳐낸 것 같은데 묵직한 소리가 터져 나왔다.

야요는 엄청난 충격에 휩쓸려 수십 번 땅을 구르다 바닥에 처박혔다.

발에 차인 가슴의 뼈가 전부 으스러지고 폐가 터져 나갔다.

고통에 찬 비명이 하늘을 울렸다.

테오발트는 콜베르 성 전체를 자신의 시야 아래 두었다.

힘을 개방하자 그의 발밑에서 다시 온갖 풀들이 자라기 시작했다.

"모습을 드러내라. 도망칠 수 있으리라 믿느냐?"

그의 음성이 떨어지자마자 사방에서 비명이 터져 나왔다.

아무것도 없던 허공에서, 땅 밑에서 백에 가까운 마족들이 튀어나왔다.

"으아아아악!!"

그들은 비명인지 기합인지 알 수 없는 소리를 지르며 테오발트를 향해 돌진했다.

일백에 이르는 마족들이 하늘 위로 솟구쳐 일제히 공격을 퍼부었다.

사악한 기가 나선 모양으로 몰려들고 하늘 전체가 검붉게 물들었다.

지옥이라도 강림하는 것인가?

사람들은 감히 도망칠 생각도 못하고 두려움에 떨었다.

거대한 재앙의 구름이 하늘에서부터 테오발트를 덮쳤다.

테오발트는 손을 뻗었다.

스웃.

지상으로 쏟아지던 거대한 재앙의 구름은 테오발트의 손끝에 닿는 순간 흔적도 없이 사라졌다.

마치 세상의 종말이라도 닥칠 듯하였는데 언제 그랬냐는 듯 하늘은 다소 흐린 날씨 그대로 되돌아왔다.

테오발트가 마력을 소멸시키는 동안 소량의 기운이 외부로 흘러나왔다.

그것만으로도 주위의 식물들이 급속도로 성장하기 시작했다.

순식간에 나무들이 자라 불쑥불쑥 하늘 위로 솟아올랐다.

녹색 풀이 전장을 빠르게 뒤덮어갔다.

"크아악!!"

마족들은 사야를 가리는 나무를 부서뜨리며 테오발트에게 달려들었다.

발악이라는 말 외에는 그들의 행동을 달리 설명할 수 없다.

그때 사령왕 야요가 돌연 나타나 마족의 머리를 움켜쥐었다.

와그작!!

그는 한입에 마족의 머리를 씹어 먹으며 남은 손으로 또 다른 마족을 사로잡았다.

손아귀에서 날카로운 바람이 일어나 두 마족의 몸뚱이가 한 줌의 피육으로 변했다.

그는 손끝으로 피육을 전부 흡수했다.

손에 잡히면 닥치는 대로 마족을 잡아먹었다.

파사사사.

길게 자란 풀을 헤치면서 야요는 달려나갔다.

마족을 서른 마리째 잡아먹고 예전에 비해 수십 배 이상의 권능을 보유하게 되었다.

그 힘은 만년장로 적무연을 아득히 뛰어넘은 지 오래!

촤앗.

이윽고 수풀 사이로 테오발트를 발견했다.

야요는 시뻘겋게 충혈된 눈으로 그를 노려보며 주먹을 뻗었다.

대륙을 반으로 쪼개 버릴 수도 있는 힘이 이 주먹에 실려 있었다.

테오발트는 손등으로 그것을 쳐냈다.

떠엉!!

야요는 가벼운 손짓 한 번에 땅에 처박혔다.

"끄으윽!!"

그는 땅에 부딪쳐 머리의 반이 뭉개지고 왼쪽 어깨와 갈비뼈가 산산이 으스러진 상태로 벌레처럼 땅바닥 위를 기었다.

테오발트가 가만히 걸어와 야요의 머리 위에 섰다.

그는 몸을 낮추고 손으로 턱을 잡아 야요의 얼굴을 들어 올렸다.

　"크흑, 으으, 와, 왕······."

　야요는 껄떡거리며 테오발트를 찾았다.

　그의 자비를, 왕의 가호를 그 무엇보다도 원했다.

　그런데 무심한 손이 그의 입을 비집고 들어왔다.

　우드득!

　혓바닥이 무참히 뽑혀 나갔다.

　"꺼어어어어어!!"

　혀를 뽑힌 그는 짐승 같은 음성으로 비명을 질렀다.

　"이다음은 오른쪽 손이다."

　그는 바닥을 긁고 있는 손을 주먹으로 내려쳤다.

　손바닥의 뼈가 산산이 으스러지고 손가락이 기이하게 위쪽으로 꺾여 올라왔다.

　다시 한 번 내려치자 손이라고 할 수도 없을 만큼 뭉개져서 땅에 깊이 파묻혔다.

　"다음은 어디로 할까. 네게 선택할 기회를 주마."

　야요는 피거품을 뿜으며 입을 뻥긋거렸다.

　'차, 차라리··· 죽여······.'

　목소리가 나오지 않지만 그 뜻을 읽는 것은 어렵지 않다.

　테오발트는 고개를 저었다.

　"끝내 몰염치한 놈이구나. 라우지 토가도 열흘이 지난 후에야 안식을 얻었거늘, 어찌 혼자만 짐의 자비를 얻으려 하는가?"

"……."

야요의 눈에서 눈물이 흘렀다.

공포로 인한 눈물이었다.

이제 남은 것은 후회뿐이다.

자신은 대체 무슨 배짱으로 이 절대적인 왕에게 도전하고 말았던가.

테오발트는 손을 털고 일어났다.

번거롭게 직접 움직이는 대신 그림자를 불러냈다.

검은 그림자가 살아 움직이는 것처럼 꿈틀대며 야요를 집어삼켰다.

야요는 암흑으로 이루어진 감옥에 갇혔다.

암흑은 아주 천천히 야요의 살을 파먹고 근육과 뼈를 녹일 것이다.

육신을 통해 겪을 수 있는 모든 고통을 전부 겪고도 아득한 시간이 흐른 뒤에야 그는 죽음을 허락받으리라.

"어어, 우어어!!"

야요는 눈물을 흘리며 팔을 버둥거렸다.

하나 남은 왼손이 애처롭게 테오발트를 찾았다.

뿌드득.

테오발트는 그 손을 지그시 짓밟아 뭉개주었다.

"무정하게 여기지 말거라. 네가 쌓은 악업을 헤아리기가 어려울 지경이니 그 죗값을 충분히 치러야 하지 않겠느냐?"

야요는 완전히 그림자 속으로 사라졌다.

아직 간신히 살아남은 마족 몇몇이 두려운 눈으로 그를 바라보고 있었다.

만사가 귀찮아진 테오발트가 손으로 하늘을 가리켰다.

차가운 냉기와 휘황한 빛, 매서운 바람이 융단을 깔듯 하늘을 가득 메웠다.

멀리서 그 광경을 보던 레논이 제 허리에 걸린 성검 카칸을 쓰다듬으며 중얼거렸다.

"카칸의 바람."

바람이 휘몰아쳐서 제아무리 단단한 것도 전부 베어 넘겼다.

또한 냉기가 흘러나와 공기까지 차갑게 얼린다.

빛이 번쩍거리며 세상이 온통 밝아졌다.

"브룬힐트의 얼음. 가르시아의 빛."

이 모든 공격은 성력으로 이루어져 있었다.

마족들은 도망을 치려다가 빛에 관통당하고 바람에 베였다.

작은 상처들이 급격히 썩어갔고 이내 그들은 한 줌의 재가 되어 흩어졌다.

사람들은 넋을 놓고 하늘을 가득 메운 폭격을 지켜보았다.

지금 성스러운 무기를 가지지도 않은 자가 홀로 오롯이 서서 그 위대한 힘을 발현하고 있었다.

"한 놈이 남았군. 운도 좋은 놈이다."

테오발트는 아직 숨이 붙어 있는 놈을 감지했다.

공격이 멈추자 마족은 황급히 등을 보이고 도망치기 시작했다.

얼마든지 그를 붙잡을 수 있었으나 테오발트를 그리하지 않았다.

"결국에는 붙잡히겠지만 그래도 최대한 멀리 도망치거라. 사로잡히는 그날까지 절망에 몸부림치도록 하라."

테오발트는 자비로운 왕답게 그를 놓아주었다.

마족 한 마리가 도망치는 것을 보고 사람들은 작게 탄성을 터뜨렸다.

그럴 리가 없겠지만 어쩐지 테오발트가 그를 일부러 놔주는 것 같기도 했다.

마족을 모두 처리한 후 테오발트가 길게 자란 수풀을 걷고 사람들의 앞에 모습을 드러냈다.

사람들은 모두 어안이 벙벙하여 눈만 끔뻑였다.

이글아이 백작과 장교들이 발갛게 상기된 얼굴로 달려왔다.

"다, 당신은……!"

이젠 알겠다.

지난번 마족을 물리친 것도 용의 힘이 아니라 그의 신위 때문이었을 것이다.

이글아이 백작도 병사들 사이에서 떠도는 소문을 들은 적이 있다.

신께서 재앙으로부터 사람들을 구하기 위해 자신의 신성을 대신하는 자를 내려보냈으니 베르그이젤의 마지막 후손이 바로 그 귀인이다.

"국왕 폐하께서도 자네가 평범한 사람이 아닐 거라고 몇 번이고 거듭 말씀하셨네. 당신은 정녕… 신의 사자란 말입니까?"

중간부터 말투가 변했다.

질문하고 있으나 이미 확신을 내리고 있는 것이다.

"나, 나는 알고 있었어. 그가 신의 사자인 줄, 나는 진작부터 알고 있었다고!!"

어떤 병사가 잔뜩 흥분하여 외쳤다.

그가 소리를 지르자마자 다른 사람들도 소리 지르기 시작했다.

"나도 그가 신께서 보낸 사람일 거라고 생각했어!! 그건 단순한 소문이 아니었다고!"

"당연하지! 보통 사람이 그렇게 강할 수가 없어!!"

"어떤 신의 대리인일까? 역시 물과 정화의 신이겠지?"

"그런 게 뭐가 중요해!!"

병사들은 테오발트를 신의 사자로 확정지었다.

누구도 이 믿음에 이의를 제기할 수 없다.

누가 먼저랄 것도 없이 병사들은 환호성을 올렸다.

하늘과 땅이 쩌렁쩌렁 울릴 만큼 엄청난 함성이 터져 나왔다.

몇몇 이들이 테오발트의 앞에 무릎을 꿇고 신의 축복을 구했다.

기도문을 모르는 이들은 무조건 꿇고 감격의 눈물을 흘렸다.

테오발트는 웃으며 사람들을 가로질렀다.

굳이 그들의 판단이 잘못되었다고 말해줄 이유가 없었다.

그리 생각하고 싶다면 좋을 대로 하면 된다.

신의 가호로 나약한 이들이 구원받았다.

하지만 그것이 얼마나 오래갈지는 알 수 없다.

그들이 추앙하는 신은 이미 오래전에 인내심을 잃어버렸으니까.

Chapter 06
반란

THE KING OF
IMMORTALITY

　　메사드 백작이 촛불 몇 개만으로 간신히 어둠을 밝힌 지하
실에 방문했다.

　　하이젠버그 후작을 비롯한 몇몇 귀족들도 동행하고 있었다.

　　콜베르 자작의 밀령을 받고 온 기사가 철창을 가리켰다.

　　사람들은 철창 안을 들여다본 뒤 인상을 찡그렸다.

　　"이것이 수인족이라고?"

　　"보십시오."

　　기사가 철창을 가볍게 두드렸다.

　　"크아아앙!!"

　　수인족이 괴성을 지르며 달려들었다.

　　우두둑 하는 소리와 함께 끔찍하게도 등뼈가 밖으로 튀어나왔다.

그는 등뼈를 무기처럼 이용해 철창에 몸을 처박아댔다.

"으윽!!"

귀족들이 입을 가리고 뒤로 물러섰다.

메사드 백작의 얼굴도 일그러졌다.

철창 안에 갇혀 있는 것은 아무리 봐도 수인족이라기보다는 마물에 가까웠다.

단지 겉모습만 흉측한 것이 아니라, 지성도 가지고 있지 못한 듯했다.

"벳세라 여남작이 이것들을 수인족 지원군이라고 데려왔습니다. 콜베르 성에 이런 놈들이 5천이나 있습니다. 이들은 전력의 증강이 되기는커녕 오히려 아군의 사기를 떨어뜨리고 있습니다. 병사들은 천벌이 떨어질 거라며 두려워하고 있습니다."

"……."

다들 얼굴이 하얗게 질린 채로 침묵했다.

보지 않아도 전장의 분위기가 어떨지 알 것 같았다.

이 흉측한 마물이 동맹군이라고?

이거야 둠 왕국이 마의 소굴이라는 걸 스스로 인정하는 꼴이 아닌가.

도대체 이 마물들을 끌고 온 벳세라 여남작의 정체가 무엇인가.

아니, 벳세라 여남작은 꼬리에 불과하다.

진짜 배후는 바로 마링겐 왕비다.

그녀가 이 흉측한 마물들을 둠 왕국으로 끌어온 것이다.

스톰폴트가 주장했던 것처럼!

"메사드 백작, 내가 전에 물은 적이 있지. 마링겐 왕비가 정말 마족이면 어찌할 것이냐고."

사람들의 시선이 하이젠버그 후작에게 쏠렸다.

하이젠버그 후작은 망설이다가 다시 입을 열었다.

"솔직히 말함세. 나는 스톰폴트 측과 몇 차례 연락을 나눈 적도 있네. 개인적으로 왕비에 대해 조사를 하다가 끈이 닿게 되었지."

메사드 백작이 눈썹을 치켜들며 하이젠버그 후작을 노려보았다.

"지금 적국과 내통을 했다고 했소?"

"단지 마링겐 왕비에 대한 정보를 얻었을 뿐이네! 지금 마링겐 왕비 때문에 나라꼴이 어찌 되었는지 아는가? 요정과 난쟁이들이 왜 움직였겠는가! 저 마물들을 보고도 현실을 외면할 셈인가!"

순간 메사드 백작이 손을 뻗어 하이젠버그 후작의 멱살을 움켜쥐었다.

무시무시한 악력이었다.

하이젠버그 후작은 숨통이 막혀 메사드 백작의 손을 붙잡았다.

"백작……!"

"목구멍에 칼을 박아버리기 전에 그 입을 닥치시오. 둠 왕국에 마족 따위는 존재하지 않소."

메사드 백작이 턱 끝을 들고 경고했다.

그러나 하이젠버그 후작도 더 이상 물러서지 않았다.

"자네가 그렇게 어리석다고 생각진 않네. 자네도 진실을 알고 있을 게야. 어째서 현실을 외면하는가. 계속 고집을 피우다간 마족의 손아귀에 나라가 망할지도 모르네. 정녕 그걸 원하는가?"

"나라 안에 마족이 득시글거린다는 것을 인정하면 구원을 받기라도 하오? 아국에 마족이 있다고? 그따위 말을 내가 인정할 것 같소?!"

메사드 백작은 이를 갈면서 하이젠버그 후작을 밀어냈다.

후작은 거칠게 지하실 벽에 부딪쳤다.

하지만 그는 화도 내지 못했다.

메사드 백작의 말을 통해 깨달았다.

계속 현실을 외면하다간 둠 왕국은 마족에 의하여 멸망할지도 모른다.

그러나 현실을 받아들이고 마족의 존재를 인정한다 해도 둠 왕국은 전 대륙의 공적이 되어 멸망당하고 말 것이다.

"마링겐 왕비, 그리고 왕국에 대재앙을 선물해 준 사자왕을 왕좌에서 끌어내겠소!"

메사드 백작이 이를 으드득 갈며 선언했다.

"외세의 손이 닿기 전에 우리들의 선에서 모든 것을 해결해야 하오. 애초에 둠 왕국에 마족 따위는 없었소. 그것을 사실로 만드는 것만이 둠 왕국이 생존할 길이오."

말로만 하던 반역을 정말 실행에 옮길 때가 왔다.

귀족들은 마른침을 삼켰다.

"저, 저기. 사자왕에게 은밀히 마링겐 왕비의 정체를 알리고 협력을 구하는 것은 어떻소이까? 온 나라가 힘을 합쳐 스톰폴트의 야욕을 저지해도 모자랄 판이 아니오."

"지금 사자왕의 행태를 보시오. 군자금으로 왕비의 생일 선물을 사오라는 말을 못 들었소? 그는 이미 제정신이 아니외다. 마링겐 왕비가 마족이라는 증거를 아무리 들이밀어도 결코 믿지 않을 것이오."

"하긴. 마링겐 왕비가 눈앞에서 마족으로 변해도 믿지 않을 것 같소."

"지금 사자왕에게 충심 어린 간언을 한들 줄초상만 치를 게 분명합니다."

혼란스러워하던 이들은 마음을 굳혔다.

메사드 백작의 말은 하나도 틀리지 않았다.

애초에 마링겐 왕비와 사자왕에 대한 불만 때문에 모인 이들이 아니던가.

하이젠버그 후작이 목을 어루만지며 바로 섰다.

"메사드 백작, 믿어주게. 나는 결코 스톰폴트와 내통하지 않았네. 나라를 팔아먹을 생각은 추호도 한 적이 없네."

"후작은 목숨을 걸고 그것을 증명해야 할 것이오."

"그리함세. 내 무엇이든 하겠네."

하이젠버그 후작은 진심으로 대답했다.

메사드 백작은 바람직한 판단을 했다.

자신이라면 마링겐 왕비의 정체를 밝혀야 한다는 생각에 경솔하게 비밀을 폭로했을 것이다.

그 결과 둠 왕국은 더욱 궁지에 몰렸을 터.

조국을 지킬 수만 있다면 얼마든지 메사드 백작이 말하는 대로 따르리라.

메사드 백작의 인간성은 믿을 수 없을지 몰라도 그의 능력만큼은 믿어도 좋다고 생각했다.

"하지만 아무런 준비도 안 된 상태에서 어찌할 셈인가. 이미 국운이 많이 기울었네. 스톰폴트도 왕국 북부까지 남진한 상태지. 한시라도 빨리 움직여야 하네."

"사자왕과 마링겐 왕비의 폭정 덕분에 왕궁의 경비는 구멍이 뚫린 지 오래요. 지금 왕궁에는 왕비에게 아첨을 떠는 무능력한 자들밖에 없소. 정신이 제대로 박힌 자는 좀처럼 궁에 적응하지 못하고 겉돌고 있는 상태지. 내 그런 자들을 눈여겨봐 두었다가 모두 밖으로 빼돌려 놓았소."

마링겐 왕비에게 아첨하는 무리가 득세하기 때문에 청렴한 여러 기사들이 억울하게 직위가 강등되었다.

하지만 메사드 백작이 요직에서 밀려나도록 은밀히 손을 쓰기도 했다.

강등당한 기사들은 한직에 배치된 듯하지만 실은 모두 메사드 백작의 입김이 닿는 곳에 있었다.

쥐도 새도 모르게 수많은 인재와 금력을 자신의 수중으로 끌어 모았다.

그의 교활함에 사람들은 혀를 내둘렀다.

하이젠버그 후작이 반색을 했다.

"그렇다면 당장에라도 거사를 실행할 수 있겠군!"

"근래에 마물의 공격이 빈번하니 그것을 기회로 삼을 수 있을 것이오. 마물의 공격이 시작되어 성벽이 허물어지기 직전이라고 거짓 보고를 올려 시선을 밖으로 돌려보겠소."

"그것도 좋은 방법이군!"

귀족 중에 렘넌트 백작이 불안한 얼굴로 말했다.

"메사드 백작, 호위를 줄이는 것만으로는 충분치 않소. 마링겐 왕비는 마족이니 강력한 마법을 숨기고 있을 것이오. 게다가 사자왕도 홀로 능히 일백을 상대하는 소드 마스터가 아니오."

하이젠버그 후작이 대신 대답했다.

"전쟁과 용맹의 신전에 협력을 요청하는 것은 어떤가. 성물이란 성물은 모조리 동원하고 베스티스 교황과 고위 사제들까지 전부 나서는 걸세. 방심한 상태로 온전히 함정에 빠뜨릴 수만 있다면 어떻게든 되지 않겠는가? 마링겐 왕비를 죽이지 못해도 좋네. 치명상을 입히지 못해도 좋아. 딱 한 번, 잠시 동안 왕국에서 쫓아낼 수만 있으면 되네."

사자왕을 처리하고 마링겐 왕비를 쫓아낸 후 무라드 왕자를 내세워 새로운 왕권을 수립한다.

이후 마링겐 왕비가 다시 돌아온다 해도 그녀는 이미 죽어 버린 왕비를 사칭하는 마족일 뿐이다.

둠 왕국은 대세를 타고 세계 각국과 힘을 합쳐 마족을 퇴치하면 된다.

렘넌트 백작이 고개를 끄덕였다.

"한데 베스티스 교황이 성물을 전부 내놓으려 하겠습니까? 일정 공간을 성역(聖域)으로 만드는 각종 성물들은 뛰어난 사제를 키워내는 데 도움을 줍니다. 그걸 모두 잃으면 신전의 기반이 무너질 것입니다."

마족의 출현은 곧 세상의 위기를 뜻한다.

세상이 멸망할 위기가 닥쳤는데 그깟 성물 몇 개를 내놓지 못할까.

하지만 지금 당장은 목숨의 위협도 없고 세계 멸망의 위기도 실감하기 힘든 상태이다.

둠 왕국이 악의 축으로 몰려 망한다 해도 전쟁과 용맹의 신전은 얼마간 타격을 받을 뿐이다.

이런 상황에서 집안의 뿌리까지 뽑아가며 협력을 할 것인가.

"협력해야지. 베스티스 교황이 누구 덕에 그렇게 출세했는데. 그는 희대의 파렴치범이란 오명을 쓰고 쫓겨나듯 은퇴를 하거나, 영광스럽게 마족에 저항하거나 둘 중 하나를 택해야 할 것이오."

메사드 백작이 입을 비틀며 위험하게 웃었다.

사람들은 메사드 백작이 이런 표정을 지을 때마다 오싹함을 느꼈다.

저 미소가 자신에게 향할지도 모른다는 생각 때문이다.

하지만 그가 배후가 되어주기만 한다면 그렇게 든든할 수가 없다.

렘넌트 백작이 말했다.

"그렇다면 사자왕은 내가 맡겠소."

사자왕이 제아무리 일당백이라 해도 그건 일반 병사일 때 이야기지 상급기사 다수를 상대하기는 힘들다.

게다가 렘넌트 백작은 마스터의 경지에 거의 근접해 있는 뛰어난 기사였다.

그가 가세한다면 사자왕을 제압하는 것이 훨씬 수월할 것이다.

"제압하는 것으로는 안 되오. 그 자리에서 사자왕의 목을 베어버리도록 하시오. 거사는 일체의 우환도 없도록, 무엇보다도 신속하게 이루어져야 하오."

평생 충성을 바쳤던 군주의 목을 직접 베어버리라는 말에 렘넌트 백작은 다소 주춤했다.

그러나 이내 결심을 굳혔다.

마링겐 왕비가 끌어들인 마물을 보는 순간 타협은 불가능하다는 것을 깨달았다.

마링겐 왕비는 사악한 마족이고, 사자왕은 그 사실을 인정하지 않을 테니까.

그들은 자리를 바꿔 다시 은밀하게 대화를 이어갔다.

밤이 깊어갈수록 음모도 더욱 깊어졌다.

*   *   *

게일스는 검술 실력도 일천하고 한 치 앞도 볼 줄 모르는 아둔한 자였다.

그러나 딱 한 가지 발군인 것이 있었는데 바로 아첨하는 능력이었다.

그는 마링겐 왕비에게 달라붙어 온갖 아부를 하여 승진에 승진을 거듭했고, 정확히 5년 만에 말단기사에서 왕궁의 수호를 책임지는 최고 요직까지 오르게 되었다.

딱히 전장에 나가 공을 세운 것도 없거늘 그야말로 전례가 없는 초고속 승진이었다.

그날도 게일스는 모든 직무를 아랫사람에게 미루고 빈둥대고 있었다.

그런데 갑자기 청천벽력 같은 소식이 날아들었다.

"뭐라고? 성벽이 위태롭다니!! 수도방위군은 대체 무엇을 하고 있는가!"

"수도를 향해 몰려오고 있는 마물의 수가 무려 1만에 육박한다고 합니다. 일전에 한 번 마물과의 격전을 거치셨으니 아실 것입니다. 마물 중엔 타액으로 바위를 녹이는 놈도 있고 맨

손으로 아름드리나무를 뽑아버리는 놈들도 있습니다. 그런 놈들의 앞에서 성벽은 거의 의미가 없습니다. 이미 파손된 곳을 다시 공격당한다면 성벽은 금방 무너지고 말 것입니다."

"그, 그럴 수가. 이 부근엔 마경(魔境)도 없는데 어디서 1만이나 되는 마물이 나타났단 말인가."

"알 수 없습니다. 아국뿐 아니라 전 세계가 습격을 받고 있지 않습니까."

게일스는 발을 동동 굴렀다.

그러잖아도 스톰폴트 때문에 신경이 쓰이는데 이젠 마물까지 등장하다니!

수도 성벽이 무너지면 스톰폴트 대군이 쳐들어왔을 때 어떻게 방어를 한단 말인가.

애초부터 적군이 수도까지 쳐들어올 것이란 가정을 해서는 안 되는 일이지만.

마링겐 왕비에게 아첨하며 거기서 떨어진 떡고물로 살아가는 게일스도 나라꼴이 점점 엉망이 되어가고 있다는 것을 내심 느끼고 있었다.

그때 평소 신임하던 측근 녹튼이 넌지시 말했다.

"아직 성안에 국왕의 친위대 2천이 있습니다. 그들을 지원군으로 보내면 사정이 한결 나아지지 않겠습니까?"

"무슨 소린가. 그들은 국왕 폐하를 보필해야 할 병력이네!"

"하긴 제가 허튼소리를 했습니다. 잠시만 병력을 돌릴 수만 있다면 성벽을 지킬 수 있을 텐데……."

녹튼이 말끝을 흐리며 은근히 말했다.

게일스는 귀가 솔깃했다.

누구보다도 성벽을 지키고 싶은 마음이 큰 건 바로 그다.

녹튼이 다시금 말했다.

"사자왕께서는 소드 마스터입니다. 솔직히 누가 그분을 위협하겠습니까."

"그, 그렇긴 하지만."

"게일스님, 말이라도 꺼내보십시오. 슬쩍 스쳐 지나가듯이 말입니다."

"스쳐 지나가듯이?"

녹튼의 부추김에 게일스는 결국 넘어가고 말았다.

게일스의 뒷모습을 보며 녹튼은 조소를 던졌다.

5년이나 동고동락했던 측근이 메사드 백작의 끄나풀이라는 것을 그가 꿈에서라도 알까.

아무것도 모르는 채로 게일스는 집무실을 나섰다.

게일스가 도착했을 때 사자왕과 마링겐 왕비는 하이젠버그 후작과 담소를 나누는 중이었다.

'으윽, 저 꼬장꼬장한 인간이 여기 있을 줄이야. 내가 말 한 마디만 잘못해도 꼬투리를 잡으려고 들 텐데.'

게일스는 하이젠버그 후작을 보며 보이지 않게 인상을 썼다.

하지만 일부러 알현을 청한 주제에 입을 다물고 있을 수는 없다.

"게일스 경, 무슨 일이신가요?"

마링겐 왕비가 여신처럼 아름다운 미소를 지으면서 그를 반겨주었다.

게일스는 잠시 황홀경에 젖었다가 얼른 제정신을 차리고 말했다.

"위대하신 사자왕 폐하! 여신보다 아름다우신 왕비 전하! 실은 마물이 대거 출현하여 지금 성벽이 위태로울 지경이라고 합니다. 저의 일천한 생각에 친위대를 전장에 잠시 투입한다면 빠르게 문제가 해결될 것으로 사료됩니다."

"그야말로 게일스 경다운 일천한 생각이로군! 폐하의 친위병력을 함부로 밖으로 내돌리자니! 폐하의 신변을 위태롭게 만들고 반역이라도 꾸밀 심산인가?!"

아니나 다를까, 하이젠버그 후작이 언성을 높이고 끼어들었다.

반역이라는 말에 게일스는 화들짝 놀라 무릎을 꿇었다.

"마, 말도 안 됩니다!! 국왕 폐하! 왕비 전하! 저는 결코 그런 뜻으로 한 말이 아닙니다! 저는 오로지 나라를 생각하는 마음에서, 충심을 다하는 마음으로 꺼낸 말일 뿐입니다!"

그는 머리를 조아리고 쩔쩔맸다.

마링겐 왕비가 상냥하게 그를 다독였다.

"게일스 경의 충심을 제가 어찌 모르겠어요. 자, 그만 일어나세요."

"왕비 전하."

"게일스 경의 제안대로 마물을 퇴치하는데 친위대를 투입시키도록 하죠. 나의 왕은 실로 강대한 분이시니 세상 그 무엇도 그분을 해할 수는 없답니다. 그렇지 않나요?"

마링겐 왕비가 살포시 사자왕의 품에 기대었다.

사자왕은 사랑스레 왕비를 보며 큰소리를 쳤다.

"물론이오! 이거 짐이 얼마나 강한지 왕비에게 다시 보여 드려야겠군!"

"호호호!"

게일스는 이마에 땀을 닦으며 몸을 일으켰다.

하이젠버그 후작 때문에 잠시 식겁했지만, 다행히 일이 잘 풀렸다.

그는 매우 만족스러운 얼굴로 다실을 나섰다.

게일스가 사라진 뒤 하이젠버그 후작이 새로운 화제를 꺼냈다.

"흠흠, 그런데 알고 계십니까? 실내정원에서 피는 화과나무 꽃이 그렇게 아름답다고 합니다."

내내 서로 부대끼고 있던 사자왕과 마링겐 왕비가 그제야 떨어졌다.

마링겐 왕비가 흥미를 보였다.

"실내정원에서 피는 꽃은 실외에서 피는 꽃과는 다르단 말인가요?"

"꽃잎의 형태부터 달라진다고 하더군요. 앞으로 사흘 후면 꽃이 필 것입니다. 정원사가 자랑을 하더군요. 그곳으로 왕비

님을 모셔오라고 은근히 눈치를 주는데, 허 참!'

"얼마나 아름답기에 그렇게 자신을 했을까요."

마링겐 왕비가 뺨을 발그레 물들이고 미소 지었다.

사자왕이 그녀의 어깨를 끌어안았다.

"왕비가 그리 기대를 하니 짐이 가만히 있을 수가 없구려. 사흘 후 꼭 왕비를 실내정원으로 모시리다."

"후후. 당신도 참."

환한 미소와 행복한 웃음소리.

두 사람은 세상에 다시없을 아름다운 연인이었다.

하이젠버그 후작은 가라앉은 눈으로 그들을 바라보았다.

왕궁을 지키는 친위대 중 대부분이 수도 밖으로 떠났다.

대신 중무장을 한 또 다른 병력이 은밀히 왕궁 내로 숨어들었다.

병력 부족으로 왕궁의 경비가 허술해졌다.

남아 있는 자들도 대부분 메사드 백작의 입김이 닿는 자들이다.

"일이 이렇게까지 잘 풀릴 줄은 몰랐군."

너무 잘 풀려서 불안할 정도다.

쓴웃음을 짓던 메사드 백작은 베스티스 교황에게 다가갔다.

"교황 예하, 사자왕은 제쳐 두고라도 마링겐 왕비에겐 주의를 기울여야 합니다. 그 계집의 정체가 마족임을 잊지 말아주십시오."

잠입을 위해 화려한 백색 예복을 벗고 조촐한 옷으로 갈아 입은 베스티스 교황은 불쾌한 표정을 짓고 있었다.

그는 메사드 백작의 협박에 끌려온 것이나 진배없었다.

본래 다수의 신도를 거느린 신전의 교황은 그 권위가 국왕 보다도 높을 때가 많았다.

일개 백작이 어찌 교황을 좌지우지한단 말인가.

하지만 바로 10여 년 전만 해도 전쟁과 용맹의 신전은 교황 하나 배출하지 못한 손바닥만 한 신전으로, 둠 왕국의 성장에 힘입어 규모를 키운 경우였다.

메사드 백작은 신전이 성장하는 동안 여러 부문에서 관여했 고 베스티스가 첫 교황으로 선출될 때도 온갖 지저분한 일을 상당수 해결해 준 전력이 있다.

"마족과 맞서 싸우는 영광스러운 자리에 어찌 그리 불편한 표정을 지으십니까? 예하께서는 역사의 한 페이지를 장식하게 될 것입니다. 신전의 힘으로 마족이 쫓겨났다는 게 알려지면 신도들의 믿음은 더 커질 것이고, 스스로 신물을 바치는 자도 나올지 모를 일입니다."

"……."

베스티스 교황은 억지로 얼굴을 폈다.

어차피 이렇게 된 일이다.

궁극적으로는 좋은 일이니 떳떳하게 가슴을 펴기로 했다.

게다가 먼 미래를 생각한다면 정말 이 편이 좋을 수도 있다.

교단이 커지는데 진정 필요한 것은 성물이 아니라 신도들의 숫자이기 때문이다.

사람이 있어야 금전도 모이고 물자도 모이게 마련이다.

미래에 대한 기대로 슬그머니 베스티스 교황의 얼굴이 밝아졌다.

부패한 교황이 버티고 있는 신전이 얼마나 오래갈진 미지수이지만 적어도 지금은 기분이 무척 좋았다.

"곧 마녀가 도착할 것이네. 자, 서둘러 움직여 주시게."

그의 지휘에 사제들이 마지막으로 성물의 상태를 확인했다.

정원 내의 각 방위마다 신비한 전설을 간직한 성물들이 배치되어 있었다.

세상의 여러 성물 중에서 최고로 손꼽히는 것은 세 자루의 성검과 신궁인데, 그 이유는 성검이 마족의 힘의 근원을 파괴시키기 때문이다.

이제 베스티스 교황과 고위 사제들이 수십 개의 성물을 이용하여 잠시나마 그 권능을 흉내 낼 것이다.

마족을 죽이는 것이 목적은 아니다.

사해의 마법사가 부리는 마법만 해도 가공할 정도인데, 그에게 힘을 빌려주는 마족의 힘은 얼마나 더 강대할까.

자신들의 힘으로 마족을 없앨 수 있을 거라 생각진 않는다.

단지 꼬리에 불을 놓아서 잠깐이라도 왕국에서 쫓아내는 것이 그들이 노리는 바였다.

마력을 잃는 것을 두려워하는 마족의 엉덩이에 성검을 꽂아

버리는 것이다.

메사드 백작은 지그시 주먹을 움켜쥐었다.

모든 준비가 끝났다.

이제 마링겐 왕비를 정원 한가운데로 끌어들이기만 하면 된다.

모든 이들이 숨을 죽이고 있을 때 사자왕과 마링겐 왕비가 소수의 호위와 추종자 몇 명을 대동하고 실내정원으로 향하고 있었다.

게일스가 안내를 자청하며 살살 아부를 했다.

"국왕 폐하, 왕비 전하, 이쪽입니다. 왕비님께서 가장 먼저 화과나무 꽃을 보실 수 있도록 누구도 실내정원에 발을 들이지 못하게 제한해 두었습니다."

"호호, 그럼 제가 가장 먼저 화과나무 꽃을 보게 되는 건가요."

"그렇습지요!"

실내정원에는 갖가지 꽃이 아름다운 자태를 뽐내고 있었다.

꽃나무를 감상하며 느긋이 움직이던 일행은 걸음을 멈추었다.

일부러 울타리를 쳐둔 화단 한가운데에 붉은 꽃이 가득 핀 나지막한 나무 한 그루가 서 있었다.

멀리서 보는데도 꽃의 향기가 진하게 느껴졌다.

사자왕이 품에 끼고 있던 마링겐 왕비를 놓아주고 미소를 지었다.

"자, 왕비를 위한 꽃이라오."

마링겐 왕비는 기대에 가득 찬 얼굴로 잠시 사자왕을 올려다보다가 홀로 화단 안으로 걸어 들어갔다.

사박. 사박.

그녀는 신발을 벗고 맨발로 부드러운 잔디를 살짝 밟았다.

화과나무 앞에 서서 그녀는 매우 황홀한 표정을 지었다.

"아! 정말로 아름답군요."

와당탕!

그때 실내정원의 문이 거칠게 열리며 무장을 한 병력이 들이닥쳤다.

병사들은 사자왕과 마링겐 왕비를 향해 날카로운 검을 들이댔다.

호위들이 소스라치게 놀라 왕을 보호하려 했으나 적의 수가 너무 많았다.

"무, 무엄한 놈들! 여기가 뉘 안전이라고!!

게일스는 새파랗게 질려서 소리쳤다.

그러나 머릿속에서는 경고가 빠르게 울려 퍼졌다.

반란이다! 반란이 일어났다!!

그는 뒤늦게 친위대를 수도 밖으로 내보낸 것을 후회했다.

아니, 그것이 전부 반역을 위한 기반 작업이었던가?

병사들 사이로 메사드 백작이 걸어나왔다.

"메, 메사드 백작! 네놈이 반역도 무리의 우두머리였느냐!!"

게일스가 눈을 부라리며 소리쳤다.

메사드 백작이 잠시 그에게 시선을 주었다.

"네깟 놈이 끼어들 자리가 아니다!"

낮은 음성이었지만 강한 위엄이 서린 호통이었다.

게일스는 움찔하여 물러났다.

"사자왕, 그만 죽어주셔야겠습니다."

메사드 백작은 예를 차려 죽음을 권했다.

사자왕이 담담히 그에 답했다.

"사랑하는 왕비를 두고 쉬이 죽어줄 수야 없지."

그는 전신에 오라를 일으켜 근육을 돌처럼 단단하게 강화시켰다.

사자왕은 대륙에서도 손꼽히는 소드 마스터이다.

포위되었다고 해서 쉽게 포기할 거라고는 애초부터 생각지 않았다.

렘넌트 백작이 뜻을 같이하는 상급 기사 일백을 이끌고 나왔다.

"쳐라!! 조국의 영광을 위하여!"

"조국의 영광을 위하여!!"

기사들이 렘넌트 백작의 외침에 호응하며 앞으로 달려나갔다.

호위들이 목숨을 걸고 그들을 가로막았으나 허무하게 피를 흘리며 쓰러졌다.

게일스는 검을 들고 안절부절못했다.

"머, 멈춰라… 으헉!!"

기사가 경멸스러운 표정으로 게일스의 목을 베어버렸다.

지난 5년간 온갖 권세를 누리던 게일스는 그렇게 허무하게 최후를 맞이했다.

홀로 남은 사자왕은 숨소리를 죽이고 전신의 활동을 극도로 늦추었다.

기사가 검을 휘둘러 오는 순간 그는 벼락같이 움직여 가슴의 혈에 수도를 꽂았다.

그는 일격에 기사를 쓰러뜨리고 그의 검을 빼앗아 들었다.

검을 든 사자왕은 무신의 환생이라 불릴 만큼 강하다.

"물러서지 말고 싸워라!!"

렘넌트 백작은 수하의 동요를 막기 위해 목소리를 높였다.

사자왕의 공격이 시작된 것과 동시에 베스티스 교황도 움직였다.

"전쟁의 신 이무타르시여, 지상의 악을 불사를 용기를 주소서!"

베스티스 교황이 낭랑하게 외쳤다.

그와 고위 사제들이 가진바 성력을 모조리 동원하여 파마의 공간을 발동시켰다.

파아아.

마링겐 왕비의 발밑에서 빛이 뿜어져 나왔다.

기껏해야 지름 3미터 정도의 좁은 공간이지만 그 안에서만큼은 어떤 악도 용납하지 않는다.

찬란한 빛이 하늘 위로 솟아오르며 마링겐 왕비를 완전히 집어삼켰다.

그녀는 양손을 내밀고 그 빛을 아련히 응시했다.

"훌륭하군요, 여기까지 성검의 능력을 흉내 내다니."

마족이라면 응당 성스러운 빛 아래서 고통스러워해야 하거늘 어찌 이리도 담담하단 말인가.

아직 몇 분은 더 유지되어야 할 파마의 공간이 사라졌다.

베스티스 교황은 물론이고 사제들도 당황하여 다시 성력을 일으켰다.

하지만 그들은 두 번 다시 성력을 운용할 수 없을 것이다.

전쟁과 용맹의 신은 마링겐 왕비의 결정에 따라 지상에서 힘을 행사할 권리를 박탈당했다.

창세(創世)의 능력도 없는 하급신은 마링겐 왕비의 권위에 저항할 수 없었다.

"서, 성물이!!"

사제들이 신음을 터뜨렸다.

감히 마링겐 왕비를 위협하려 들었던 성물도 그 빛을 잃었다.

은빛의 고결한 성배는 이제 단순한 술잔에 불과했다.

절대적인 악!

필멸자들을 보살피는 창조모신이 있다면 그녀는 창세마신이라 불려도 부족하지 않을 것 같았다.

마링겐 왕비가 아름답게 미소 지으며 감히 하늘에 도전한 인간을 굽어보았다.

메사드 백작은 그녀와 눈이 마주쳤다.

그 순간 그는 바닥이 없는 시커먼 무저갱 안에 알몸으로 던져졌다.

끔찍한 환상을 목도한 상태에서도 그는 기백만으로 소리를 질렀다.

"마링겐 왕비를 죽여라!! 그것만이 왕국을 지키는 길이다!!"

그의 명령에 따라 수백의 병사가 마링겐 왕비를 공격했다.

밀물처럼 쏟아지는 병사들을 앞두고 마링겐 왕비는 우아하게 등을 돌렸다.

대신 항상 그녀를 뒤따르던 추종자들이 낄낄 웃으면서 앞으로 나왔다.

"큭큭큭, 가련한 놈들이로다."

"이리도 주제를 모를 수가 있나."

조각상마냥 잘생긴 귀족청년이 손을 들자 땅이 반으로 갈라졌다.

갈라진 땅에서는 불덩이가 치솟아올랐다.

실내정원이 요란한 소리를 내며 무너지려고 했다.

힘을 잃은 사제들과 무력한 병사들의 비명이 그 속에 뒤섞였다.

마링겐 왕비를 따르던 아름다운 귀족남녀는 모두 사악한 마족이었다.

또 다른 마족은 흉측한 벌레를 잔뜩 불러냈다.

병사들이 벌레를 발로 밟고 칼로 찔렀으나 쉴 새 없이 쏟아져 나오는 수를 감당할 수 없었다.

전신이 벌레들에게 뒤덮여 비명을 지르는 이들이 속출했다.

"이대로는……!"

끔찍한 광경을 보던 렘넌트 백작은 마음을 다잡았다.

계획이 일그러졌으니 사자왕이라도 제압해야 한다.

어쩌면 그를 인질로 삼을 수 있을지도 모른다.

마족에게 그런 게 통할지 의문이지만 그래도 혹시 모르는 일이다.

하지만 사자왕의 능력은 렘넌트 백작의 예상을 훨씬 뛰어넘었다.

그는 기사들 사이를 질풍처럼 휘젓고 있었다.

한 사람 앞에 딱 일 검!

오라 블레이드를 사용할 줄 아는 상급기사들이 마치 짚단처럼 픽픽 쓰러졌다.

렘넌트 백작은 지난 10년간 이어졌던 정복전쟁 때 사자왕의 검을 직접 접한 적이 있다.

당시 그는 이렇게 강하지 않았다.

설마 사악한 힘이 작용하고 있는 것인가?!

사자왕의 검을 지켜보던 렘넌트 백작은 이내 고개를 저었다.

아니다, 왕의 검은 실로 정심했다.

고도로 단련된 근육이 반드시 필요할 때 최소한으로 움직였다.

사자왕은 고된 수련을 통해 한 단계 높은 위대한 검의 극의를 깨달은 것이다.

"사자왕! 이처럼 강건한 당신이 어찌하여……!"

렘넌트 백작은 신음을 토했다.

그러나 지금은 한가하게 의문을 품을 때가 아니다.

그는 오라 블레이드를 고쳐 쥐고 달려나갔다.

다른 기사들을 방패 삼아 사자왕의 시야를 어지럽히며 일순간 틈을 찔렀다.

사자왕은 어이없을 정도로 쉽게 불시의 공격을 피했다.

그의 신위는 실로 무신 그 자체!

사자왕은 순식간에 렘넌트 백작의 간격 안으로 파고들어 와 검을 내질렀다.

카캉!

렘넌트 백작은 전신의 신경을 극도로 곤두세워 공기의 흐름을 읽어냈다.

그 사이로 자신의 검을 찔러 넣어서 사자왕의 검을 막았다.

서걱!

다음 순간 사자왕은 렘넌트 백작의 가슴을 베었다.

"……."

렘넌트 백작은 피를 흘리며 천천히 쓰러졌다.

하지만 그의 얼굴에는 조금이나마 만족스러운 미소가 걸려 있었다.

단 한 번이었으나 무신의 검을 막아냈다.

평생을 검에 투자한 자신의 인생이 아주 헛된 것은 아닌 듯하다.

사자왕은 렘넌트 백작의 시신을 응시했다.

"렘넌트 백작, 그대는 정녕 훌륭한 기사였소."

경의를 표한 사자왕은 다시 검을 쥐고 돌아섰다.

지상에 강림한 무신의 앞에 선 기사들은 마치 고양이 앞에서 겁에 질린 쥐새끼 같았다.

메사드 백작은 이를 깨물었다.

마링겐 왕비를 쫓아내는 데 실패했고, 사자왕을 죽이는 것조차 실패하고 만 것이다.

그는 인생 최대의 도박에서 실패하고 만 것이다.

"메사드 백작! 어서 피하게!"

그때 하이젠버그 후작이 불길을 뚫고 들어와 메사드 백작의 팔을 붙잡았다.

"우리 손에는 무라드 왕자가 있네! 살아남기만 한다면 아직 기회는 있어!!"

그는 있는 힘껏 메사드 백작을 잡아끌었다.

메사드 백작은 즉시 하이젠버그 후작을 뒤따라 달리기 시작했다.

좌절 따위 할 것 같은가.

벼랑이 바로 발밑에 있다 해도 마지막까지 발악하지 않고는 참을 수 없다!

"이쪽일세! 왕의 무덤까지만 가면 탈출할 수 있을 걸세!"

하이젠버그 후작이 길을 안내했다.

하늘의 회랑.

그곳은 역대 왕들의 무덤으로 향하는 통로였다.

수백 미터에 이르는 외길을 따라 거대한 기둥이 끝도 없이 늘어서 있었다.

두 사람은 소수의 호위와 함께 회랑을 가로질렀다.

고요한 회랑 안에 그들의 발소리가 요란하게 울려 퍼졌다.

숨이 턱에 찰 정도로 달리던 메사드 백작이 문득 멈추어 섰다.

그는 이를 으득 갈았다.

등 뒤에서 사신의 기척을 느꼈다.

"사자왕!!"

하이젠버그 후작도 뒤늦게 고개를 돌려 상대를 보고 하얗게 질렸다.

하지만 사자왕은 무슨 생각인지 그들을 벨 생각이 없어 보였다.

그는 회랑 가운데에 서서 태연히 일행을 굽어보았다.

"메사드 백작은 훌륭한 가신을 많이 거두고 있군. 짐이 부러울 정도요."

"수고로움을 참고 여기까지 쫓아오지 않으셨습니까. 본론부터 이야기하십시오."

상대의 의도를 이해할 수 없어 메사드 백작은 눈살을 찌푸렸다.

"수고하셨다는 말을 하고 싶었소. 이 길을 나서거든 베르그이젤을 찾아가는 것이 좋을 것이오."

영웅 일가를 찾으라고?

순간 메사드 백작은 눈을 크게 떴다.

깨달음이 머리를 강타했다.

"당신은 마링겐 왕비가 마족이라는 것을 알고 있군! 그년에게 속고 있는 것이 아니라, 진실을 알고 있어!!"

사자왕은 등을 보이고 돌아섰다.

그는 천천히 마링겐 왕비가 기다리는 궁으로 되돌아갔다.

"왜 마족의 악행에 동참하는 것인가!! 그 정도의 힘과 정신력을 가진 자가!!"

대답은 없었다.

메사드 백작은 사자왕의 등을 한참 노려보았다.

"백작, 영문을 모르겠으나 일단은 피해야 하네."

하이젠버그 후작이 말했다.

메사드 백작은 거칠게 이를 갈며 등을 돌렸다.

사자왕과는 반대로 궁에서 가능한 멀리 떨어진 곳으로 도망쳤다.

그들이 무사히 탈출한 후, 반역이 일어났다는 소문에 수도가 발칵 뒤집어졌다.

*　　　*　　　*

연합군에도 둠 왕국에서 반란이 일어났다는 소식이 날아들었다.

"마링겐 왕비를 쫓아내기 위해서 메사드 백작이 반란을 일으켰다는군."

"둠 왕국 내부에서도 마족을 퇴치하려는 분위기가 생기고 있나 보오."

반란에 대해 논하기 위하여 수뇌부 회의가 열렸다.

둠 왕국이 내분을 일으켰다면 정복전쟁이 훨씬 수월해질 것이다.

이미 둠 왕국이 손아귀에 들어오기라도 한 것처럼 스톰폴트 사람들은 흐뭇해했다.

"메사드 백작 일파가 무라드 왕자를 데리고 가까스로 도주에 성공했다고 합니다."

그때 에스트리트가 회의실 안으로 들어오며 말했다.

"에스트리트? 이게 무슨 짓이냐."

안스바하 왕자가 허락도 없이 회의실에 난입한 그녀를 나무랐다.

그러나 에스트리트는 당당함을 잃지 않았다.

"본 연합군은 무라드 왕자를 둠 왕국의 새로운 왕으로 추대하고 메사드 백작 일파에게 힘을 실어주어야 합니다!"

스톰폴트는 둠 왕국을 완전히 정복하길 원했다.

그를 위해서는 사자왕과 그의 피를 이은 왕족을 모두 제거해야 했다.

그런데 에스트리트가 무라드 왕자를 왕좌에 올리자는 당혹스러운 의견을 내놓았다.

"연합군의 가장 우선되는 목표가 무엇입니까? 바로 마족을 물리치는 것입니다! 그러니 마족에 대항할 의지를 분명히 한 메사드 백작과 무라드 왕자를 도와주어야 하는 것은 당연한 일입니다!"

당연하지만 당연하지 않다.

마족을 퇴치하고 세계의 평화를 되찾고자 출정했지만 솔직히 그건 5할 이상 평계다.

스톰폴트의 진정한 목표는 이 기회를 이용해 둠 왕국을 한 입에 꿀꺽 삼키는 것이었다.

하지만 영토 욕심이 없는 요정과 난쟁이는 에스트리트의 의견에 크게 동조했다.

"과연 그대의 의견이 옳소. 당장 무라드 왕자의 신병부터 확보해야겠구려."

스톰폴트 측 사람들이 당혹스럽게 말했다.

"메사드 백작이 망명을 해온다면 받아주겠지만, 무라드 왕자를 추대하는 데 힘을 실어주다니요. 뭔가 주객이 전도된 거 같소이다."

"무슨 주객이 바뀌었다는 것입니까? 사자왕이 마족의 악행을 부추기고 있는 반면 메사드 백작과 무라드 왕자는 마족을 퇴치하고 그 아래 신음하는 백성을 구하기로 정하였습니다. 그렇다면 당연히 사자왕을 퇴위시키고 무라드 왕자를 둠 왕국의 새로운 왕으로 추대해야지요."

요정과 난쟁이들이 이해할 수 없다는 표정을 지었다.

요정족의 여왕 엔하가 입을 열었다.

"인간들의 정복욕은 옛날부터 유명했지. 하지만 알아두는 것이 좋을 것이다. 우리는 인간들의 전쟁을 거들러 온 것이 아니라, 마족을 물리치기 위해 온 것이다. 그 뜻에서 조금이라도 위배되는 순간 요정과 난쟁이는 연합군을 떠날 것이다."

스톰폴트 측은 크게 당황했다.

몇몇 이들은 일부러 더욱 큰소리를 쳤다.

"단지 그 때문에 그러는 것이 아니오! 그러니까 마족의 함정일 수도 있지 않소?"

"정말 함정이라 생각해서 무라드 왕자를 꺼리는 것입니까? 여왕의 말씀대로 우리를 이용해 둠 왕국을 정복할 속셈인 것은 아닙니까?"

"아니, 스톰폴트를 어찌 보고 그러시는 것입니까!"

"맞소! 둠 왕국은 악마의 소굴이오! 깨끗하게 무너뜨리는 것이 바람직한 일이오!"

인간과 요정, 난쟁이 사이에 논쟁이 일어났다.

스톰폴트 사람들은 티를 내지는 않았지만 에스트리트를 못마땅하게 생각했다.

그녀 때문에 갑자기 내분이 일어났기 때문이다.

그때 테오발트가 입을 열었다.

"둠 왕국은 이미 돌이킬 수 없는 상태에 이르렀습니다. 둠 왕국은 필히 멸망해야만 합니다."

그는 담담히 둠 왕국을 무너뜨려야 한다고 단언했다.

테오발트의 한마디에 회의실이 조용해졌다.

그가 직접 시인한 적은 없지만 모든 이들이 그를 신의 사자라 믿고 있었다.

따라서 그의 발언은 신의 말과 다름이 아니다.

요정과 난쟁이들은 서로의 얼굴을 바라보다가 입을 다물었다.

신의 사자가 저리 말하니 조금 납득이 가지 않는 부분이 있어도 반론을 낼 수 없었다.

하지만 오직 `에스트리트만은 눈을 똑바로 뜨고 테오발트에게 도전했다.

"무엇을 보고 둠 왕국이 돌이킬 수 없는 지경에 이르렀다고 말씀하시는 것인가요? 메사드 백작 같은 이가 있다는 것이 둠 왕국에 아직 회생의 길이 있다는 것을 증명하는 것이 아닐까요?"

테오발트는 둠 왕국을 멸망시키려 하고 있었다.

그건 특별한 이유가 있는 것이 아니라 단순한 변덕이고 화풀이에 불과했다.

에스트리트는 일찍이 그 사실을 깨닫고 테오발트의 마음을 돌리기 위해 나섰다.

그가 불사왕이라는 사실을 알고 난 후엔 더욱 필요한 일이라고 생각했다.

"다시 한 번 자비로움을 보여주세요! 사람들을 살릴 수 있는 길이 열려 있어요!"

"에스트리트의 의견도 일리가 있다."

생각에 잠겨 있던 레논까지 나섰다.

용으로 각성한 뒤 그는 좀 더 객관적으로 상황을 볼 수 있게 되었다.

"테오발트, 너는 둠 왕국을 지상에서 지워 버리겠다고 했다. 그런데 그렇게까지 할 필요가 있냐?"

"필요?"

우스운 질문이었다.

"네 의견 따윈 무의미하다. 짐이 행하면 이루어질 뿐이다."

테오발트의 눈이 핏빛으로 일렁거렸다.

이번에는 회의실 내의 모든 이들이 그 장면을 목격했다.

핏빛 눈을 마주한 순간 머리부터 발끝까지 전신에 소름이 끼쳤다.

신의 사자라던 테오발트에게서 이상하게도 불길함이 느껴졌다.

하지만 그럴 리 없다.

이 순간적인 느낌을 믿기엔 지금까지 테오발트가 보여준 힘이 너무나 신성했다.

그때 안스바하 왕자가 나섰다.

"에스트리트의 말이 옳다! 그대는 어째서 사람을 죽일 생각만 하는가?"

"오, 오라버니?"

"에스트리트, 마침 잘 말해주었다. 그는 왜 마족을 죽이지 않고 놓아주었는가! 나는 그때부터 의심이 들었다. 그대의 몸에서는 피 냄새가 난다! 신성을 가장하고 있지만 사실 그댄 거짓 선지자가 아닌가? 대체 네 정체가 무엇이냐?"

에스트리트는 조금 놀랐다.

사실 테오발트는 신의 사자가 아니라 마족들의 군주 불사왕이었다.

뒷걸음치다 쥐 밟은 격이겠지만 안스바하 왕자가 테오발트의 정체를 정확히 꿰뚫어보았다.

그의 폭탄발언에 사람들은 크게 술렁였다.

"어쩔 수 없이 마족을 놓친 것인데 그걸 이렇게 몰아가다니! 이건 부당한 짓입니다!"

"하지만 일부러 놓아준 것처럼 보이긴 했지요……."

"어찌 마음대로 어림짐작을 하시오! 그의 신성은 진짜였소!"

"맞소! 그를 믿지 못하면 성검도 믿지 못할 것이고 신궁도 믿지 못할 것이오!"

점점 언성이 높아지는 가운데 테오발트는 느긋하게 의자에 몸을 파묻고 있었다.

그 모습이 안스바하 왕자를 더욱 분노케 했다.

"의심스러운 자를 더 이상 연합군에 둘 수 없다! 그대를 수도로 이송하여 신전재판에 회부할 것이다!"

그는 독단적으로 결정을 내렸다.

사람들은 크게 당황했다.

아무리 의심스럽다 해도 그가 보여준 신위가 있는데 이건 아니지 않은가.

에스트리트도 당황했다.

이런 것을 원한 게 아니었다.

"안스바하 오라버니, 저는……!"

그녀가 말을 꺼내기도 전에 안스바하 왕자가 다 안다는 듯 고개를 끄덕였다.

"에스트리트, 네가 바라는 대로 무라드 왕자의 신변을 보호하고 힘을 더해주겠다. 나라고 둠 왕국의 영토가 아쉽지 않은 것은 아니다. 그러나 지금은 그보다 마족을 몰아내는 일이 더욱 시급하다. 네가 그것을 깨닫게 해주었구나."

"오라버니."

"다들 생각해 보시오! 무의미한 학살을 계속해야겠소? 정녕 그것이 바람직한 일인지 권위에 기대지 말고 스스로 판단하시오!"

그냥 듣기에는 안스바하 왕자의 말이 다 옳았다.

그러나 테오발트는 분명 신성을 갖춘 존재였다.

그때 테오발트가 안스바하 왕자를 향해 질문을 던졌다.

"혹시 노래는 좋아하느냐?"

"뭐라고?"

"네놈의 멍청한 얼굴을 보아하니 음악과는 거리가 멀어 보여서 말이다."

명백한 빈정거림에 안스바하 왕자는 얼굴이 벌겋게 붉어졌
다.

"네, 네가 감히 나를 희롱해?!"

"시끄럽군."

테오발트는 미간을 찡그렸다.

안스바하 왕자만을 가리킨 말은 아니다.

소란스럽게 떠들어대는 모든 이들에게 그의 짜증이 미쳐 있
었다.

사람들이 뒤늦게 눈치를 보며 목소리를 낮추었다.

"나는 인내심이 강하지 않다. 그런 건 예전에 다 써버리고
더 남아 있지 않다."

테오발트는 고저없는 목소리로 말했다.

그럼에도 주위가 조용한 탓인지 그의 음성이 유난히 크게
들렸다.

"애들 장난에 맞장구쳐 주는 것도 이젠 지겹다. 원한다 하니
기꺼이 떠나주마. 내 마지막 선물로 그 신전재판이라는 거 한
번 정도는 받아주겠다."

누가 말릴 새도 없이 그는 회의실을 떠나 버렸다.

뒤늦게 당황한 사람들로 인해 회의실이 시끄러워졌다.

테오발트가 수도로 쫓겨난다는 소식을 듣고 병사들이 구름
처럼 몰려나왔다.

특히 일반 병사들에게 있어 테오발트는 절대적인 신앙, 그 이상이었다.

모든 병사들이 불온한 눈빛으로 안스바하 왕자를 노려보았다.

신의 사자를 모함하여 쫓아내다니 정신이 제대로 박혔다면 이런 짓은 못한다.

군 전체가 술렁였다.

당장 반란이 일어나도 이상치 않을 분위기였다.

이글아이 백작과 장교들도 안스바하 왕자를 말렸다.

"전하, 다시 생각해 주십시오!"

"큰 실수를 하시는 것입니다!"

"이미 결정된 사안이오! 본인도 순순히 따르고 있는데 그대들이 왜 난리요! 지금 명령에 불복하겠다는 것이오?"

안스바하 왕자는 언성을 높이며 권위로 모든 반론을 묵살했다.

"엔하님, 이대로 보고만 계실 생각입니까?"

안 되겠다 싶은 이들이 엔하에게 탄원했다.

요정들의 여왕인 그녀만이 안스바하 왕자의 전횡을 누를 수 있을 것이다.

그때 엔하의 곁에 서 있던 지그문트가 대신 대답했다.

"안스바하 왕자가 그를 쫓아낸 것이 아니라 그가 스스로 떠나기로 결정한 것이다. 누구도 그 뜻을 거스를 수는 없다."

"……."

엔하는 입술을 지그시 물었다.

그가 떠난다는 것이 무슨 뜻인지 알고 있다.

마족에 대한 불사왕의 가호가 사라졌고, 이제 인간에 대한 그의 가호도 끝났다.

방패막이를 잃은 사람들이 크나큰 재앙 앞에 얼마나 오래 버틸 수 있을까.

하지만 몇 번이고 불사왕을 부정했던 그녀가 이제 와 지켜 달라고 사정하는 것은 너무 염치없는 짓이다.

자신의 자존심 따위는 문제가 아니다.

그 몰염치한 행동이 오히려 그의 화를 부를 수도 있다는 것이 문제다.

테오발트는 담뱃대를 꼬나문 뒤 기사가 준비해 온 말 위에 올라탔다.

안스바하 왕자가 의기양양한 얼굴로 그 앞에 나타났다.

"신전재판에서 모든 의문이 가려지게 될 것이다! 각오해라!"

테오발트는 잠시 안스바하 왕자에게 시선을 주더니 이내 담배를 피우는 데 집중했다.

연기를 들이마실 때마다 나른함이 전신을 녹였다.

완벽하게 무시를 당한 안스바하 왕자는 씩씩 거친 숨을 뿜었다.

그러나 그가 쫓겨나간다는 생각에 다시 오만방자하게 입꼬리를 올렸다.

"잠깐만 기다리세요!"

그때 에스트리트가 십수 명의 사람을 이끌고 다급히 뛰어왔다.

"에스트리트? 이게 다 무엇이냐."

안스바하 왕자가 의문을 표했다.

에스트리트는 숨을 가다듬은 뒤 안스바하 왕자에게 뜬금없는 질문을 던졌다.

"오라버니, 노래를 좋아하세요?"

"뭐라고?"

에스트리트는 뒤에 서 있는 사람들에게 손짓을 했다.

신분을 숨기고 있던 사제와 성가대원들이 한목소리로 찬트를 부르기 시작했다.

테오발트가 불렀던 찬트에 비하면 우스울 정도로 미약하지만 성스러운 힘이 잠시나마 공간을 장악하고 악한 것을 제압했다.

파지직!!

순간 안스바하 왕자의 전신에서 검푸른 불빛이 튀어 올랐다.

어느새 성검으로 자신을 보호한 지그문트가 나지막이 탄성을 질렀다.

"오호라. 이제 보니 동족이었군."

성스러운 힘이 안스바하 왕자의 존재를 용납하지 못하고 격렬히 거부반응을 일으키는 것을 보고 사람들은 크게 경악했다.

만약 그가 마법사이기 때문이라면 마력이 작용하는 특정 부분에서만 거부반응이 생겨야 한다.

그러나 안스바하 왕자는 머리부터 발끝까지, 머리털 한 올까지도 거부반응이 일었다.

이건 그가 온전히 사악함으로만 이루어졌다는 것을 의미한다.

"마, 마족!"

누군가가 소리를 질렀다.

사람들이 새파랗게 질려 안스바하 왕자에게서 최대한 멀찍이 떨어졌다.

안스바하 왕자는 신경질적으로 팔을 휘둘러 성력을 전부 찢어버렸다.

그는 에스트리트를 노려보았다.

"이년이 다 된 일을 망치다니……!"

에스트리트는 아무 말도 하지 못하고 망연한 표정을 지었다.

노래를 좋아하느냐는 질문.

다들 스쳐 넘겼으나 그녀만은 테오발트의 질문을 듣고 의심을 가졌다.

아닐 거라고 생각했지만 만에 하나라는 생각으로 급히 사제들과 성가대원을 모아서 여기까지 데려왔다.

정말로 그가 마족이 되었다니.

대체 언제부터, 어째서 그리된 것이란 말인가!

안스바하 왕자는 테오발트에게 충고를 들은 이후부터 마음을 다르게 먹고 대범하게 사람들을 대했다.

정말 그의 충고대로 세상을 좀 더 느긋하게 볼 수 있을 것만 같았다.

하지만 레논이 성검을 얻었다는 소식을 듣는 순간 다시 패배감이 고개를 들었다.

명석한데다가 아름답기까지 한 여동생도 자꾸만 그를 주눅들게 했다.

끝끝내 열등감을 이기는 것은 불가능했다.

그때 사령왕이 몰래 그에게 접근했다.

그가 살짝 피를 내어 강대한 마력의 근원을 보여주며 물었다.

'힘을 원하느냐?'

원하고말고!!

안스바하 왕자는 열등감에 찌든 몸뚱이를 붙들고 소리 질렀다.

"내가 얼마나 오랜 세월 힘을 갈망해 왔는데 그걸 거절하겠는가!!"

그는 땅을 박차고 앞으로 뛰어나갔다.

증오해 마지않던 여동생을 단숨에 찢어발기기 위해서.

그 사이로 레논이 뛰어들었다.

그는 이미 에스트리트와 이야기를 끝내놓은 상태로, 혹시라도 모를 사태에 대비하고 있었다.

레논은 마족으로 변해 버린 사촌형을 마주 보았다.

마음이 쓰리고 또 화가 치밀었다.

"당신은 왕족입니다! 무엇이 그리 억울했단 말입니까!!"

"처음부터 완벽했던 네놈이 내 심정 따위 털끝만큼이라도 이해할까!"

안스바하 왕자가 핏대를 세우고 소리 질렀다.

사령왕이 재미로 만들어낸 열성마족이 겁도 없이 성검을 향해 덤벼들었다.

"......"

레논은 지그시 눈을 감았다.

결국 그는 검을 크게 내리그었다.

바람이 어깨부터 사타구니까지 몸을 반으로 갈랐다.

성스러운 기운이 전신으로 퍼져 나가 그는 순식간에 한 줌의 재로 변해 버렸다.

에스트리트가 무릎을 꿇고 재를 움켜쥐었다.

속 좁고 못난 오빠를 업신여긴 적이 한 번도 없었다면 거짓말이다.

홀로 다니는 그와 자주 대화를 나눴어야 했다.

그리했다면 이런 일이 벌어지지 않았을지도 모른다.

갑작스럽게 일어난 비극에 사람들은 말을 잇지 못했다.

허공으로 담배 연기가 퍼져 나갔다.

이 혼란 속에서도 테오발트는 태연히 담배를 피우고 있었다.

"테오발트……."

에스트리트가 고개를 들어 그를 바라보았다.

"레논이나 네게만 주의를 기울였지 안스바하 왕자에게까지 신경을 쓰진 못했다. 허를 찔렸구나."

그다지 감흥이 없는 목소리였다.

냉정한 말투보다도 더욱 가슴이 아팠기에 에스트리트는 몸을 움츠렸다.

보다못한 레논이 에스트리트를 다독였다.

그녀의 어깨에 겉옷을 걸쳐 주며 그는 테오발트를 향해 인상을 썼다.

"죽을 때까지 그렇게 살아라! 이 속 좁은 자식아!"

에스트리트의 눈에서 눈물이 방울방울 떨어졌다.

레논은 손수건을 꺼내 그녀의 눈물을 닦아주었다.

그때 테오발트가 갑자기 말 위에서 내려왔다.

레논의 시건방진 말을 듣는 순간 충동적으로 움직였다.

그는 성큼 걸어가 레논의 머리를 손으로 밀어버렸다.

"윽?"

힘에 밀려 레논은 저만치에서 엉덩방아를 찧었다.

테오발트는 에스트리트를 품에 안아 들어 올렸다.

만사가 심드렁했는데 이렇게 되돌아온 이유가 무엇인가.

어쩌면 저놈의 행실이 워낙 괘씸했기 때문이었을까?

엉덩이를 문지르던 레논이 콧방귀를 뀌었다.

"네가 꽁하니 담아두는 성격이라는 거 옛날부터 간파하고 있었다!"

투덜거리는 목소리를 듣고 테오발트가 쓴웃음을 지었다.

"겁도 없고 천방지축이로군."

에스트리트는 여전히 눈물을 흘리고 있었다.

"원래 마왕의 곁에 있으면 변변한 일이 없다."

테오발트는 그녀의 머리카락을 오랫동안 다독다독 두드려 주었다.

갑작스러운 안스바하 왕자의 죽음 때문에 연합군은 혼란에 빠져 있었다.

그날 늦은 밤에 에스트리트가 테오발트를 찾아왔다.

방문을 열고 들어간 그녀는 잠시 주춤했다.

수많은 마족이 테오발트의 주위를 맴돌고 있었다.

그들은 모두 불사왕을 배반하지 않고 얌전히 사해에 남아 있던 이들이었다.

다시 말해 그들은 상당히 온건하고 신중한 성향을 가지고 있는 마족이다.

하지만 본질이 어디로 갈 리 없다.

사악한 마족들은 조금이라도 왕에게 잘 보이고자 비굴하게, 또는 교활하게 그의 발에 달라붙었다.

테오발트는 그 사이에서 조금 무료해 보였다.

에스트리트는 마른침을 삼킨 뒤 큰소리로 말했다.

"전부 물러나 주세요!"

마족들이 단번에 눈을 치켜올리고 으르렁거렸다.

"인간 주제에……."

"왕을 등에 업으니 눈에 뵈는 게 없나 보지."

테오발트가 말했다.

"꺼져라!"

나지막한 명령이었으나 마족들은 불에 덴 것처럼 화들짝 놀랐다.

그들은 순식간에 사방으로 흩어져 모습을 감추었다.

근래 들어 왕의 심기가 안 좋았다.

왕의 기분이 안 좋을 땐 건드리지 않는 게 최고다.

방 안에 단둘만 남게 되자 테오발트가 먼저 말했다.

"계집애가 오밤중에 사내를 찾아오다니. 철이 없는 것이냐, 겁이 없는 것이냐."

꽤나 짓궂은 발언이었으나 에스트리트는 얼굴을 붉히기는커녕 오히려 테오발트의 무릎 위에 올라앉았다.

몸을 살짝 내밀자 옷 사이로 가슴골이 요염하게 드러났다.

그녀는 도발적인 자세로 말했다.

"당신에게라면 내 순결을 줄 수도 있어요."

"쪼그만 놈이 못하는 말이 없다."

"쪼그맣다니요? 저는 올해로 열일곱이에요. 시집을 갈 수도 있고 애도 낳을 수 있는 숫처녀라고요. 확인해 볼래요?"

에스트리트가 치맛자락을 살짝 올렸다.

테오발트는 그녀의 옷자락 대신 귀를 잡고는 위로 세게 당졌다.

"아야야야!!"

"토끼처럼 눈을 빨갛게 해서는 무슨 소리를 하는 거냐."

테오발트의 손에서 풀려난 에스트리트는 눈 아래를 문질렀
다.

그렇게 많이 부었나?

안스바하 왕자가 죽은 뒤 하루 종일 울었으니 당연히 부을
수밖에.

테오발트는 무릎 위에 올라앉은 에스트리트를 번쩍 들어 옆
자리에 앉혀주었다.

마치 애 다루는 듯한 손길이라 그녀는 괜히 또 삐죽했다.

새치름하게 앉아 있던 에스트리트는 고개를 돌려 테오발트
를 마주 보았다.

"화내지 말아요. 둠 왕국 사람들에게 화풀이를 한들 마음이
편치 않을 거예요. 당신은 상냥한 사람이잖아요?"

제멋대로 단정 짓고 말한다.

철없고 가소로운 행동이었다.

테오발트가 조소를 지으며 물었다.

"네가 짐을 안 지 이제 1년이 좀 넘었느냐? 네가 도대체 짐
에 대해 무엇을 안단 말이냐."

에스트리트는 갑자기 할 말이 없어졌다.

엄청나게 긴 시간이 흐른 것 같은데 생각해 보니 이제 겨우
1년밖에 지나지 않았다.

"짐은 건드리지 않으면 대체로 온화한 편이지만, 과거엔 불같이 성급한 성격이기도 했다. 아득하게 긴 시간 동안 짐은 몇 번이나 변했다. 단지 지겹다는 이유로 수억을 몰살할 적도 있다."

테오발트가 물었다.

"옛날이야기를 해주랴?"

어쩐지 듣기 무서웠으나 에스트리트는 고개를 끄덕였다.

"짐은 세상에 살고 있는 모든 인간들을 죽여 버린 적이 있다. 짐의 앞에서 죽어 나자빠지는 하루살이 같은 것들을 보는 것에 신물이 났다. 그래서 세상의 인간들을 모조리 죽여 버리고 그들을 전부 마족으로 만들었다. 한때 전 대륙은 온전히 마족만의 세상이었다. 짐은 더 이상 사람들이 죽어나가는 것을 보지 않아도 되었다. 그러나 어느 날 짐은 마족들의 사악함과 역겨운 언동에 다시 신물이 났다. 마족의 생명이 영원했던 것도 아니었다. 그래서 이번에는 마족들을 모조리 없애 버렸다. 지극히 충동적인 행동이었지. 그렇게 몇 번인가 시행착오를 거친 끝에 대륙과 사해가 탄생했다. 짐에게는 인간도 필요하고 마족도 필요했던 것이다."

무슨 옛날 옛적 신화이야기를 하는 같아서 현실감이 느껴지지 않았다.

잘못되었다거나 잔인하다는 생각도 들지 않는다.

그저 이게 진짜인가 의심만 생길 뿐이다.

"됐어요. 그만해요."

에스트리트는 고개를 절레절레 저었다.

"솔직히 테오발트님이 하는 말을 하나도 믿을 수가 없어요. 하나도 와 닿지 않고요. 당신이 행하는 일들은 지나치게 신화적인 것이라 도저히 제가 범접할 영역이 아닌 것 같아요."

"그래, 바르게 생각했다."

그의 행동은 이미 옳고 그름을 넘어섰다.

그것을 재단해 줄 만한 존재가 없었다.

단지 그가 행하면 새로운 질서가 이루어질 따름이다.

테오발트는 무료하게 쿠션에 몸을 기댔다.

그때 에스트리트가 그의 얼굴을 붙잡았다.

"그래도 한 가지만은 알 거 같아요. 당신은 수없이 잔혹한 짓을 저질렀어요. 그래도 가능하다면 모두에게 상냥하게 대해 주고 싶죠?"

"……"

바로 눈앞에 에스트리트의 얼굴이 있었다.

테오발트는 조금 더 얼굴을 내밀어 그녀의 입술에 키스했다.

먼저 도발까지 했으면서 에스트리트는 테오발트를 탁 밀쳐 냈다.

"흥! 당신에게는 로지나가 있잖아요!"

매정하게 거부당한 테오발트는 한숨을 쉬었다.

"짐은 언제나 평범한 인간이 되길 꿈꾼다. 그래서인지 평범한 이들에게 환상 같은 것이 있다. 로지나 같은 여자아이를 보면 자꾸만 눈길이 가고 마음이 쏠리더구나."

에스트리트의 얼굴이 더욱 부루퉁해졌다.

그녀를 보고 테오발트는 웃었다.

쿠르트가 살해당한 이후 처음으로, 아주 조금이지만 유쾌한 기분이 들었다.

세월에 지친 왕의 얼굴에 미소가 떠올랐다.

"하지만 결국엔 머리가 좋은 똑똑한 소녀들이 짐의 연인이 되더군. 원래 이상형과 이루어지긴 힘든 법이다. 어쩔 수 있느냐. 현실과 타협하며 살아야지."

"뭐, 뭐예요?"

"네가 무료한 짐을 즐거이 했으니 너의 원은 이루어질 것이다."

테오발트가 어느 때보다 다정하게 에스트리트를 품에 안았다.

"나의⋯ 에스트리트."

에스트리트는 오랜 밀고 당기기가 종지부를 찍었다는 것을 깨달았다.

어째 콧등이 시큰해졌다.

급기야 눈물까지 퐁퐁 솟았다.

그녀는 테오발트의 어깨에 얼굴을 묻고 그날 평생 쏟을 눈물을 다 쏟아냈다.

*　　　*　　　*

안스바하 왕자 사후, 에스트리트 공주가 스톰폴트의 유일한 왕위 계승자가 되었다.

그녀가 안스바하 왕자를 대신하여 상석에 앉자 회의가 시작되었다.

"그러니까 메사드 백작과 무라드 왕자 건에 대해서는……."

"일단 망명을 권해보는 것은 어떤지요."

"그리하죠. 스톰폴트는 마족에 저항하고자 하는 자라면 누구든 받아들일 것입니다."

무라드 왕자를 내세워 둠 왕국의 재건을 돕자는 말은 쏙 들어갔다.

그 의견을 내놓은 안스바하 왕자의 정체가 마족이었다.

분명 무슨 음모가 있으니까 그런 주장을 했으리라.

신의 사자가 무조건 둠 왕국을 멸망시켜야 한다고 말했다.

역시 그 말이 다 옳았던 거다.

"에스트리트 공주의 의견에 따르도록 하라."

그런데 테오발트는 전과는 전혀 다른 입장을 취했다.

무슨 심경의 변화가 있었던 걸까.

사람들은 눈치를 보았으나 쉽게 묻지 못했다.

테오발트가 이전과 달리 사람들에게 하대를 하고 있었는데 그에 대해서도 따지지 못했다.

"그런데 메사드 백작과 무라드 왕자의 소재를 도통 찾을 수가 없습니다. 사람을 보내 수색해 보겠지만 사자왕 측의 추적

도 극심합니다. 과연 저희들 쪽에서 먼저 그들을 찾을 수 있을
는지 모르겠습니다."

"내가 직접 가서 그들을 데리고 오겠다."

테오발트가 말했다.

"네? 하, 하지만."

"그렇게까지 하실 이유가……."

"그를 믿고 맡기로 하지요."

에스트리트가 술렁거리는 사람들을 진정시키며 말했다.

레논이 눈을 가늘게 뜨고 에스트리트와 테오발트를 번갈아
보았다.

"도대체 무슨 심경의 변화가 생겨 갑자기 쇠고집을 꺾었는
지 한번 들어보고 싶군."

사람들이 차마 하지 못했던 질문을 그가 해주었다.

좌중의 시선이 한꺼번에 테오발트에게 집중되었다.

"귀여운 여자아이가 부탁하는데 차마 거절할 수가 없었다."

테오발트는 뻔뻔할 정도로 당당하게 대답했다.

그렇게 위협적인 분위기를 만들어놓고 여자애가 부탁했다
고 마음을 바꿔?

잠시 술렁거렸지만 사람들은 결국 테오발트의 의견을 따르
기로 했다.

말은 저리하지만 생각을 바꾼 진정한 이유가 있으리라.

설마하니 말한 그대로일 거라고는 생각지도 못했다.

오직 레논만이 그 속을 짐작했다.

"과연 알 만하군. 친구보다는 여자란 말이지."

자신이 설득할 때는 오히려 살기를 풀풀 풍기지 않았던가.

테오발트는 투덜거리는 레논을 달랬다.

"나는 한 번 사람들에게서 등을 돌렸다. 그 발걸음을 네가 되돌려놓았다."

"……."

아닌 척하지만 은근히 계면쩍어하는 모양새가 우습다.

"근래 들어 변변한 일이 없었다. 이 불쾌함을 누를 길이 없으니 세상은 몸을 움츠리고 재앙을 각오해야 할 것이다. 하나 짐의 변덕을 끌어낼 수 있다면 그자는 소원을 이루리라."

테오발트의 한마디로 결정이 뒤바뀌었다.

하지만 사람들이 그를 신처럼 추앙하기에 반발은 없었다.

국익을 중시하는 스톰폴트인 중 일부가 다소 아쉬움을 느꼈을 뿐이다.

하지만 둠 왕국이 무라드 왕자를 내세워 명맥을 유지한다 한들 그 기세는 예전 같지 않을 것이다.

둠 왕국을 공략하는 과정에서 떨어질 이득만 해도 상당할 터였다.

테오발트는 바로 떠날 채비를 했다.

에스트리트가 그를 전송하러 나왔다.

"테오발트님, 제 소원이라면 무엇이든 들어주기로 하셨지요?"

"원하는 것이 생겼느냐?"

그녀는 고개를 끄덕였다.

"저는 안스바하 오라버니를 베었어요. 그게 무슨 뜻인지 아시겠어요?"

"안스바하를 벤 것은 레논이 아니던가?"

"혹시 안스바하 오라버니가 마족이 되었다면 그를 베어달라고 이야기했어요. 그러니 제가 벤 것이에요!"

안스바하 왕자를 생각하면 여전히 눈시울부터 붉어졌다.

하지만 반드시 해야만 하는 이야기였다.

"저도 물론 어떠한 상황에서도 결코 마족이 되지 않겠어요. 제가 죽으면 절대로 되살려내지 말아주셨으면 해요."

테오발트는 쓸쓸하게 그녀를 보았다.

"그것이 네가 바라는 것인가."

영겁의 세월을 홀로 살아가는 그에게 마족이 어떤 의미인지 에스트리트도 조금 알 것 같다.

하지만 그녀는 끝내 단호했다.

이것이 그를 위한 길이라 믿고 있다.

어쩌면 아집일지도 모르지만.

"레티치아와 홀베크가 죽었을 때 나는 이미 한 번 참았다. 두 번이나 참을 수 있을 것 같지 않구나."

"테오발트님!"

테오발트는 에스트리트의 머리카락을 가만히 쓰다듬어 주었다.

"······!"

에스트리트는 더 항의하려다가 결국 그만두었다.

머리를 쓰다듬는 손길이 유난히 다정하다.

그것이 어쩐지 가슴 아프다.

그때 악터스가 인상을 잔뜩 찡그린 채 테오발트를 찾아왔다.

잠시 망설이던 그가 입을 열었다.

"뷜로 모이칸이 사라졌습니다."

"그놈이?"

"어젯밤부터 모습이 보이지 않습니다. 적어도 반경 2백 킬로 내에는 없는 것이 확실합니다. 마도서왕 트리오네님이 배신했다는 소식을 들은 이후부터 상태가 이상했습니다. 멍청한 똥개마냥 주인님을 쫓아간 것이 분명합니다."

"···할 일이 한 가지 더 생겼군."

테오발트는 쓴웃음을 지었다.

해가 지기 전에 그는 길을 떠났다.

『불사왕』 6권에 계속···

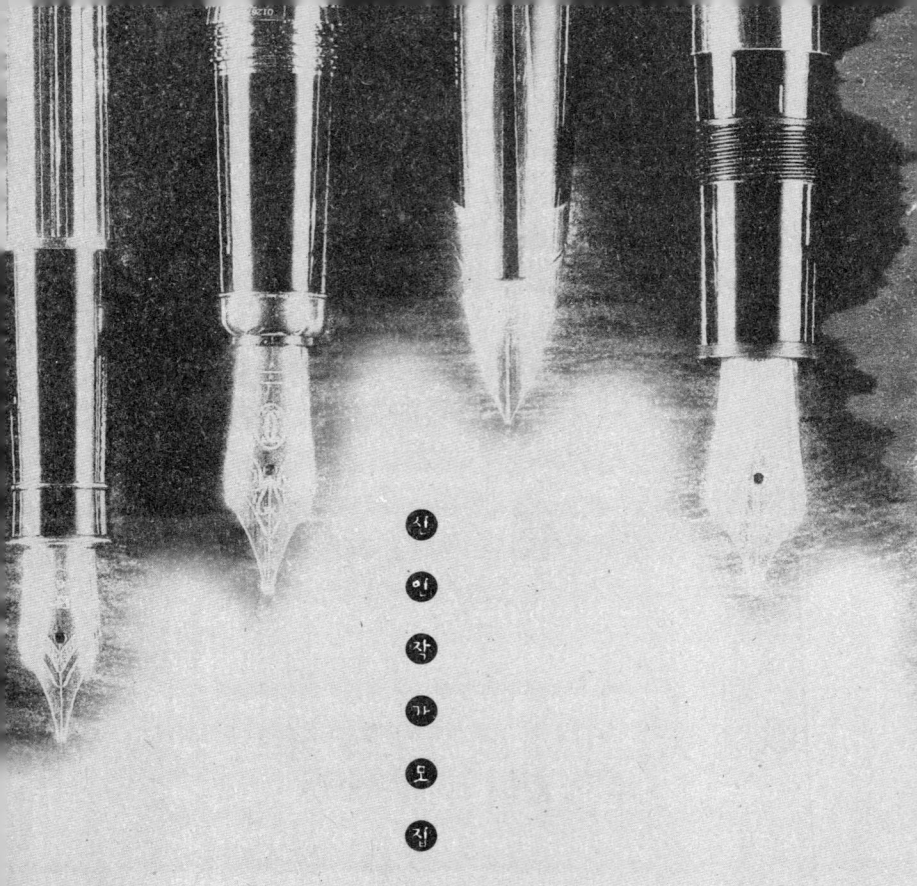

시작이 반이라고 했습니다.
작가의 길에 대한 보이지 않는 벽을 과감히 깨뜨리십시오!
청어람은 작가 지망생 여러분들의
멋진 방향타가 되어드리겠습니다.

저희 도서출판 청어람에서는
소설 신인 작가분들을 모집합니다.
판타지와 무협을 사랑하시는 분들의 많은 참여를 바랍니다.
소정의 원고(A4용지 150매)를 메일이나 우편으로 보내주시면
검토 후 출판 여부를 알려드리겠습니다.

주소:경기도 부천시 원미구 심곡1동 350-1 남성B/D 3F 우편번호420-011
TEL:032-656-4452 · **FAX:**032-656-4453
http://**www.chungeoram.com**
e-mail:chungeoram@chungeoram.com

천마검섭전

임준후 新무협 판타지 소설

[天魔劍葉傳]

철혈무정로 1부

인세에 지옥이 구현되고 마의 군주가 천신하면
그 누구도 그를 막지 못하리라!
이는 태초 이전에 맺어진 혼돈의 맹약, 육신에 머문 자나
육신을 벗은 자나 누구도 피할 수 없는 구속의 약속일거니…….

주검과 피, 그리고 살기가 강물처럼 흐르는 전장에서
본연의 힘을 되찾게 되는 신마기!
신마기의 주인은 전장을 거칠 때마다 마기와 마성이 점점 더 강해져
종국에는 그 자체로 마(魔)가 된다…….

제어되지 않는 신마기…
이는 곧 혼돈의 저주, 겁화의 재앙이다!

유행이 아닌 자유추구—
WWW.chungeoram.com
Book Publishing CHUNGEORAM

일류 新무협 판타지 소설

天山魔帝

천산마제

내일을 기약할 수 없는 땅, 천산.
소녀로부터 은자 한 닢의 빛을 진 소년 용약,
청년이 된 용약은 천산의 하늘이 된다.

하늘을 가르고 땅을 뒤엎는다!
한 호흡에 만 개의 벽(壁)!!
지금껏 내게 이빨을 드러낸 것들은 모두 죽었다.

은자 한 닢의 빚을 갚으며 시작된
십천좌들과의 승부.
오너라! 천산의 제왕, 천산마제가 여기 있다!!

유행이 아닌 자유추구 -
WWW.chungeoram.com
Book Publishing CHUNGEORAM

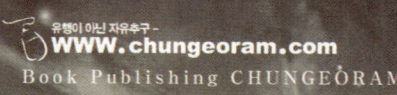
長虹貫日

장홍관일

월인 新무협 판타지 소설

세상은 언제나 정의가 승리하고,
그래서 사필귀정(事必歸正)이라고?

개소리!

세상은 나쁜 놈들이 지배하지.
그러나 그놈들은 아주 교활해서 절대로 나쁜 놈처럼 안 보이지.
현재 무림을 지배하고 있는 백도의 어떤 인간들처럼……

暗帝血路 암제혈로

설경구
新무협 판타지 소설

—떠나세요, 가능한 한 멀리.
—하나만 기억하세요. 일단 살아남아야 후일을 도모할 수 있습니다.
—떠나.

오랫동안 연락이 두절되었던 이들이 약속이라도 한 듯 찾아와
꺼낸 이야기들과 함께 시작되는 집요한 추적.
그리고 거대한 음모에 휘말려 억울한 누명을 쓴 채로
오직 살아남기 위해 필사적으로 도주하는 한 사내, 진가흔.

"왜 하필 나입니까?"
"자네가 가장 적당하기 때문이지."
"아시겠지만 그를 죽인 것은 제가 아닙니다."
"물론 알고 있네. 그런데 말일세… 그래도 그를 죽인 것이 자네라는
사실은 변하지 않네."

누구를 믿어야 할까.
적아도 명확하지 않은 상황에서 이유조차 모른 채 도주하던
한 사내의 역습이 시작된다.

유행이 아닌 자유추구 -
WWW.chungeoram.com
Book Publishing CHUNGEORAM